宋六十名家詞

四部備要

集部

中華書局據汲古閣本校刊

桐鄉陸費逵總勘
杭縣高時顯
吳汝霖輯校
杭縣丁輔之監造

宋名家詞總目

宋名家詞總目

珠玉詞

目錄

珠玉詞目錄

珠玉詞

宋 晏殊

點絳脣

露下風高井梧宮簟生秋意畫堂筵啓一曲呈珠綴天外行雲欲去凝香袂爐煙起斷腸聲裏斂盡雙蛾翠

浣溪沙 舊刻十三闋攷青杏園林煮酒香是永叔作今刪去

閬苑瑤臺風露秋整鬟凝思捧觥籌欲歸臨別強遲留 月好漫成孤枕夢酒闌空得兩眉愁此時情緒悔風流

又

三月和風滿上林牡丹妖豔直千金惱人天氣又春陰 爲我轉回紅臉面向誰分付紫臺心有情須殢酒杯深

又 向誤入南唐二主詞

一曲新詞酒一杯去年天氣舊亭臺夕陽西下幾時迴 無可奈何花落去似曾相識燕歸來小園香徑獨徘徊

又

紅蓼花香夾岸稠綠波春水向東流小船輕舫好追遊漁父酒醒重撥棹鴛鴦飛去卻回頭一杯銷盡兩眉愁

又

淡淡梳妝薄薄衣天仙模樣好容儀舊歡前事入顰眉　閒役夢魂孤燭暗恨無消息畫簾垂且留雙淚說相思

又

小閣重簾有燕過晚花紅片落庭莎曲闌干影入涼波　一霎好風生翠幕幾回疎雨滴圓荷酒醒人散得愁多

又

宿酒纔醒厭玉巵水沈香冷懶熏衣早梅先綻日邊枝　寒雪寂寥初散後春風悠颺欲來時小屏閒放畫簾垂

又

綠葉紅花媚曉煙黃蜂金蕊欲披蓮水風深處懶回船　可惜異香珠箔外不辭清唱玉尊前使星歸覲九重天

又

湖上西風急暮蟬夜來清露溼紅蓮少留歸騎促歌筵　爲別莫辭金盞酒入朝須近玉爐煙不知重會是何年

又

楊柳陰中駐彩旌芰荷香裏勸金觥小詞流入管絃聲　只有醉吟寬別恨不須朝暮促歸程雨條煙葉繫人情

又

一向年光有限身等閒離別易銷魂酒筵歌席莫辭頻　滿目山河空念遠落花風雨更傷春不如憐取眼前人

又

玉椀冰寒滴露華粉融香雪透輕紗晚來妝面勝荷花　鬢嚲欲迎眉際月酒紅初上臉邊霞一場春夢日西斜

清商怨向誤入歐集按詩話或問元獻公雁過南雲云云確是公作今增入

關河愁思望處滿漸素秋向晚雁過南雲行人回淚眼　雙鸞衾裯悔展夜又永枕孤人遠夢未成歸梅花聞塞管

菩薩鬘

芳蓮九蕊開新豔輕紅淡白勻雙臉一朵近華堂學人宮樣妝　著時斟美酒共祝千年壽銷得曲中誇世間無此花

又

秋花最是黃葵好天然嫩態迎秋早染得道家衣淡妝梳洗時　曉來清露滴一一金杯側插向綠雲鬢便隨王母仙

又

人人盡道黃葵淡儂家解說黃葵豔可喜萬般宜不勞朱粉施　摘取承金盞勸我千長算擎作女真冠試伊嬌面看

又

高梧葉下秋光晚珍叢化出黃金盞還似去年時傍闌三兩枝　人情須耐久花面長依舊莫學蜜蜂兒等閒悠颺飛

訴衷情舊刻八首攷海棠珠綴一重重是子瞻作今刪

青梅煮酒鬬時新天氣欲殘春東城南陌花下逢著意中人　回繡袂展香茵敘情親此時拚作千尺游

絲惹住朝雲

又

東風楊柳欲青青煙淡雨初晴惱他香閣濃睡撩亂有啼鶯　眉葉細舞腰輕宿妝成一春芳意三月和風牽繫人情

又

芙蓉金菊鬭馨香天氣欲重陽遠村秋色如畫紅樹間疎黃　流水淡碧天長路茫茫憑高目斷鴻雁來時無限思量

又

數枝金菊對芙蓉搖落意重重不知多少幽怨和露泣西風　人散後月明中夜寒濃謝娘愁臥潘令閒眠心事無窮

又

露蓮雙臉遠山眉偏與淡妝宜小庭簾幕春晚閒共柳絲垂　人別後月圓時信遲遲心心念念說盡無憑只是相思

又

秋風吹綻北池蓮曙雲樓閣鮮畫堂今日嘉會齊拜玉爐煙　斟美酒祝芳筵奉觥船宜春耐夏多福莊

嚴富貴長年

又

世間榮貴月中人嘉慶在今辰蘭堂簾幕高捲清唱遏行雲　持玉盞斂紅巾祝千春榴花壽酒金鴨爐香歲歲長新

採桑子

春風不負東君信偏折羣芳燕子雙雙依舊啣泥入杏梁　須知一盞花前酒占得韶光莫話匆忙夢裏浮生足斷腸

又

紅英一樹春來早獨占芳時我有心期把酒攀條惜絳蕤　無端一夜狂風雨暗落繁枝蝶怨鶯悲滿眼春愁說向誰

又

陽和二月芳菲徧暖景溶溶戲蝶遊蜂深入千花粉豔中　何人解繫天邊日占取春風免使繁紅一片西飛一片東

又

櫻桃謝了梨花發紅白相催燕子歸來幾處風簾繡戶開　人生樂事知多少且酌金杯管咽絃哀慢引

蕭娘舞袖迴

又 石竹

古羅衣上金針樣繡出芳妍玉砌朱闌紫豔紅英照日鮮 佳人畫閣新妝了對立叢邊試摘嬋娟貼向眉心學翠鈿

又

時光只解催人老不信多情長恨離亭滴淚春衫酒易醒 梧桐昨夜西風急淡月朧明好夢頻驚何處高樓雁一聲

又

林間摘徧雙雙葉寄與相思朱槿開時尚有山榴一兩枝 荷花欲綻金蓮子半落紅衣晚雨微微待得空梁宿燕歸

酒泉子

三月暖風開卻好花無限了當年叢下落紛紛最愁人 長安多少利名身若有一杯香桂酒莫辭花下醉芳茵且留春

又

春色初來徧被紅芳千萬樹流鶯粉蝶鬬翻飛戀香枝 勸君莫惜縷金衣把酒看花須強飲明朝後日

漸離披惜芳時

望仙門

紫薇枝上露華濃起秋風管絃聲細出簾櫳象筵中仙酒斟雲液仙歌轉繞梁虹此時佳會慶相逢慶相逢歡醉且從容

又

玉壺清漏起微涼好秋光金杯重疊滿瓊漿會仙鄉新曲調絲管新聲更颭霓裳博山爐暖泛濃香泛濃香爲壽百年長

又

玉池波浪碧如鱗露蓮新清歌一曲翠眉嚬舞華茵滿酌蘭英酒須知獻壽千春太平無事荷君恩荷君恩齊唱望仙門

謁金門

秋露墜滴盡楚蘭紅淚往事舊歡何限意思量如夢寐人貌老于前歲風月宛然無異座有嘉賓尊有桂莫辭終夕醉

清平樂

春花秋草只是催人老總把千山眉黛掃未抵別愁多少 勸君綠酒金杯莫嫌絲管聲催兔走烏飛不

佳人生幾度三臺

又

秋光向晚小閣初開讌林葉殷紅猶未徧雨後青苔滿院　蕭娘勸我金卮殷勤更唱新詞暮去朝來即老人生不飲何爲

又

春來秋去往事知何處燕子歸飛蘭泣露光景千留不住　酒闌人散草草閒階獨倚梧桐記得去年今日依前黃葉西風

又

金風細細葉葉梧桐墜綠酒初嘗人易醉一枕小窗濃睡　紫薇朱槿花殘斜陽卻照闌干雙燕欲歸時節銀屏昨夜微寒

又

紅牋小字說盡平生意鴻雁在雲魚在水惆悵此情難寄　斜陽獨倚西樓遙山恰對簾鉤人面不知何處綠波依舊東流

更漏子

蕣華濃山翠淺一寸秋波如翦紅日永綺筵開暗隨仙馭來　遏雲聲回雪袖占斷曉鶯春柳纔送目又

顰眉此情誰得知

又

塞鴻高仙露滿秋入銀河清淺逢好客且開眉盛年能幾時　寶箏調羅袖輭拍碎畫堂檀板須盡醉莫推辭人生多別離

又

雪藏梅煙著柳依約上春時候初送雁欲聞鶯綠池波浪生　探花開留客醉憶得去年情味金盞酒玉爐香任他紅日長

又

菊花殘梨葉墮可惜良辰虛過新酒熟綺筵開不辭紅玉杯　蜀絃高羌管脆慢颭舞娥香袂君莫笑醉鄉人熙熙長似春

相思兒令

昨日探春消息湖上綠波平無奈遶隄芳草還向舊痕生　有酒且醉瑤觥更何妨檀板新聲誰教楊柳千絲就中牽繫人情

又

春色漸芳菲也遲日滿煙波正好豔陽時節爭奈落花何　醉殺擬恣狂歌斷腸中贏得愁多不如歸傍

紗窗有人重畫雙蛾

喜遷鶯

風轉蕙露催蓮鶯語尚綿蠻堯蓂隨月欲團圓真馭降荷蘭　褰油幕調清樂四海一家同樂千官心在玉爐香聖壽祝天長

又

歌斂黛舞縈風遲日象筵中分行珠翠簇繁紅雲髻裊瓏璁　金爐暖龍香遠共祝堯齡萬萬曲終休解畫羅衣留伴綵雲飛

又

花不盡柳無窮應與我情同觥船一棹百分空何處不相逢　朱絃悄知音少天若有情應老勸君看取利名場今古夢茫茫

又

燭飄花香掩爐中夜酒初醒畫樓殘照兩三聲窗外月朧明　曉簾垂驚鵲去好夢不知何處南園春色已歸來庭樹有寒梅

又

曙河低斜月淡簾外早涼天玉樓清唱倚朱絃餘韻入疎煙　臉霞輕眉翠重欲舞釵鈿搖動人人如意

祝爐香萬壽百千長

撼庭秋

別來音信千里恨此情難寄碧紗秋月梧桐夜雨幾回無寐　樓高目斷天遙雲黯只堪憔悴念蘭堂紅燭心長熖短向人垂淚

胡搗練

小桃花與早梅花盡是芳妍品格未上東風先拆分付春消息　佳人釵上玉尊前朵朵穠香堪惜誰把彩毫描得免恁輕拋擲

秋蕊香

梅蕊雪殘香瘦羅幕輕寒微透多情只似春楊柳占斷可憐時候　蕭娘勸我杯中酒翻紅袖金烏玉兔長飛走爭得朱顏依舊

又

向曉雪花呈瑞飛徧玉城瑤砌何人翦碎天邊桂散作瑤田瓊蕊　蕭娘斂盡雙蛾翠迴香袂今朝有酒今朝醉遮莫更長無睡

滴滴金

梅花漏洩春消息柳絲長草芽碧不覺星霜鬢邊白念時光堪惜　蘭堂把酒留嘉客對離筵駐行色千

里音塵便疎隔合有人相憶

燕歸梁

雙燕歸飛繞畫堂似留戀虹梁清風明月好時光更何況綺筵張　雲衫侍女頻傾壽酒加意動笙簧人人心在玉爐香慶佳會祝筵長

又

金鴨香爐起瑞煙呈妙舞開筵陽春一曲動朱絃斟美酒泛觥船　中秋五日風清露爽猶是早涼天蟠桃花發一千年祝長壽比神仙

望漢月

千縷萬條堪結占斷好風良月謝娘春晚先多愁更撩亂絮飛如雪　短亭相送處長憶得醉中攀折年年歲歲好時節怎奈有人離別

少年遊

重陽過後西風漸緊庭樹葉紛紛朱闌向曉芙蓉妖豔特地鬬芳新　霜前月下斜紅淡蕊明媚欲回春莫將瓊萼等閑分留贈意中人

又

霜華滿樹蘭凋蕙慘秋豔入芙蓉臙脂嫩臉金黃輕蕊猶自怨西風　前歡往事當歌對酒無限到心中

更憑朱檻憶芳容腸斷一枝紅

又

芙蓉花發去年枝雙燕欲歸飛蘭堂風輭金爐香暖新曲動簾帷　家人拜上千春壽深意滿瓊巵綠鬢朱顏道家裝束長似少年時

又

謝家庭檻曉無塵芳晏祝良辰風流妙舞櫻桃清唱依約駐行雲　榴花一盞濃香滿爲壽百千春歲歲年年共歡同樂嘉慶與時新

雨中花

翦翠妝紅欲就折得清香滿袖一對鴛鴦眠未足葉下長相守　莫傍細條尋嫩藕怕綠刺罥衣傷手可惜許月明風露好恰在人歸後

迎春樂

長安紫陌春歸早嚲垂楊染芳草被啼鶯語燕催清曉正好夢頻驚覺　當此際青樓臨大道幽會處兩情多少莫惜明珠百琲占取長年少

紅窗聽

淡薄梳妝輕結束天付與臉紅眉綠斷環書素傳情久許雙飛同宿　一餉無端分比目誰知道風前月

底相看未足此心終擬覓鸞絃重續

又

記得香閨臨別語彼此有萬重心訴淡雲輕靄知多少隔桃源無處　夢覺相思天欲曙依前是銀屏畫燭宵長歲暮此時何計託鴛鴦飛去

睿恩新

芙蓉一朵霜秋色迎曉露依依先拆似佳人獨立傾城傍朱檻暗傳消息　靜對西風脈脈金蕊綻粉紅如滴向蘭堂莫厭重新免清夜微寒漸逼

又

紅絲一曲傍階砌珠露下獨呈纖麗翦鮫綃碎作香英分彩線簇成嬌蕊　向晚羣花新悴放朵朵似延秋意待佳人插向釵頭更嫋嫋低臨鳳髻

玉樓春

東風昨夜回梁苑日腳依稀添一線旋開楊柳綠蛾眉暗折海棠紅粉面　無情一去雲中雁有意歸來梁上燕有情無意且休論莫向酒杯容易散

又

簾旌浪卷金泥鳳宿醉醒來長瞢鬆海棠開後曉寒輕柳絮飛時春睡重　美酒一杯誰與共往事舊歡

時節動不如憐取眼前人免使勞魂兼役夢

又

燕鴻過後鶯歸去細算浮生千萬緒長於春夢幾多時散似秋雲無覓處　聞琴解佩神仙侶挽斷羅衣留不住勸君莫作獨醒人爛醉花間應有數

又

池塘水綠風微暖記得玉真初見面重頭歌韻響錚深入破舞腰紅亂旋　玉鉤闌下香階畔醉後不知斜日晚當時共我賞花人點檢如今無一半

又

玉樓朱閣橫金鎖寒食清明春欲破窗間斜月兩眉愁簾外落花雙淚墮　朝雲聚散真無那百歲相看能幾箇別來將爲不幸情萬轉千回思想過

又

朱簾半下香銷印二月東風催柳信琵琶旁畔且尋思鸚鵡前頭休借問　驚鴻去後生離恨紅日長時添酒困未知心在阿誰邊滿眼淚珠言不盡

又

杏梁歸燕雙回首黃蜀葵花開應候畫堂元是降生辰玉盞更斟長命酒　爐中百和添香獸簾外青蛾

回舞袖此時紅粉感恩人拜向月宮千歲壽

又

紫薇朱槿繁開後枕簟微涼生玉漏珫筵初啓日穿簾檀板欲開香滿袖　紅衫侍女頻傾酒龜鶴仙人來獻壽歡聲喜氣逐時新青鬢玉顏長似舊

又

春葱指甲輕攏撚五彩條垂雙袖捲雪香濃透紫檀槽胡語急隨紅玉腕　當頭一曲情無限入破錚深金鳳戰百分芳酒祝長春再拜斂容擡粉面

又

紅條約束瓊肌穩拍碎香檀催急衮壠頭嗚咽水聲繁葉下間關鶯語近　美人才子傳芳信明月清風傷別恨未知何處有知音長為此情言不盡

鳳銜杯

青蘋昨夜秋風起無限個露蓮相倚獨凭朱闌愁放晴天際空目斷遙山翠　彩箋長錦書細誰信道兩情難寄可惜良辰好景歡娛地只恁空憔悴

又

留花不住怨花飛向南園情緒依依可惜倒紅斜向一枝枝經宿雨又離披　凭朱檻把金卮對芳叢惆

悵多時何況舊歡新寵阻心期滿眼是相思

又

柳條花纇惱青春更那堪飛絮紛紛一曲細絲清脆倚朱脣斟綠酒掩紅巾　追往事惜芳辰暫時閒留住行雲端的自家心下眼中人到處覺尖新

踏莎行

細草愁煙幽花怯露凭闌總是銷魂處日高深院靜無人時時海燕雙飛去　帶緩羅衣香殘蕙炷天長不禁迢迢路垂楊只解惹春風何曾繫得行人住

又

祖席離歌長亭別宴香塵已隔猶迴面居人匹馬映林嘶行人去棹依波轉　畫閣魂消高樓目斷斜陽只送平波遠無窮無盡是離愁天涯地角尋思徧

又

碧海無波瑤臺有路思量便合雙飛去當時輕別意中人山長水遠知何處　綺席凝塵香閨掩霧紅牋小字憑誰附高樓目盡欲黃昏梧桐葉上蕭蕭雨

又

綠樹歸鶯雕梁別燕春光一去如流電當歌對酒莫沈吟人生有限情無限　弱袂縈春修蛾寫怨秦箏

寶柱頻移雁尊中綠醑意中人花朝月下長相見

又

小徑紅稀芳郊綠徧高臺樹色陰陰見春風不解禁楊花濛濛亂撲行人面　翠葉藏鶯朱簾隔燕爐香靜逐遊絲轉一場愁夢酒醒時斜陽卻照深深院

臨江仙

資善堂中三十載舊人多是凋零與君相見最傷情一尊如舊聊且話平生　此別要知須強飲雪殘風細長亭待君歸覲九重城帝宸思舊朝夕奉皇明

蝶戀花 舊七首攷玉椀冰寒銷暑氣是子瞻作梨葉疏紅蟬韻歇是永叔作今刪去又末二首向另刻鵲踏枝攷是一調今併入仍七首

一霎秋風驚畫扇豔粉嬌紅尚折荷花面草際露垂蟲響徧珠簾不下留歸燕　掃掠亭臺開小院四坐清歡莫放金杯淺龜鶴命長松壽遠陽春一曲情千萬

又

紫菊初生朱槿墜月好風清漸有中秋意更漏乍長天似水銀屏展盡遙山翠　繡幕卷波香引穗急筦繁絃共愛人間瑞滿酌玉杯縈舞袂南春祝壽千千

歲

又一刻六一詞一刻東坡詞

簾幕風輕雙語燕午醉醒來柳絮飛撩亂心事一春猶未見餘花落盡青苔院　百尺朱樓閒倚徧薄雨濃雲抵死遮人面消息未知歸早晚斜陽只送平波遠

又

六曲闌干偎碧樹楊柳風輕展盡黃金縷誰把鈿箏移玉柱穿簾海燕雙飛去　滿眼游絲兼落絮紅杏開時一霎清明雨濃睡覺來鶯亂語驚殘好夢無尋處

又上二首或刻六一詞

南雁依稀迴側陣雪霽牆陰偏覺蘭芽嫩中夜夢餘消酒困爐香卷穗燈生暈　急景流年都一瞬往事前歡未免縈方寸臘後花期知漸近寒梅已作東風信

又向另刻鵲踏枝

檻菊愁煙蘭泣露羅幕輕寒燕子雙飛去明月不諳離恨苦斜光到曉穿朱戶　昨夜西風凋碧樹獨上高樓望盡天涯路欲寄彩箋□尺素山長水闊知何

處

又

紫府羣仙名籍祕五色斑龍暫降人間媚海變桑田都不記蟠桃一熟三千歲 露滴彩旌雲繞袂誰信壺中別有笙歌地門外落花隨水逝相看莫惜尊前醉

玉堂春

帝城春暖御柳暗遮空苑海燕雙雙拂颺簾櫳女伴相攜共繞林間路折得櫻桃插髻紅 昨夜臨明微雨新英徧舊叢寶馬香車欲傍西池看觸處楊花滿袖風

又

後園春早殘雪尚濛煙草數樹寒梅欲綻香英小妹無端折盡釵頭朵滿把金尊細細傾 憶得往年同伴沈吟無限情惱亂東風莫便吹零落惜取芳菲眼下明

又

斗城池館二月風和煙暖繡戶珠簾日影初長玉轡金鞍繚繞沙隄路幾處行人映綠楊 小檻朱闌回倚千花濃露香脆管清絃欲奏新翻曲依約林間坐

夕陽

漁家傲舊刻十四首攷粉筆丹青描未得是六一詞刪去

畫鼓聲中昏又曉時光只解催人老求得淺歡風日好齊喝調神仙一曲漁家傲　綠水悠悠天杳杳浮生豈得長年少莫惜醉來開口笑須信道人間萬事何時了

又

荷葉荷花相間鬭紅驕綠掩新妝就昨日小池疎雨後鋪錦繡行人過去頻回首　倚偏朱闌凝望久鴛鴦浴處波文皺誰喚謝娘斟美酒縈舞袖當筵勸我千長壽

又

荷葉初開猶半卷荷花欲折須微綻此葉此花真可羨秋水畔青涼綠映紅妝面　美酒一杯留客宴拈花摘葉情無限爭奈世人多聚散頻祝願如花似葉長相見

又

楊柳風前香百步盤心碎點真珠露疑是水仙開洞府妝景趣紅幢綠蓋朝天路　小鴨飛來稠鬧處三

三兩兩能言語飲散短亭人欲去留不住黃昏更下蕭蕭雨

又

葉下鵁鶄眠未穩風翻露颭香成陣仙女出遊知遠近羞借問饒將綠扇遮紅粉　一掬蕊黃霑雨潤天人乞與金英嫩試折亂條醒酒困應有恨芳心易盡情無盡

又

罨畫溪邊停彩舫仙娥繡被呈新樣颯颯風聲來一餉愁四望殘紅片片隨波浪　瓊臉麗人青步障風牽一袖低相向應有錦鱗閒倚傍秋水上時時綠柄輕搖颺

又

宿蕊鬭攢金粉鬧青房暗結蜂兒小斂面似啼還似笑天與貌人間不是鉛華少　葉軟香清無限好風頭日腳乾催老待得玉京仙子到剛向道紅顏只合長年少

又

臉傅朝霞衣翦翠重重占斷秋江水一曲採蓮風細細人未醉鴛鴦不合驚飛起　欲摘嫩條嫌綠刺閒

敲畫扇偷金蕊半夜月明珠露墜多少意紅腮點點
相思淚

又

越女採蓮江北岸輕橈短棹隨風便人貌與花相鬬豔流水慢時時照影看妝面　蓮葉層層張綠繖蓮房箇箇垂金盞一把藕絲牽不斷紅日晚回頭欲去心撩亂

又

粉面啼紅腰束素當年拾翠曾相過密意深情誰與訴空怨慕西池夜夜風兼露　池上夕陽籠碧樹池中短棹驚微雨水泛落英何處去人不悟東流到了無停住

又

幽鷺慢來窺品格雙魚豈解傳消息綠柄嫩香頻採摘心似織條條不斷誰牽役　粉淚暗和清露滴羅衣染就秋江色對面不言情脉脉煙水隔無人說似長相憶

又上二首或入六一詞

楚國細腰元自瘦文君膩臉誰描就日夜鼓聲催箭漏昏復晝紅顏豈得長依舊　醉折嫩房和蕊嗅天

絲不斷清香透卻傍小闌凝望久風滿袖西池月上人歸後

又

嫩綠堪裁紅欲綻蜻蜓點水魚遊畔一霎雨聲香四散風颭颭亂高低掩映千千萬　總是凋零終有恨能無眼下生留戀何似折來妝粉面勤看翫勝如落盡秋江岸

破陣子

海上蟠桃易熟人間好月長圓惟有擘釵分鈿侶離別常多會面難此情須問天　蠟燭到明垂淚熏爐盡日生煙一點淒涼愁絕意漫道秦箏有剩絃何曾爲細傳

又

燕子欲歸時節高樓昨夜西風求得人間成小會試把金尊傍菊叢歌長粉面紅　斜日更穿簾幕微涼漸入梧桐多少襟懷言不盡寫向蠻牋曲調中此情千萬重

又

憶得去年今日黃花已滿東籬曾與玉人臨小檻共折香英泛酒卮長條插鬢垂　人貌不應遷換珍叢

又覩芳菲重把一尊尋舊徑所惜光陰去似飛風飄
露冷時

又

湖上西風斜日荷花落盡紅英金菊滿叢珠顆細海
燕辭巢翅羽輕年年歲歲情　美酒一杯新熟高歌
數闋堪聽不向尊前同一醉可奈光陰似水聲迢迢
去未停

瑞鷓鴣　詠紅梅

越娥紅淚泣朝雲越梅從此學妖嚬臘月初頭庾嶺
繁開後特染妍華贈世人　前溪昨夜深深雪朱顏
不掩天真何時驛使西歸寄與相思客一枝新報道
江南別樣春

又

江南殘臘欲歸時有梅紅亞雪中枝一夜前村間破
瑤英拆端的千花冷未知　丹青改樣勻朱粉雕梁
欲畫猶疑何妨與向冬深密種秦人路夾仙溪不待
夭桃客自迷

殢人嬌

二月春風正是楊花滿路那堪更別離情緒羅巾掩
淚任粉痕霑汙爭奈向千留萬留不住　玉酒頻傾

宿眉愁聚空腸斷寶箏絃柱人間後會又不知何處魂夢裏也須時時飛去

又

玉樹微涼漸覺銀河影轉林葉靜疎紅欲徧朱簾細雨尚遲留歸燕嘉慶日多少世人良願　楚竹驚鸞秦箏起雁縈舞袖急翻羅薦雲迴一曲更輕攏檀板香炷遠同祝壽期無限

又

一葉秋高向夕紅蘭露墜風月好乍涼天氣長生此日見人中喜瑞斟壽酒重唱妙聲珠綴　鳳筦移宮鈿衫迴袂簾影動鵲爐香細南真寶籙賜玉京千歲良會永莫惜流霞同醉

連理枝

玉宇秋風至簾幕生涼氣朱槿猶開紅蓮尚拆芙蓉含蕊送舊巢歸燕拂高簾見梧桐葉墜　嘉宴凌晨啓金鴨飄香細鳳竹鸞絲清歌妙舞盡呈游藝願百千遐壽比神仙有年年歲歲

又

綠樹鶯聲老金井生秋早不寒不暖裁衣按曲天時正好況蘭堂逢著壽筵開見爐香縹緲　組繡呈纖

巧歌舞誇妍妙玉酒頻傾朱絃翠管移宮易調獻金杯重疊祝長生永逍遙奉道

長生樂

玉露金風月正圓臺榭早涼天畫堂嘉會組繡列芳筵洞府星辰龜鶴來添福壽歡聲喜色同入金爐泛濃煙　清歌妙舞急管繁絃榴花滿酌觥船人盡祝富貴又長年莫教紅日西晚留著醉神仙

又

閬苑神仙平地見碧海架蓬瀛洞門相向倚金鋪微明處處天花撩亂飄散歌聲裝真筵壽賜與流霞滿瑤觥　紅鸞翠節紫鳳銀笙玉女雙來近彩雲隨步朝夕拜三清爲傳王母金籙祝千歲長生

山亭柳　贈歌者

家住西秦賭博藝隨身花柳上鬬尖新偶學念奴聲調有時高遏行雲蜀錦纏頭無數不負辛勤　數年來往咸京道殘杯冷炙漫消魂衷腸事託何人若有知音見採不辭徧唱陽春一曲當筵落淚重掩羅巾

拂霓裳

慶生辰慶生辰是百千春開雅宴畫堂高會有諸親鈿函封大國玉色受絲綸感皇恩望九重天上拜堯

雲 今朝祝壽祝壽數比松椿斟美酒至心如對月中人一聲檀板動一炷蕙香焚禱仙眞願年年今日喜長新

又

喜秋成見千門萬戶樂昇平金風細玉池波浪縠文生宿露霑羅幕微涼入畫屏張綺宴傍熏爐蕙炷和新聲 神仙雅會會此日象蓬瀛管絃清旋翻紅袖學飛瓊光陰無暫住歡醉有閒情祝辰星願百千爲壽獻瑤觥

又

笑秋天晚荷花綴露珠圓風日好數行新雁貼寒煙銀簧調脆管瓊柱撥淸絃捧觥船一聲聲齊唱太平年 人生百歲離別易會逢難無事日剩呼賓友啓芳筵星霜催綠鬢風露損朱顏惜淸歡又何妨沈醉玉尊前

珠玉詞

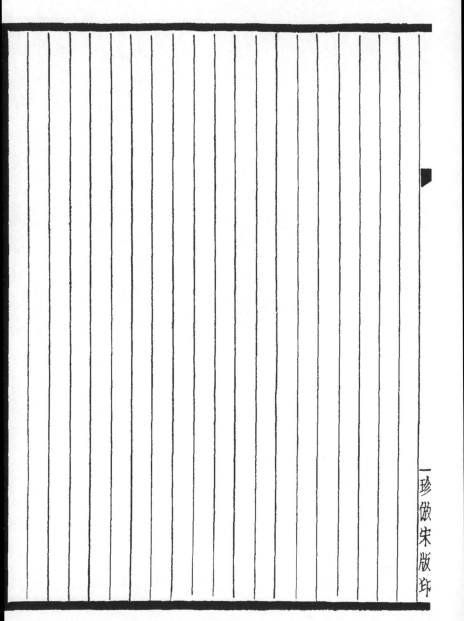

同叔撫州臨川人也七歲能屬文張知白以神童薦真宗召見與千餘人並試廷中神氣不懾援筆立成帝異之使盡讀祕閣書每取諮訪率用寸方小紙細書問之繼事仁宗尤加信愛仕至觀文殿大學士以疾請歸留侍經筵及卒帝臨奠猶以不親視疾爲恨特罷朝二日贈謚元獻一時賢士大夫如范仲淹歐陽修等皆出其門擇壻又得富弼楊察賦性剛峻遇人以誠一生自奉如寒士爲文贍麗應用不窮尤工風雅閒作小詞其暮子幾道云云先公爲詞未嘗作婦人語也古虞毛晉記

題六一詞序

情動於中而形於外言人之常也詩三百篇如俟城隅望復關摽梅實贈芍藥之類聖人未嘗刪焉陶淵明閑情一賦豈害其爲達而梁昭明以爲白玉微瑕何也公性至剛而與物有情蓋嘗致意於詩爲之本義溫柔寬厚所得深矣吟詠之餘溢爲歌詞有平山集盛傳於世曾慥雅詞不盡收也今定爲一卷其淺近者前輩多謂劉煇僞作故削之郡人羅泌

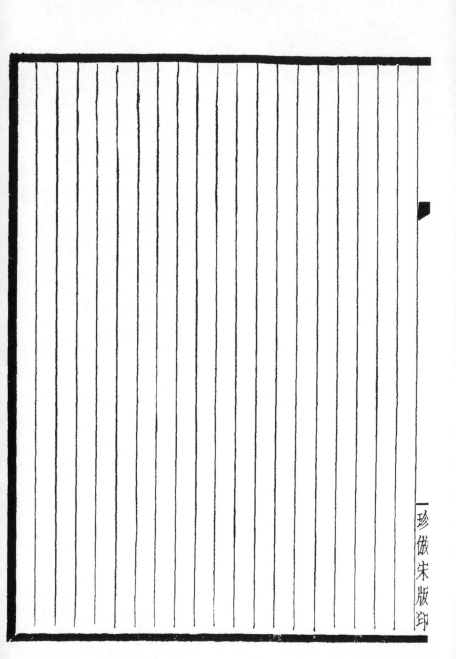

六一詞

目錄

六一詞目錄

採桑子

宋　歐陽修

輕舟短棹西湖好綠水逶迤芳草長隄隱隱笙歌處處隨　無風水面琉璃滑不覺船移微動漣漪驚起沙禽掠岸飛

又

春深雨過西湖好百卉爭妍蝶亂蜂喧晴日催花暖欲然　蘭橈畫舸悠悠去疑是神仙返照波間水闊風高颺管絃

又

畫船載酒西湖好急管繁絃玉盞催傳穩泛平波任醉眠　行雲卻在行舟下空水澄鮮俯仰留連疑是湖中別有天

又

羣芳過後西湖好狼籍殘紅飛絮濛濛垂柳闌干盡日風　笙歌散盡遊人去始覺春空垂下簾櫳雙燕歸來細雨中

又

何人解賞西湖好佳景無時飛蓋相追貪向花間醉

玉卮誰知閒凭闌干處芳草斜暉水遠煙微一點滄洲白鷺飛

又

清明上巳西湖好滿目繁華爭道誰家綠柳朱輪走鈿車　遊人日暮相將去醒醉諠譁路轉隄斜直到城頭總是花

又

荷花開後西湖好載酒來時不用旌旗前後紅幢綠蓋隨　畫船撐入花深處香泛金卮煙雨微微一片笙歌醉裏歸

又

天容水色西湖好雲物俱鮮鷗鷺閒眠應慣尋常聽管絃　風清月白偏宜夜一片瓊田誰羨驂鸞人在舟中便是仙

又

殘霞夕照西湖好花塢蘋汀十頃波平野岸無人舟自橫　西南月上浮雲散軒檻涼生蓮芰香清水面風來酒面醒

又

平生爲愛西湖好來擁朱輪富貴浮雲俯仰流年二

十春　歸來恰似遼東鶴城郭人民觸目皆新誰識當年舊主人

又

畫樓鐘動君休唱往事無蹤聚散匆匆今日歡娛幾客同　去年綠鬢今年白不覺衰容明月清風把酒何人憶謝公

又

十年一別流光速白首相逢莫話衰翁但鬬尊前語笑同　勸君滿酌君須醉盡日從容畫鷁牽風即去朝天沃舜聰

又

十年前是尊前客月白風清憂患凋零老去光陰速可驚　鬢華雖改心無改試把金觥舊曲重聽猶似當年醉裏聲

朝中措 平山堂

平山闌檻倚晴空山色有無中手種堂前垂柳別來幾度春風　文章太守揮毫萬字一飲千鍾行樂直須年少尊前看取衰翁

歸自謠 並載陽春錄名歸國謠

何處笛深夜夢回情脈脈竹風簷雨寒窗隔　離人

幾歲無消息今頭白不眠特地重相憶

又

春豔豔江上晚山三四點柳絲如翦花如染　香閨寂寂門半掩愁眉斂淚珠滴破胭脂臉

又

寒水碧水上何人吹玉笛扁舟遠送瀟湘客　蘆花千里霜月白傷行色來朝便是關山隔

長相思　舊刻四首攷深畫眉淺畫眉一首花間集刻白樂天尊前集刻唐無名氏今刪去

蘋滿溪柳繞隄相送行人溪水西回時隴月低　煙霏霏風淒淒重倚朱門聽馬嘶寒鷗相對飛

又

花似伊柳似伊花柳青春人別離低頭雙淚垂　長江東長江西兩岸鴛鴦兩處飛相逢知幾時

又

深花枝淺花枝深淺花枝相並時花枝難似伊　玉如肌柳如眉愛著鵝黃金縷衣啼妝更為誰

訴衷情　或刻山谷但清晨簾幕作珠簾繡幕易成傷作恨難忘擬歌作未歌

清晨簾幕卷輕霜呵手試梅妝都緣自有離恨故畫

作遠山長　思往事惜流芳易成傷擬歌先斂欲笑
還顰最斷人腸

踏莎行

候館梅殘溪橋柳細草熏風暖搖征轡離愁漸遠漸
無窮迢迢不斷如春水　寸寸柔腸盈盈粉淚樓高
莫近危闌倚平蕪盡處是春山行人更在春山外

又

雨霽風光春分天氣千花百卉爭明媚畫梁新燕一
雙雙玉籠鸚鵡愁孤睡　薜荔依牆莓苔滿地青樓
幾處歌聲麗驀然舊事上心來無言斂皺眉山翠

望江南

江南蝶斜日一雙雙身似何郎全傅粉心如韓壽愛
偷香天賦與輕狂　微雨後薄翅膩煙光纔伴遊蜂
來小院又隨飛絮過東牆長是爲花忙

減字木蘭花

留春不住燕老鶯慵無覓處說似殘春一老應無卻
少人　風和月好辦得黃金須買笑愛惜芳時莫待
無花空折枝

又

傷懷離抱天若有情天亦老此意如何細似輕絲渺

似波　扁舟岸側楓葉荻花秋索索細想前歡須著
人間比夢間

又

樓臺向曉淡月低雲天氣好翠幕風微宛轉梁州入
破時　香生舞袂楚女腰肢天與細汗粉重匀酒後
輕寒不著人

又

畫堂雅宴一抹朱絃初入偏慢撚輕攏玉指纖纖嫩
剝蔥　撥頭憁利怨月愁花無限意紅粉輕盈倚暖
香檀曲未成

又

歌檀斂袂繚繞雕梁塵暗起柔潤清圓百琲明珠一
綫穿　櫻唇玉齒天上仙音心下事留住行雲滿坐
迷魂酒半醺

生查子或刻秦少游

去年元夜時花市燈如晝月到柳梢頭人約黃昏後
今年元夜時月與燈依舊不見去年人淚滿春衫
袖

又或刻張子野

含羞整翠鬟得意頻相顧雁柱十三絃一一春鶯語

嬌雲容易飛夢斷知何處深院鎖黃昏陣陣芭蕉雨

瑞鷓鴣

楚王臺上一神仙眼色相看意已傳見了又休還似夢坐來雖近遠如天　隴禽有恨猶能說江月無情也解圓更被春風送惆悵落花飛絮兩翩翩

阮郎歸

東風臨水日啣山春來長是閒落花狼籍酒闌珊笙歌醉夢閒　春睡覺晚妝殘無人整翠鬟留連光景惜朱顏黃昏獨倚闌

又 或刻晏同叔

南園春早踏青時風和聞馬嘶青梅如豆柳如眉日長蝴蝶飛　花露重草煙低人家簾幕垂鞦韆慵困解羅衣畫梁雙燕棲

又 上三闋並載陽春集名醉桃源

角聲吹斷隴梅枝孤窗月影低塞鴻無限欲驚飛城烏休夜啼　尋斷夢掩深閨行人去路迷門前楊柳綠陰齊何時聞馬嘶

又

劉郎何日是來時無心雲勝伊行雲猶解傍山扉郎

行去不歸　強勻畫又芳菲春深輕薄衣桃花無語伴相思陰陰月上時

又

落花浮水樹臨池年前心眼期見來無事去還思而今花又飛　淺螺黛淡燕脂閒妝取次宜隔簾風雨閉門時此情風月知

蝶戀花 舊刻二十二首攷遙夜亭皋閒信步是李中主作六曲闌干偎碧樹又簾幕風輕雙語燕俱見珠玉詞獨倚危樓風細細又簾下清歌簾外晏俱見樂章集今俱刪去

簾幕東風寒料峭雪裏梅香先報春來早紅蠟枝頭雙燕小金刀翦綵呈纖巧　旋暖金爐熏蕙藻酒入橫波困不禁煩惱繡被五更春睡好羅幃不覺紗窗曉

又

南雁依稀回側陣雪霽牆陰偏覺蘭芽嫩中夜夢餘消酒困鑪香捲穗燈生暈　急景流年都一瞬往事前懽未免縈方寸臘後花期知漸近東風已作寒梅信

又

臘雪初消梅蕊綻梅雪相和喜鵲穿花轉睡起夕陽迷醉眼新愁長向東風亂　瘦覺玉肌羅帶緩紅杏梢頭二月春猶淺望極不來芳信斷音書縱有爭如見

又

海燕雙來歸畫棟簾影無風花影頻移動半醉騰騰春睡重綠鬟堆枕香雲擁　翠被雙盤金縷鳳憶得前春有箇人人共花裏黃鶯時一弄日斜驚起相思夢

又

面旋落花風蕩漾柳重煙深雪絮飛來往雨後輕寒猶未放春愁酒病成惆悵　枕畔屏山圍碧浪翠被華燈夜夜空相向寂寞起來褰繡幌月明正在梨花上

又　一見陽春錄易安李氏稱是六一詞

庭院深深深幾許楊柳堆煙簾幕無重數玉勒雕鞍遊冶處樓高不見章臺路　雨橫風狂三月暮門掩黃昏無計留春住淚眼問花花不語亂紅飛過鞦韆去

又

永日環隄乘綵舫，煙草蕭疎恰似晴江上水浸碧天風皺浪菱花荇蔓隨雙槳 紅粉佳人翻麗唱驚起鴛鴦兩兩飛相向且把金尊傾美釀休思往事成惆悵

又

越女採蓮秋水畔窄袖輕羅暗露雙金釧照影摘花花似面芳心只共絲爭亂 鸂鶒灘頭風浪晚霧重煙輕不見來時伴隱隱歌聲歸棹遠離愁引著江南岸

又

水浸秋天風皺浪縹緲仙舟只似秋天上和露採蓮愁一餉看花卻是啼妝樣 折得蓮莖絲未放蓮斷絲牽特地成惆悵歸棹莫愁花蕩漾江頭有箇人相望

又 一刻同叔一刻子瞻

梨葉初紅蟬韻歇銀漢風高玉管聲淒切枕簟乍涼銅漏徹誰教社燕輕離別 草際蟲吟秋露結宿酒醒來不記歸時節多少衷腸猶未說珠簾夜夜朦朧月

又亦載陽春錄

誰道閒情拋棄久每到春來惆悵還依舊日日花前常病酒不辭鏡裏朱顏瘦　河畔青蕪隄上柳爲問新愁何事年年有獨立小橋風滿袖平林新月人歸後

又

翠苑紅芳晴滿目綺席流鶯上下長相逐紫陌閒隨金轣轆馬蹄踏徧春郊綠　一覺年華春夢促往事悠悠百種尋思足煙雨滿樓山斷續人閒倚徧闌干曲

又

小院深深門掩亞寂寞珠簾畫閣重重下欲近禁煙微雨罷綠楊深處鞦韆挂　傅粉狂遊猶未捨不念芳時眉黛無人畫薄倖未歸春去也杏花零落香紅謝

又亦載陽春錄

幾日行雲何處去忘了歸來不道春將暮百草千花寒食路香車繫在誰家樹　淚眼倚樓頻獨語雙燕來時陌上相逢否撩亂春愁如柳絮依依夢裏無尋處

又

欲過清明煙雨細小檻臨窗點點殘花墜梁燕語多驚曉睡銀屏一半堆香被　新歲風光如舊歲所恨征輪漸漸程迢遞縱有遠情難寫寄何妨解有相思淚

又

畫閣歸來春又晚燕子雙飛柳軟桃花淺細雨滿天風滿院愁眉斂盡無人見　獨倚闌干心緒亂芳草芊綿尚憶江南岸風月無情人暗換舊遊如夢空腸斷

又

嘗愛西湖春色早臘雪方銷已見桃開小頃刻光陰都過了如今綠暗紅英少　且趁餘花謀一笑況有笙歌豔態相縈繞老去風情應不到憑君剩把芳尊倒

漁家傲　舊刻三十二首攷幽鷺漫來窺品格又楚國細腰元自瘦俱晏元獻公作今刪去

一派潺湲流碧漲新亭四面山相向翠竹嶺頭明月上迷俯仰月輪正在泉中漾　更待高秋天氣爽菊花香裏開新釀酒美賓嘉真勝賞紅粉唱山深分外歌聲響

又

十月小春梅蕊綻紅爐畫閣新裝偏錦帳美人貪睡暖羞起晚玉壺一夜冰澌滿　樓上四垂簾不卷天寒山色偏宜遠風急雁行吹字斷紅日短江天雲意雲撩亂

又　與趙康靖公

四紀才名天下重三朝構廈爲梁棟定冊功成身退勇辭榮寵歸來白首笙歌擁　顧我薄才無可用君恩近許歸田壠今日一觴難得共聊對捧官奴爲我高歌送

又

暖日遲遲花裊裊人將紅粉爭花好花不能言惟解笑金壺倒花開未老人年少　車馬九門來擾擾行人莫羨長安道丹禁漏聲衢鼓報催昏曉長安城裏人先老

又

紅粉牆頭花幾樹落花片片和鶯絮牆外有樓花有主尋花去隔牆遙見鞦韆侶　綠索紅旗雙彩柱行人只得偷回顧腸斷樓南金鎖戶天欲暮流鶯飛到鞦韆處

又

妾本錢塘蘇小妹芙蓉花共門相對昨日為逢青傘蓋慵不採今朝斗覺凋零⿰目敫　愁倚畫樓無計奈亂紅飄過秋塘外料得明年秋色在香可愛其如鏡裏花顏改

又

花底忽聞敲兩槳逡巡女伴來尋訪酒盞旋將荷葉當蓮舟蕩時時盞裏生紅浪　花氣酒香清廝釀花腮酒面紅相向醉倚綠陰眠一餉驚起望船頭閣在沙灘上

又

葉有清風花有露葉籠花罩鴛鴦侶白錦頂絲紅錦羽蓮女妬驚飛不許長相聚　日脚沈紅天色暮清涼傘上微微雨早是水寒無宿處須回步枉教雨裏分飛去

又

荷葉田田青照水孤舟挽在花陰底昨夜蕭蕭疎雨墜愁不寐朝來又覺西風起　雨擺風搖金蕊碎合歡枝上香房翠蓮子與人長廝類無好意年年苦在中心裏

又

葉重如將青玉亞花輕疑是紅綃掛顏色清新香脫灑甚長價牡丹怎得稱王者　雨筆露牋勻彩畫日爐風炭熏蘭麝天與多情絲一把誰廝惹千條萬縷縈心下

又　一刻同叔

粉蕊丹青描不得金針線線功難敵誰傍暗香輕採摘風淅淅船頭觸散雙鸂鶒　夜雨染成天水碧朝陽借出胭脂色欲落又開人共惜秋氣逼盤中已見新荷菂

又

喜鵲填河仙浪淺雲軿早在星橋畔街鼓黃昏霞尾暗炎光斂金鉤側倒天西面　一別經年今始見新歡往恨知何限天上佳期貪眷戀良宵短人間不合催銀箭

又

乞巧樓頭雲幔捲浮花催洗嚴妝面花上蛛絲尋得徧顰笑淺雙眸望月牽紅線　奕奕天河光不斷有人正在長生殿暗付金釵清夜半千秋願年年此會長相見

又

別恨長長歡計短疎鐘促漏真堪怨此會此情都未半星初轉鸞琴鳳樂匆匆卷　河鼓無言西北盼香蛾有恨東南遠脈脈橫波珠淚滿歸心亂離腸便逐星橋斷

又

九日歡遊何處好黃花萬蕊雕闌繞通體清香無俗調天氣好煙滋露結功多少　日腳清寒高下照寶釘密綴圓斜小落葉西園風嫋嫋催秋老叢邊莫厭金尊倒

又

青女霜前催得綻金鈿亂散枝頭徧落帽臺高開雅宴芳尊滿挼花吹在流霞面　桃李三春雖可羨鶯來蝶去芳心亂爭似仙潭秋水岸香不斷年年自作茱萸伴

又

露裛嬌黃風擺翠人開晚秀非無意仙格淡妝天與麗誰可比女真裝束真相似　筵上佳人牽翠袂纖纖玉手挼新蕊美酒一杯花影膩邀客醉紅瓊共作熏熏媚

又

對酒當歌勞客勸惜花只惜年華晚寒豔冷香秋不管情眷眷凭闌盡日愁無限　思抱芳期隨塞雁悔無深意傳雙燕悵望一枝難寄遠人不見樓頭望斷相思眼

又以下元刻續添玉樓春後

正月斗杓初轉勢金刀翦綵功夫異稱慶高堂歡幼稚看柳意偏從東面春風至　十四新蟾圓尚未樓前乍看紅燈試冰散綠池泉細細魚欲戲園林已是花天氣

又

二月春耕昌杏密百花次第爭先出惟有海棠梨第一深淺拂天生紅粉真無匹　畫棟歸來巢未失雙雙款語憐飛乙留客醉花迎曉日金盞溢卻憂風雨飄零疾

又

三月清明天婉娩晴川祓禊歸來晚況是踏青來處遠猶不倦鞦韆別閉深庭院　更值牡丹開欲徧酴醾壓架清香散花底一尊誰解勸增眷戀東風向晚無情絆

又

四月園林春去後深深密幄陰初茂折得花枝猶在手香滿袖葉間梅子青如豆　風雨時時添氣候成行新筍霜筠厚題就送春詩幾首聊對酒櫻桃色照銀盤溜

又

五月榴花妖豔烘綠楊帶雨垂垂重五色新詩纏角糉金盤送生綃畫扇盤雙鳳　正是浴蘭時節動菖蒲酒美清尊共葉裏黃鸝時一弄猶鬙鬆等閑驚破紗窗夢

又

六月炎天時霎雨行雲涌出奇峯露沼上嫩蓮腰束素風兼露梁王宮闕無煩暑　畏日亭亭殘蕙炷傍簾乳燕雙飛去碧盌敲冰傾玉處朝與暮故人風快涼輕度

又

七月新秋風露早渚蓮尚折庭梧老是處瓜華時節好金尊倒人間綵縷爭祈巧　萬葉敲聲涼乍到百蟲啼晚煙如埽箭漏初長天杳杳人語悄那堪夜雨催清曉

珍倣宋版印

又

八月秋高風歷亂衰蘭敗芷紅蓮岸皓月十分光正滿清光畔年年常願瓊筵看　社近愁看歸去燕江天空闊雲容漫宋玉當時情不淺成幽怨鄉關千里危腸斷

又

九月霜秋秋已盡烘林敗葉紅相映惟有東籬黃菊盛遺金粉人家簾幕重陽近　曉日陰陰晴未定授衣時節輕寒嫩新雁一聲風又勁雲欲凝雁來應有吾鄉信

又重前略異仍舊並刻

十月小春梅蕊綻紅樓畫閣新妝偏鴛帳美人貪睡暖梳洗嬾玉壺一夜輕澌滿　樓上四垂簾不捲天寒山色偏宜遠風急雁行吹字斷紅日晚江天雪意雲撩亂

又

十一月新陽排壽宴黃鍾應管添宮線獵獵寒威雲不捲風頭轉時看雪霰吹人面　南至迎長知漏箭書雲紀候冰生硯臘近探春春尚遠閒亭院梅花落盡千千片

又

十二月嚴凝天地閉莫嫌臺榭無花卉惟有酒能欺雪意增豪氣直教耳熱笙歌沸　隴上雕鞍惟數騎獵圍半合新霜裏霜重鼓聲寒不起千人指馬前一雁寒空墜

玉樓春

風遲日媚煙光好綠樹依依芳意早年華容易即凋零春色只宜長恨少　池塘隱隱驚雷曉柳眼未開梅蕚小尊前貪愛物華新不道物新人漸老

又

西亭飲散清歌闋花外遲遲宮漏發塗金燭引紫騮嘶柳曲西頭歸路別　佳辰只恐幽期闊密贈殷勤衣上結翠屏魂夢莫相尋禁斷六街清夜月

又

春山斂黛低歌扇暫解吳鉤登祖宴畫樓鐘動已魂銷何況馬嘶芳草岸　青門柳色隨人遠望欲斷時腸已斷洛陽春色待君來莫到落花飛似霰

又

尊前擬把歸期說未語春容先慘咽人生自是有情癡此恨不關風與月　離歌且莫翻新闋一曲能教

腸寸結直須看盡洛城花始共春風容易別

又

洛陽正值芳菲節穠豔清香相間發遊絲有意苦相縈垂柳無端爭贈別　杏花紅處青山缺山畔行人山下歇今宵誰肯遠相隨惟有寂寥孤館月

又

殘春一夜狂風雨斷送紅飛花落樹人心花意待留春春色無情容易去　高樓把酒愁獨語借問春歸何處所暮雲空闊不知音惟有綠楊芳草路

又

常憶洛陽風景媚煙暖風和添酒味鶯啼宴席似留人花出牆頭如有意　別來已隔千山翠望斷危樓斜日墜關心只爲牡丹紅一片春愁來夢裏

又

池塘水綠春微暖記得玉真初見面從頭歌韻響錚鏦入破舞腰紅亂旋　玉鉤簾下香階畔醉後不知紅日晚當時共我賞花人點檢如今無一半

又

兩翁相遇逢佳節正值柳綿飛似雪便須豪飲敵青春莫對新花羞白髮　人生聚散如弦筈老去風情

尤惜別大家金盞倒垂蓮一任西樓低曉月

又

西湖南北煙波闊風裏絲簧聲韻咽舞餘裙帶綠雙垂酒入香腮紅一抹 杯深不覺瑠璃滑貪看六么花十八明朝車馬各東西惆悵畫橋風與月

又

燕鴻過後春歸去細算浮生千萬緒來如春夢幾多時去似朝雲無覓處 聞琴解珮神仙侶挽斷羅衣留不住勸君莫作獨醒人爛醉花間應有數

又

蝶飛芳草花飛路把酒已嗟春色暮當時枝上落殘花今日水流何處去 樓前獨繞鳴蟬樹憶把芳條吹暖絮紅蓮綠芰亦芳菲不奈金風兼玉露

又

別後不知君遠近觸目淒涼多少悶漸行漸遠漸無書水闊魚沈何處問 夜深風竹敲秋韻萬葉千聲皆是恨故欹單枕夢中尋夢又不成燈又燼

又

紅條約束瓊肌穩拍碎香檀催急衮隴頭嗚咽水聲繁葉下間關鶯語近 美人才子傳芳信明月清風

傷別恨未知何處有知音常爲此情留此恨

又

檀槽碎響金絲撥露溼潯陽江上月不知商婦爲誰愁一曲行人留夜發　畫堂花月新聲別紅藥調長彈未徹暗將深意祝膠絃惟願絃絃無斷絕

又

春蔥指甲輕攏撚五彩垂條雙袖捲雪香濃透紫檀槽胡語急隨紅玉腕　當頭一曲情何限入破錚鏦金鳳戰百分芳酒祝長春再拜斂容擡粉面

又

金花盞面紅煙透舞急香茵隨步皺青春才子有新詞紅粉佳人重勸酒　也知自爲傷春瘦歸騎休交銀燭候擬將沈醉爲清歡無奈醒來還感舊

又

雪雲乍變春雲簇漸覺年華堪送目北枝梅蘂犯寒開南浦波紋如酒綠　芳菲次第還相續不奈情多無處足尊前百計得春歸莫爲傷春歌黛蹙

又 柳

黃金弄色輕於粉濯濯春條如水嫩爲緣力薄未禁風不奈多嬌長似困　腰柔乍怯人相近眉小未知

春有恨勸君著意惜芳菲莫待行人攀折盡

又

珠簾半下香銷印二月東風催柳信琵琶旁畔且尋思鸚鵡前頭休借問　驚鴻過後生離恨紅日長時添酒困未知心在阿誰邊滿眼淚珠言不盡

又

沈沈庭院鶯吟弄日暖煙和春氣重綠楊嬌眼為誰回芳草深心空自動　倚闌無語傷離鳳一片風情無處用尋思還有舊家心蝴蝶時時來役夢

又

去時梅蕚初凝粉不覺小桃風力損梨花最晚又凋零何事歸期無定準　闌干倚徧重來凭淚粉偷將紅袖印蜘蛛喜鵲誤人多似此無憑安足信

又

酒美春濃花世界得意人人千萬態莫教辜負豔陽天過了堆金何處買　已去少年無計奈且願芳心長恁在閑愁一點上心來算得東風吹不解

又

湖邊柳外樓高處望斷雲山多少路闌干倚徧使人愁又是天涯初日暮　輕無管繫狂無數水畔花飛

風裏絮算伊渾似薄情郎去便不來來便去

又

南園粉蝶能無數度翠穿紅來復去倡條冶葉恣留連飄蕩輕于花上絮　朱闌夜夜風兼露宿粉棲香無定所多情翻卻似無情贏得百花無限妬

又 子規

江南三月春光老月落禽啼春未曉露和啼血染花紅恨過千家煙樹杪　雲垂玉枕屏山小夢欲成時驚覺了人心應不似伊心若解思歸歸合早

又

東風本是開花信及至花時風更緊吹開吹謝苦匆匆春意到頭無處問　把酒臨風千萬恨欲掃殘紅猶未忍夜來風雨轉離披滿眼淒涼愁不盡

又

陰陰樹色籠晴晝清淡園林春過後杏腮輕粉日催紅池面綠羅風捲皺　佳人向晚新妝就圓膩歌喉珠欲溜當筵莫放酒杯遲樂事良辰難入手

又

芙蓉鬬暈胭脂淺留著晚花開小宴畫船紅日晚風清柳色溪光晴照暖　美人爭勸梨花盞舞困玉腰

裙縷慢莫交銀燭促歸期已祝斜陽休更晚

南歌子

鳳髻金泥帶龍紋玉掌梳走來窗下笑相扶愛道畫眉深淺入時無 弄筆偎人久描花試手初等閒妨了繡功夫笑問雙鴛鴦字怎生書

御街行

夭非華豔輕非霧來夜半天明去來如春夢不多時去似朝雲何處乳雞酒燕落星沈月紞紞城頭鼓參差漸辨西池樹朱閣斜欹戶綠苔深徑少人行苔上屐痕無數遺香餘粉剩衾閒枕天把多情賦

虞美人影

梅梢弄粉香猶嫩欲寄江南春信別後寸腸縈損說與伊爭穩 小爐獨守寒灰燼忍淚低頭畫盡眉上萬重新恨竟日無人問

又

鶯愁燕苦春歸去寂寂花飄紅雨碧草綠楊歧路況是長亭暮 小年行客情難訴泣對東風無語目斷兩三煙樹翠隔江淹浦

臨江仙

柳外輕雷池上雨雨聲滴碎荷聲小樓西角斷虹明

闌干倚處待得月華生　燕子飛來窺畫棟玉鉤垂下簾旌涼波不動簟紋平水精雙枕旁有墮釵橫

又

記得金鑾同唱第春風上國繁華如今薄宦老天涯十年歧路空負曲江花　聞說閬山通閬苑樓高不見君家孤城寒日等閒斜離愁難盡紅樹遠連霞

聖無憂

世路風波險十年一別須臾人生聚散長如此相見且歡娛　好酒能消光景春風不染髭鬚爲公一醉花前倒紅袖莫來扶

浪淘沙

把酒祝東風且共從容垂楊紫陌洛城東總是當時攜手處遊徧芳叢　聚散苦匆匆此恨無窮今年花勝去年紅可惜明年花更好知與誰同

又

花外倒金翹飲散無憀柔桑蔽日柳迷條此地年時曾一醉還是春朝　今日舉輕橈帆影飄飄長亭回首短亭遙過盡長亭人更遠特地魂銷

又

五嶺麥秋殘荔子初丹絳紗囊裏水晶丸可惜天教

生處遠不近長安　往事憶開元妃子偏憐一從魂散馬嵬關只有紅塵迷驛使滿眼驪山

又

萬恨苦綿綿舊約前歡桃花溪畔柳陰閒幾度日高春睡重繡戶深關　樓外斜陽閒獨自憑闌一重水隔一重山水闊山高人不見有淚無言

又

今日北池遊漾漾輕舟波光瀲灩柳條柔如此春來春又去白了人頭　好妓好歌喉不醉難休勸君滿滿酌金甌縱使花時常病酒也是風流

定風流

把酒花前欲問他對花何恡醉顏酡春到幾人能爛賞何況無情風雨等閒多　豔樹香叢都幾許朝暮惜紅愁粉奈情何好是金船浮玉浪相向十分深送一聲歌

又

把酒花前欲問伊忍嫌金盞負春時紅豔不能旬日看宜算須知開謝只相隨　蝶去蝶來猶解戀難見回頭還是度年期莫候飲闌花已盡方信無人堪與補殘枝

又

把酒花前欲問公對花何事訴金鍾爲甚去年春甚處虛度鶯聲撩亂一場空　今歲春來須愛惜難得須知花面不長紅待得酒醒君不見千片不隨流水即隨風

又

把酒花前欲問君世間何計可留春縱使青春留得住虛語無情花對有情人　任是好花須落去自古紅顏能得幾時新暗想浮生何事好唯有清歌一曲倒金尊

又

過盡韶華不可添小樓紅日下層簷春睡覺來情緒惡寂寞楊花撩亂拂珠簾　早是閑愁依舊在無奈那堪更被宿醒兼把酒送春惆悵甚長恁年年三月病懨懨

又

對酒追歡莫負春春光歸去可饒人昨日紅芳今綠樹已暮殘花飛絮兩紛紛　粉面麗姝歌窈窕清妙尊前信任醉醺醺不是狂心貪燕樂自覺年來白髮滿頭新

鷓山溪

新正初破三五銀蟾滿纖手染香羅翦紅蓮滿城開
徧樓臺上下歌管咽春風駕香輪停寶馬只待金烏
晚帝城今夜羅綺誰爲伴應卜紫姑神問歸期相
思望斷天涯情緒對酒且開顏春宵短春寒淺莫待
金杯暖

浣溪沙

雲曳香綿彩柱高絳旗風颭出花梢一梭紅帶往來
抛束素美人羞不打卻嫌裙慢褪纖腰日斜深院
影空搖

又

隄上遊人逐畫船拍隄春水四垂天綠楊樓外出鞦
韆白髮戴花君莫笑六么催拍盞頻傳人生何處
似尊前

又

湖上朱橋響畫輪溶溶春水浸春雲碧瑠璃滑淨無
塵當路遊絲縈醉客隔花啼鳥喚行人日斜歸去
奈何春

又

葉底青青杏子垂枝頭薄薄柳綿飛日高深院晚鶯

啼　堪恨風流成薄倖斷無消息道歸期託腮無語翠眉低

又或入珠玉詞或入淮海詞

青杏園林煮酒香佳人初試薄羅裳柳絲搖曳燕飛忙　乍雨乍晴花自落閒愁閒悶晝偏長爲誰消瘦損容光

又

紅粉佳人白玉杯木蘭船穩棹歌催綠荷風裏笑聲來　細雨輕煙籠草樹斜橋曲水繞樓臺夕陽高處畫屏開

又

翠袖嬌鬟舞石州雨行紅粉一時羞新聲難逐管絃愁　白髮主人年未老清時賢相望偏優一尊風月爲公留

又

燈燼垂花月似霜薄簾映月雨交光酒醺紅粉自生香　雙手舞餘拖翠袖一聲歌已釂金觴休回嬌眼斷人腸

又

十載相逢酒一卮故人纔見便開眉老來遊舊更同

誰 浮世歌歡真易失宦途離合信難期尊前莫惜
醉如泥

御帶花

青春何處風光好帝里偏愛元夕萬重繒綵構一屏峯嶺半空金碧寶檠銀釭耀絳幕龍虎騰擲沙隄遠雕輪繡轂爭走五王宅 雍容熙熙作畫會樂府神姬海洞仙客拽香搖翠稱執手行歌錦街天陌月淡寒輕漸向曉漏聲寂寂當年少狂心未已不醉怎歸得

虞美人

爐香晝永龍煙白風動金鸞額畫屏寒掩小山川睡容初起枕痕圓墜花鈿 樓高不及煙霄半望盡相思眼豔陽剛愛挫愁人故生芳草碧連雲怨王孫

鶴冲天

梅謝粉柳拖金香滿舊園林養花天氣半晴陰花好卻愁深 花無數愁無數花好卻愁春去戴花持酒祝東風千萬莫匆匆

夜行船

憶昔西都歡縱自別後有誰能共伊川山水洛川花細尋思舊遊如夢 記今日相逢情愈重愁聞唱畫

樓鐘動白髮天涯逢此景倒金尊殢誰相送

又

滿眼東風飛絮催行色短亭春暮落花流水草連雲看看是斷腸南浦　檀板未終人去去扁舟在綠楊深處手把金尊難爲別更那聽亂鶯疎雨

洛陽春

紅紗未曉黃鸝語蕙爐銷蘭炷錦屏羅幕護春寒昨夜三更雨　繡簾閒倚吹輕絮斂眉山無緒看花拭淚向歸鴻問來處逢郎否

一叢花　向誤張子野

傷春懷遠幾時窮無物似情濃離愁正恁牽絲亂更南陌飛絮濛濛歸騎漸遙征塵不斷何處認郎蹤　雙鴛池沼水溶溶南北小橋通梯橫畫閣黃昏後又還是新月簾櫳沈恨細思不如桃李還解嫁春風

雨中花

千古都門行路能使離歌聲苦送盡行人花殘春晚又到君東去　醉藉落花吹暖絮多少曲隄芳樹且攜手留連良辰美景留作相思處

千秋歲

數聲鶗鴂又報芳菲歇惜春更把殘紅折雨輕風色

暴梅子青時節永豐柳無人盡日花飛雪　莫把絲
絃撥怨極絃能說天不老情難絕心似雙絲網終有
千千結夜過也東窗未白殘燈滅
越溪春
三月十三寒食日春色偏天涯越溪閬苑繁華地傍
禁垣珠翠煙霞紅粉牆頭鞦韆影裏臨水人家　歸
來晚駐香車銀箭透窗紗有時三點兩點雨霽朱門
柳細風斜沈麝不燒金鴨冷籠月照梨花
賀聖朝影
白雪梨花紅粉桃露華高垂楊慢舞綠絲條草如袍
風過小池輕浪起似江皐千金莫惜買香醪且陶
陶
洞天春
鶯啼綠樹聲早檻外殘紅未掃露點真珠偏芳草正
簾幃清曉　鞦韆宅院悄悄又是清明過了燕蝶輕
狂柳絲撩亂春心多少
憶漢月
紅豔幾枝輕裊新被東風開了倚煙啼露為誰嬌故
惹蝶憐蜂惱　多情遊賞處留戀向綠叢千繞酒闌
歡罷不成歸腸斷月斜春老

清平樂

雨晴煙晚綠水新池滿雙燕飛來垂柳院小閣畫簾高捲　黃昏獨倚朱闌西南初月眉彎砌下落花風起羅衣特地春寒

又

小庭春老碧砌紅萱草長憶小闌閒共繞攜手綠叢含笑　別來音信全乖舊期前事堪猜門掩日斜人靜落花愁點青苔

應天長　舊刻三首玫綠槐陰裏黃鸝語花間集刻韋莊今刪去

一彎初月臨鸞鏡雲鬢鳳釵慵不整珠簾淨重樓迥惆悵落花風不定　綠煙低柳徑何處轆轤金井昨夜更闌酒醒春愁勝卻病

又

石城山下桃花綻宿雨初晴雲未散南去棹北飛雁水闊山遙腸欲斷　倚樓情緒嬾惆悵春心無限燕度蒹葭風晚欲歸愁滿面

涼州令　東堂石榴

翠樹芳條颭的的裙腰初染佳人攜手弄芳菲綠陰紅影共展雙紋簟插花照影窺鸞鑑只恐芳容減不

堪零落春晚青苔雨後深紅點　一去門閒掩重來卻尋朱檻離離秋實弄輕霜嬌紅脉脉似見胭脂臉人非事往眉空斂誰把佳期賺芳心只願長依舊春風更放明年豔

南鄉子

翠密紅繁水國涼生未是寒雨打荷花珠不定輕翻冷潑鴛鴦錦翅斑　盡日凭闌弄蘂拈花仔細看偷得馬蹄新鑄樣無端藏在紅房豔粉間

又

雨後斜陽細細風來細細香風定波平花映水休藏照出輕盈半面妝　路隔秋江蓮子深深隱翠房意在蓮心無問處難忘淚裏紅腮不記行

鵲橋仙

月波清霽煙容明淡靈漢舊期還至鵲迎橋路接天津映夾岸星榆點綴　雲屏未捲仙雞催曉腸斷去年情味多應天意不交長任恐把歡娛容易

芳草渡

梧桐落蓼花秋煙初冷雨纔收蕭條風物正堪愁人去後多少恨在心頭　燕鴻遠羌笛怨渺渺澄波一片山如黛月如鉤笙歌散夢魂斷倚高樓

珠簾捲暮雲愁垂楊暗鎖青樓煙雨濛濛如畫輕風
吹旋收　香斷錦屏新別人間玉簟初秋多少舊歡
新恨書杳杳夢悠悠

更漏子

風帶寒枝正好蘭蕙無端先老情悄悄夢依依離人
殊未歸　褰羅幕凭朱閣不獨堪悲搖落月東出雁
南飛誰家夜擣衣

摸魚兒

捲繡簾梧桐秋院落一霎雨添新綠對小池閒立殘
妝淺向晚水紋如縠凝遠目恨人去寂寂鳳枕孤難
宿倚闌不足看燕拂風簷蝶翻露草兩兩長相逐
雙眉促可惜年華婉娩西風初弄庭菊況伊家年少
多情未已難拘束那堪更趁涼景追尋甚處垂楊曲
佳期過盡但不說歸來多應忘了雲屏去時祝

少年遊

去年秋晚此園中攜手翫芳叢拈花嗅蘂惱煙撩霧
拚醉倚西風　今年重對芳叢處追往事又成空敲
徧闌干向人無語惆悵滿枝紅

又

肉紅圓樣淺心黃枝上巧如裝雨輕煙重無憀天氣啼破曉來妝　寒輕貼體風頭冷忍拋棄向秋光不會深心爲誰惆悵回面恨斜陽

又

玉壺冰瑩獸爐灰人起繡簾開春叢一夜六花開盡不待翦刀催　洛陽城闕中天起高下徧樓臺絮亂風輕拂鞍霑袖歸路似章街

行香子

舞雪歌雲閑淡妝勻藍溪水染輕裙酒香醺臉粉色生春更雅談話好情性美精神　空江不斷凌波何處向越橋邊青柳朱門斷鐘殘角又送黃昏奈眼中淚心中事意中人

鷓鴣天

學畫宮眉細細長芙蓉出水鬬新妝只知一笑能傾國不信相看有斷腸　雙黃鵠兩鴛鴦迢迢雲水恨難忘早知今日長相憶不及從初莫作雙

荆公嘗對客誦永叔小闋云五綵新絲纏角糉金盤送生綃畫扇盤雙鳳曰三十年前見其全篇今才記三句乃永叔在李太尉端愿席上所作十二月鼓子詞數問人求之不可得嗚呼荆

公之沒二紀余自永平幕召還過武陵始得於州將李君誼追恨荊公之不獲見也誼太尉猶子也□□□□年中秋日金陵□□□記

政和丙申冬余還自京師過歙州太守濠梁許君頌之席上見許君舉荊公所記三句且云此詞才情有餘他人不能道也後十二年建炎戊申偶得此本於長樂同宮方君後四年辛亥紹興二月朔自尤谿避盜宿龍爬以待二弟適無事謾錄于此 吏部員外郎朱松喬年

六一詞

廬陵舊刻三卷且載樂語于首今删樂語匯爲一卷凡他稿誤入如清商怨類一一削去誤入他稿如歸自謠類一一注明然集中更有浮豔傷雅不似公筆者先輩云云疑以傳疑可也古虞毛晉記

樂章集

目錄

定風波一調　尉遲杯一調
慢卷紬一調　征部樂一調
佳人醉一調　迷仙引一調
御街行二調　歸朝歡一調
采蓮令一調　秋夜月一調
巫山一段雲五調　傾杯樂一調
法曲獻仙音一調　西平樂一調
蝶戀花三調　永遇樂二調
卜算子一調　鵲橋仙一調
浪淘沙慢一調　夏雲峯一調
荔枝香一調　浪淘沙令一調
破陣樂一調　古傾杯一調
雙聲子一調　傾杯樂一調
陽臺路一調　內家嬌一調
二郎神一調　醉蓬萊一調
宣清一調　雨中花慢一調
定風波一調　訴衷情近二調
留客住一調　迎春樂一調
隔簾聽一調　鳳歸雲一調
拋毬樂一調　集賢賓一調

宋 柳永

正宮

黄鶯兒詠鶯

園林晴晝誰爲主暖律潛催幽谷暄和黄鸝翩翩乍遷芳樹觀露溼縷金衣葉映如簧語曉來枝上綿蠻似把芳心深意低訴　無據乍出暖煙來又趁遊蜂去恣狂蹤跡兩兩相呼終朝霧吟風舞當上苑柳濃時別館花深處此際海燕偏饒都把韶光與

鬬百花亦名夏州

颯颯霜飄鴛瓦翠幕輕寒微透長門深鎖悄悄滿庭秋色將晚眼看菊蘂重陽淚落如珠長是淹殘粉面鸞輅音塵遠　無限幽恨寄情空殢紈扇應是帝王當初怪妾辭輦陡頓令來宮中第一妖嬈卻道昭陽飛燕

又

煦色韶光明媚輕靄低籠芳樹池塘淺蘸煙蕪簾幕閑垂風絮春困厭厭拋擲鬬草工夫冷落踏青心緒終日扃朱戶　遠恨綿綿淑景遲遲難度年少傅粉依前醉眠何處深院無人黄昏乍拆鞦韆空鎖滿庭

花雨

又

滿搦宮腰纖細年紀方當笄歲剛被風流沾惹與合垂楊雙髻初學嚴妝如描似削身材怯雨羞雲情意舉措多嬌媚　爭奈心性未會先憐佳婿長是夜深不肯便入鴛被與解羅裳盈盈背立銀釭卻道你彈先睡

玉女搖仙珮或入片玉集

飛瓊伴侶偶別珠宮未返神仙行綴取次梳妝尋常言語有得許多姝麗擬把名花比恐旁人笑我談何容易細思算奇葩豔卉惟是深紅淡白而已爭如這多情占得人間千嬌百媚　須信畫堂繡閣皓月清風忍把光陰輕棄自古及今佳人才子少得當年雙美且恁相偎倚未消得憐我多才多藝願奶奶蘭心蕙性枕前言下表余深意爲盟誓今生斷不孤鴛被

雪梅香

景蕭索危樓獨立面晴空動悲秋情緒當時宋玉應同漁市孤煙裊寒碧水村殘葉舞愁紅楚天闊浪浸斜陽千里溶溶　臨風想佳麗別後愁顏鎮斂眉峯可惜當年頓乖雨跡雲蹤雅態妍姿正歡洽落花流

水忽西東無憀恨相思意盡分付征鴻

尾犯

夜雨滴空階孤館夢回情緒蕭索一片閑愁想丹青難貌秋漸老蛩聲正苦夜將闌燈花旋落最無端處總把良宵秖恁孤眠卻　佳人應怪我別後寡信輕諾記得當初翦香雲為約甚時向幽閨深處按新調流霞共酌再同歡笑肯把金玉珠珍博貌字叶未詳疑从卜各反一作邈非

甘草子

秋暮亂灑衰荷顆顆真珠雨雨過月華生冷徹鴛鴦浦　飄散露華無似奈此箇單棲情緒卻倚金籠教鸚鵡念粉郎言語

又

秋盡葉翦紅綃砌菊遺金粉雁字一行來還有邊庭信　池上凭闌風緊動翠幕曉寒猶嫩中酒殘妝慵整頓惹兩眉離恨

中呂宮

送征衣

過昭陽璿樞電繞華渚虹流運應千載會昌馨寰宇薦殊祥吾皇誕彌月瑤圖纘慶玉葉騰芳並景貺三

靈眷祐挺英哲掩前王遇年年嘉節清和頒率土稱觴無閒要荒華夏盡萬里走梯航彤庭舜張大樂禹會羣方鵷行趨上國山呼鼇抃遙爇爐香竟就日瞻雲獻壽指南山等無疆願巍巍寶厤鴻基天地齊遙

晝夜樂

洞房記得初相遇便只合長相聚何期小會幽歡變作別離情緒況值闌珊春色暮對滿目亂花狂絮直恐好風光盡隨伊歸去 一場寂寞憑誰訴算前言總輕負早知恁地難拚悔不當初留住其奈風流端正外更別有繫人心處一日不思量也攢眉千度

又 贈妓

秀香家住桃花徑算神仙才堪並層波細翦明眸膩玉圓搓素頸愛把歌喉當筵逞遏天邊亂雲愁凝言語似嬌鶯一聲聲堪聽 洞房飲散簾幃靜擁香衾歡心稱金爐麝裊青煙鳳帳燭搖紅影無限狂心乘酒興這歡娛漸入嘉景猶自怨鄰雞道秋宵不永

柳腰輕 贈妓

英英妙舞腰肢軟章臺柳昭陽燕錦衣冠蓋綺堂筵宴是處千金爭選顧香砌絲管初調倚輕風珮環微

顫　作入霓裳促徧逞盈盈漸催檀板慢垂霞袖急趨蓮步進退奇容千變笑何止傾國傾城暫回眸萬人腸斷

西江月

鳳額繡簾高捲獸鐶朱戶頻搖兩竿紅日上花梢春睡厭厭難覺　好夢狂隨風絮閒愁濃勝香醪不成雨暮與雲朝又是韶光過了

仙呂宮

傾杯樂

禁漏花深繡工日永薰風布暖變韶景都門十二元宵三五銀蟾光滿連雲複道淩飛觀聳皇居麗嘉氣瑞煙葱蒨翠華宵幸是處層城閬苑　龍鳳燭交光星漢對咫尺鼇山開雉扇會樂府兩籍神仙梨園四部絃管向曉色都人未散盈萬井山呼鼇抃願歲歲天仗裏常瞻鳳輦

笛家

花發西園草薰南陌韶光明媚乍晴輕暖清明後水嬉舟動禊飲筵開銀塘似染金隄如繡是處王孫幾多遊妓往往攜纖手遣離人對嘉景觸目盡成感舊別久　帝城當日蘭堂夜燭百萬呼盧畫閣春風十

千沽酒未省宴處能忘絃管醉裏不尋花柳豈知秦樓玉簫聲斷前事難重偶空遣恨望仙鄉一餉淚沾襟袖

鶴沖天

黃金榜上偶失龍頭望明代暫遺賢如何向未遂風雲便爭不恣遊狂蕩何須論得喪才子詞人自是白衣卿相　煙花巷陌依約丹青屏障幸有意中人堪尋訪且恁偎紅倚翠風流事平生暢青春都一餉忍把浮名換了淺斟低唱

大石調

迎新春

嶰管變青律帝里陽和新布晴景回輕煦慶嘉節當三五列華燈千門萬戶徧九陌羅綺香風微度十里然絳樹鼇山聳喧喧簫鼓漸天如水素月當午香徑裏絕纓擲果無數更闌燭影花陰下少年人往往奇遇太平時朝野多歡民康阜堪隨分良聚對此爭忍獨醒歸去

曲玉管

隴首雲飛江邊日晚煙波滿目凭闌久一望關河蕭索千里清秋忍凝眸杳杳神京盈盈仙子別來錦字

終難偶斷雁無憑冉冉飛下汀洲思悠悠　暗想當初有多少幽歡佳會豈知聚散難期翻成雨恨雲愁阻追遊悔登山臨水惹起平生心事一場消黯永日無言卻下層樓

滿朝歡

花隔銅壺露稀金掌都門十二清曉帝里風光爛熳偏愛春杪煙輕晝永引鶯囀上林魚游靈沼巷陌乍晴香塵染惹垂楊芳草　因念秦樓彩鳳楚館朝雲往昔曾迷歌笑別來歲久偶憶歡盟重到人面桃花未知何處但掩朱門悄悄盡日竚立無言贏得淒涼懷抱

傾杯樂

皓月初圓暮雲飄散分明夜色如晴晝漸消盡醺醺殘酒危樓迥涼生襟袖追舊事一餉任凭闌久如何媚容豔態底死孤歡偶朝思暮想自家空任恁添情瘦算到頭誰與伸剖向道我別來爲伊牽繫度歲經年偷眼覷也不忍覷花柳可惜恁好景良宵未曾略展雙眉暫開口問甚時與你深憐痛惜還依舊

夢還京

夜來匆匆飲散攲枕背燈睡酒力全輕醉魂易醒風

揭簾櫳夢斷披衣重起悄無寐　追悔當初繡閣話別太容易日許時猶阻歸計甚況味旅館虛度殘歲想嬌媚那裏獨守鴛幃靜永漏迢迢也應暗同此意

鳳銜杯

有美瑤卿能染翰千里寄小詩長簡想初襞苔牋旋揮翠管紅窗畔漸玉箸銀鉤滿　錦囊收犀軸捲常珍重小齊吟翫更寶若珠璣置之懷袖時時看此似頻見千嬌面

又

追悔當初辜深願經年價兩成幽怨任越水吳山似屏如障堪遊翫奈獨自慵擡眼　賞煙花聽絃管圖歡笑轉加腸斷總時展丹青強拈書信頻頻看又爭似親相見

鶴沖天

閑窗漏永月冷霜華墮悄悄下簾幕殘燈火再三往事離魂亂愁腸鎖無語沈吟坐好天好景未省展眉則箇　從前早是多成破何況經歲月相拋嚲假使重相見還得似當初麼悔恨無計那迢迢良夜自家只恁摧挫

愛恩深

雅致裝庭宇黃花開淡泞細香明豔盡天與助秀色堪餐向曉自有真珠露剛被金錢妒擬買斷秋天容易獨步　粉蝶無情蜂已去要上金尊惟有詩人曾許待宴賞重陽凭時盡把芳心吐陶令輕回顧免憔悴東籬冷煙寒雨

看花回

屈指勞生百歲期榮瘁相隨利牽名惹逡巡過奈兩輪玉走金飛紅顏成白首極品何爲　塵事常多雅會稀忍不開眉畫堂歌管深深處難忘酒盞花枝醉鄉風景好攜手同歸

又

玉城金階舞舜干朝野多歡九衢三市風光麗萬家急管繁絃鳳樓臨綺陌佳氣非煙　雅俗熙熙物態妍忍負芳年笑筵歌席連昏晝在旗亭斗酒十千賞心何處好惟有尊前

柳初新

東郊向曉星杓亞報帝里春來也柳臺煙眼花勻露臉漸覺綠嬌紅姹妝點層臺芳樹運神功丹青無價　別有堯階試罷新郎君成行如畫杏園風細桃花浪暖競喜羽遷鱗化徧九陌相將遊冶驟香塵寶鞍

嬌馬

兩同心

嫩臉修蛾，澹匀輕掃。最愛學、宮體梳妝，偏能效、文人談笑。綺筵前、舞宴歌雲，別有輕妙。　飲散玉爐煙裊。洞房悄悄。錦帳裏、低語偏濃，銀燭下、細看俱好。箇人人、昨夜分明，許伊偕老。

又

竚立東風，斷魂南國。花光媚、春醉瓊樓，蟾彩迥、夜遊香陌。憶當時、酒戀花迷，役損詞客。　別有眼長腰搦。痛憐深惜。鴛鴦阻、夕雨淒淒，錦書斷、暮雲凝碧。想別來，好景良時，也應相憶。

女冠子

斷煙殘雨。灑微涼、生軒戶。動清籟、蕭蕭庭樹。銀河濃淡，華星明滅，輕雲時度。莎階寂靜無覩。幽蛩切切秋吟苦。疎篁一徑，流螢幾點，飛來又去。　對月臨風，空恁無眠耿耿，暗想舊日，牽情處。綺羅叢裏，有人人、那回飲散，略曾諧鴛侶。因循忍便睽阻。相思不得長相聚。好天良夜，無端惹起，千愁萬緒。

玉樓春

昭華夜醮連清曙。金殿霓旌籠瑞霧。九枝擎燭燦繁

星百和焚煙抽翠縷　香羅薦地延真馭萬乘凝旒聽秘語百年無用考靈龜從此乾坤齊曆數

又

鳳樓郁郁呈嘉瑞降聖覃恩延四裔醮壇清夜洞天嚴公讌淩晨簫鼓沸　保生香勸椒香膩延壽帶垂金縷細幾行鵷鷺望堯雲齊共南山呼萬歲

又

皇都今夕知何夕特地風光盈綺陌金絲玉管咽春空蠟炬蘭燈燒夜色　鳳樓十二神仙宅珠履三千鵷鷺客金吾不禁六街遊狂殺雲蹤并雨跡

又

星闈上笏金章貴重委外臺疎近侍百常天閣舊通班九歲國儲新上計　太倉日富中邦最宣室夜思前席對歸心怡悅酒腸寬不泛千鍾應未醉

又

閬風歧路連銀闕曾許金桃容易竊烏龍未睡定驚猜鸚鵡多言防漏泄　匆匆縱得鄰香雪窗隔殘煙簾映月别來也擬不思量爭奈餘香猶未歇

金蕉葉

厭厭夜飲平陽第添銀燭旋呼佳麗巧笑難禁豔歌

無閒聲相繼準擬幕天席地　金蕉葉泛金波齊未更闌已盡狂醉袖中有箇風流暗向燈光底惱徧兩行珠翠

秋蘂香引　小石調

留不得光陰催促奈芳蘭歇好花謝唯頃刻彩雲易散瑠璃脆驗前事端的　風月夜幾處前蹤舊跡忍思憶這回望斷永作終天隔向仙島歸宴兩路無消息

林鍾商

長相思

畫鼓喧街蘭燈滿市皎月初照嚴城清都絳闕夜景風傳銀箭露暖金莖巷陌縱橫過平康款轡緩聽歌聲鳳燭熒熒那人家未掩香屏　向羅綺叢中認得依稀舊日雅態輕盈嬌波豔冶巧笑依然有意相迎牆頭馬上漫遲留難寫深誠又豈知名宦拘檢年來減盡風情

尾犯

晴煙羃羃漸東郊芳草染成輕碧野塘風暖遊魚動觸冰澌微坼幾行斷雁旋次第歸霜磧詠新詩手撚江梅故人贈我春色　似此光陰催逼念浮生不滿

百雖照人軒冕潤屋金珠於身何益一種芳心力圖利祿殆非長策除是恁點檢笙歌訪尋羅綺消得

玉樓春

心娘自小能歌舞舉意動容皆濟楚解教天上念奴羞不怕掌中飛燕妬　玲瓏繡扇花藏語宛轉香茵雲襯步王孫若擬贈千金只在畫樓東畔住

又

佳娘捧板花鈿簇唱出新聲羣豔服金鵝扇掩調纍纍文杏梁高塵簌簌　鸞吟鳳嘯清相續管烈絃焦爭可逐何當夜召入連昌飛上九天歌一曲

又

蟲娘舉措皆淹潤每到婆娑偏恃俊香檀敲緩玉纖遲畫鼓聲喧蓮步緊　貪為顧盼誇風韻往往曲終情未盡坐中年少暗銷魂爭問青鸞家遠近

又

酥娘一搦腰肢裊回雪縈塵皆盡妙幾多狎客看無厭一輩舞童功不到　星眸顧指精神峭羅袖迎風身段小而今長大懶婆娑只要千金酬一笑

雙調

婆羅門令

昨宵裏恁和衣睡今宵裏又恁和衣睡小飲歸來初
更過醺醺醉中夜後何事還驚起　霜天冷風細細
觸疎窗閃閃燈搖曳空牀展轉重追想雲雨夢任攲
枕難繼寸心萬緒咫尺千里好景良天彼此空有相
憐意未有相憐計

仙呂調

郭郎兒近拍

帝里閒居小曲深坊庭院沈沈朱戶閉新霽畏景天
氣薰風簾幕無人永晝厭厭如度歲愁悴　枕簟微
涼睡久轉轉慵起硯席塵生新詩小闋等閑都盡廢
這些兒寂寞情懷何事新來常恁地

西施

柳街燈市好花多盡讓美瓊娥萬嬌千媚的的在層
波取次妝梳自有天然態愛淺畫雙蛾　斷腸最是
金閨客空憐愛奈伊何洞房咫尺無計枉朝珂有意
憐才每遇行雲處幸時恁相過

林鍾商

駐馬聽

鳳枕鸞帷二三載如魚似水相知良天好景深憐多
愛無非盡意依隨奈何伊恣性靈捷嗽些兒無事孜

前萬回千度怎免分離　而今漸疎漸遠漸覺雖悔難追漫任思寄消息終久奚爲也擬重論繾綣爭奈翻復思維縱再會恐恩情難似當時

雙調

雨霖鈴 秋別

寒蟬淒切對長亭晚驟雨初歇都門暢飲無緒方留戀處蘭舟催發執手相看淚眼竟無語凝噎念去去千里煙波暮靄沈沈楚天闊　多情自古傷離別更那堪冷落清秋節今宵酒醒何處楊柳岸曉風殘月此去經年應是良辰好景虛設便縱有千種風情更與何人說

定風波

竚立長隄澹蕩晚風起驟雨歇極目蕭疎柳萬株掩映箭波千里走舟車向此人人奔名競利念蕩子終日驅馳爭覺鄉關轉迢遞何意　繡閣輕拋錦字難逢等閒度歲奈泛泛旅迹厭厭病緒近來諳盡宦遊滋味此情懷總寫香牋憑誰與寄算孟光爭得知我繼日添憔悴

尉遲杯

寵嘉麗算九衢紅粉皆難比天然嫩臉修蛾不假施

朱描翠盈盈秋水恣雅態欲語先嬌媚每相逢月夕花朝自有憐才深意　綢繆鳳枕鴛被深深處瓊枝玉樹相倚困極歡餘芙蓉帳暖別是惱人情味風流事難逢雙美況已斷香雲爲盟誓且相將盡平生未肯輕分連理

慢卷紬

閑窗燭暗孤幃夜永欹枕難成寐細屈指尋思舊事前歡都來未盡平生深意到得如今萬般追悔空祇添憔悴對好景良宵皺著眉兒成甚滋味　紅茵翠被當時一一堪垂淚怎生得依前似恁偎香倚暖抱著日高猶睡算得伊家也應隨分煩惱心兒裏又爭似從前澹澹相看免恁縈繫

征部樂

雅歡幽會良夜可惜虛拋擲追念狂蹤舊跡長祇恁愁悶朝夕憑誰去花街覓細說與此中端的道向我轉覺厭厭役夢勞魂苦相憶　須知最有風前月下心事始終難得但願我蟲蟲心下把人看待長似初相識況逢春色便是有舉場消息待這回好好憐伊更不輕拆

佳人醉

暮景蕭蕭雨霽雲澹天高風細正月華如水金波銀
漢瀲灩無際冷侵書帷夢斷卻披衣重起臨軒砌
素光搖指因念翠眉音塵何處相望同千里盡凝睇
厭厭無寐漸曉雕檻獨倚

迷仙引

才過笄年初綰雲鬟便學歌舞席上尊前王孫隨分
相許算等閑酬一笑但千金慵覷常只恐容易蕣華
偷換光陰虛度　已受君恩顧好與花為主萬里丹
霄何妨攜手同去永棄卻煙花伴侶免教人見妾
朝雲暮雨

御街行

燔柴煙斷星河曙寶輦回天步端門羽衛簇雕闌六
樂舜韶先舉鶴書飛下雞竿高聳恩霈均寰寓　赤
霜袍爛飄香霧喜色成春煦九儀三事仰天顏八彩
旋生眉宇椿齡無盡蘿圖有慶常作乾坤主

又

前時小飲春庭院悔放笙歌散歸來中夜酒醺醺惹
起舊愁無限雖看墜樓換馬爭奈不是鴛幃伴　朦
朧俱妙暗花面欲夢還驚斷和衣擁被不成眠一枕
萬回千轉惟有畫梁新來雙燕徹曙聞長歎

歸朝歡

別岸扁舟三兩隻葭葦蕭蕭風淅淅沙汀宿雁破煙飛溪橋殘月和霜白漸漸分曙色路遙川遠多行役往來人隻輪雙槳盡是利名客　一望鄉關煙水隔轉覺歸心生羽翼愁雲恨雨兩縈牽新春殘臘相催迫歲華都瞬息浪萍風梗成何益玉樓深處有箇人相憶

采蓮令

月華收雲澹霜天曙西征客此時情苦翠娥執手送臨歧軋軋開朱戶千嬌面盈盈佇立無言有淚斷腸爭忍回顧一葉蘭舟便恁急槳凌波去貪行色豈知離緒萬般方寸但飲恨脈脈同誰語更回首重城不見寒江天外隱隱兩三煙樹

秋夜月

當初聚散便喚作無由再逢伊面近日來不期而會重歡宴向尊前閑暇裏斂著眉兒長歎惹起舊愁無限　盈盈淚眼漫向我耳邊作萬般幽怨奈你自家心下事難見待音信真箇恁別無縈絆不免收心共伊長遠

巫山一段雲

六六真游洞三三物外天九口鱗擺破非煙何處按
雲軿　昨夜麻姑陪宴又話蓬萊清淺幾回山脚弄
雲濤髣髴見金鼇

又

琪樹羅三殿金龍抱九關上清真籍總羣仙朝拜五
雲間　昨夜紫薇詔下急喚天書使者令齎瑤檢降
雕霞重到漢皇家

又

清旦朝金母斜陽醉玉巵天風搖曳六銖衣鶴背覺
孤危　貪看海蟾狂戲不道九關齊閉相將何處寄
良宵還去訪三茅

又

閬苑年華永嬉遊別是情人間三度見河清一番碧
桃成　金母忍將輕摘留宴鰲峯真客紅尨閑臥吠
斜陽方朔敢偷嘗

又

蕭氏賢夫婦茅家好弟兄羽輪飇駕赴層城高會盡
仙卿　一曲雲謠爲壽倒盡金壺碧酒醺酣爭撼白
榆花踏碎九光霞

傾杯樂　散水調

木落霜洲鴈橫煙渚分明畫出秋色暮雨乍歇小檝
夜泊宿葦村山驛何人月下臨風處起一聲羌笛離
愁萬緒聞岸草切切蛩吟如織爲憶芳容別後水遙
山遠何計憑鱗翼想繡閣深沈爭知憔悴損天涯行
客楚峽雲歸高陽人散寂寞狂蹤跡望京國空目斷
遠峯凝碧

小石調

法曲獻仙音

追想秦樓心事當年便約于飛比翼悔恨臨歧處正
攜手翻成雲雨離析念倚玉偎香前事慣輕擲慣憐
惜饒心性正厭厭多病柳腰花態嬌無力早是乍
清滅別後忍教愁寂記取盟言少孜煎剩好將息遇
佳景臨風對月事須時恁相憶

西平樂

盡日憑高寓目脈脈春情緒嘉景清明漸近時節輕
寒乍暖天氣才晴又雨煙光澹蕩裝點平蕪遠樹黯
凝竚　臺榭好鶯燕語正是和風麗日幾許繁紅嫩
綠雅稱嬉遊去奈阻隔尋芳伴侶秦樓鳳吹楚館雲
約空悵望在何處寂寞韶光度可堪向晚村落聲聲
杜宇

蝶戀花　一刻六一詞

簾下清歌簾外宴雖愛新聲不見如花面牙板數敲珠一串梁塵暗落琉璃盞　桐樹花聲孤鳳怨漸遏遙天不放行雲散坐上少年聽未慣玉山將倒腸先斷

又　一刻六一詞

獨倚危樓風細細望極離愁黯黯生天際草色山光殘照裏無人會得憑闌意　也擬疏狂圖一醉對酒當歌強樂還無味衣帶漸寬終不悔爲伊消得人憔悴

又

蜀錦地衣絲步障屈曲回廊靜夜閒尋訪玉砌雕闌新月上朱扉半掩人相望　旋暖燻爐溫斗帳玉樹瓊枝迤邐相偎傍酒力漸濃春思蕩鴛鴦繡被翻紅浪

歇指調

永遇樂

薰風解慍晝景晴和新霽時候火德流光蘿圖薦祉累慶金枝秀旋樞繞電華渚流虹是日挺生元后續唐虞垂拱千載應期萬靈敷祐　殊方異域爭貢琛

賁架鸞杭波奔湊三殿稱觴九儀就列韶護鏘金奏
藩侯瞻望彤庭親攜僚吏竟歌元首祝堯齡北極齊
尊南山共久

又

天閣英遊內朝密侍當世榮遇漢守分麾堯庭請瑞
方面憑心膂風馳千騎雲擁雙旌向曉洞開嚴署擁
朱旛喜色歡聲處處競歌來暮　吳王舊國今古江
山秀異人煙繁富甘雨車行仁風扇動雅稱安黎庶
棠郊成政槐府登賢非久定須歸去且乘閑暖閣長
開融尊盛舉

卜算子

江楓漸老汀蕙半凋滿目敗紅衰翠楚客登臨正是
暮秋天氣引疎碪斷續殘陽裏對晚景傷懷念遠新
愁舊恨相繼　脈脈人千里念兩處風情萬重煙水
雨歇天高望斷翠峯十二儘無言誰會憑高意縱寫
得離腸萬種奈歸雲誰寄

鵲橋仙

屆征途攜書劍迢迢匹馬東去慘離懷嗟少年易分
難聚佳人方恁繾綣便忍分鴛侶當媚景算密意幽
歡盡成輕負　此際寸腸萬緒慘愁顏斷魂無語和

淚眼片時幾番回顧傷心脈脈誰訴但黯然凝竚暮煙寒雨望秦樓何處

浪淘沙慢

夢覺透窗風一線寒燈吹息那堪酒醒又聞空階夜雨頻滴嗟因循久作天涯客負佳人幾許盟言更忍把從前歡會陡頓翻成憂戚 愁極再三追思洞房深處幾度飲散歌闌香暖鴛鴦被豈暫時疎散費伊心力殢雨尤雲有萬般千種相憐惜到如今天長漏永無端自家疎隔知何時卻擁秦雲態願低幃昵枕輕輕細說與江鄉夜夜數寒更思憶

夏雲峯

宴堂深軒楹雨輕壓暑氣低沈花洞彩舟泛斝坐繞清潯楚臺風快湘簟冷永日披襟坐久覺疎絃脆管時換新音 越娥蕙態蘭心逞妖豔昵歡邀寵難禁筵上笑歌間發舄履交侵醉鄉深處須盡興滿酌高吟向此免名韁利鎖虛費光陰

荔枝香

甚處尋芳賞翠歸去晚緩步羅襪生塵來繞瓊筵看金縷霞衣輕褪似覺春遊倦遙認衆裏盈盈好身段擬回首又竚立簾幃畔素臉紅眉時揭蓋頭微見

笑整金翹一點芳心在嬌眼王孫空恁腸斷

浪淘沙令

有一箇人人飛燕精神急鏘環珮上華裀促盡隨紅袖舉風柳腰身　蔌蔌輕裙妙盡尖新曲終獨立斂香塵應是四肢嬌困也眉黛雙顰

林鍾商

破陣樂

露花倒影煙蕪蘸碧靈沼波暖金柳搖風木木繫彩舫龍船遙岸千步虹橋參差雁齒直趨水殿繞金隄曼衍魚龍戲簇嬌春羅綺喧天絲管霽色榮光望中似覩蓬萊清淺　時光鳳輦宸遊鸞觴禊飲臨翠水開鎬宴兩兩輕舠飛畫檝競奪錦標霞爛聲歡娛歌魚藻徘徊宛轉別有盈盈遊女各明珠爭收翠羽相將歸去漸覺雲海沈沈洞天日晚

古傾杯

凍冰消痕曉風生暖春滿東郊道遲遲淑景煙和露偏潤長隄芳草斷鴻隱隱歸飛江天杳杳遙山變色妝眉淡掃目極千里閒倚危檣迥眺　動幾許傷春懷抱念何處韶陽偏早想帝里看看名園芳榭爛熳鶯花好追思往昔年少繼日恁把酒聽歌量金買笑

別後暗負光陰多少

雙聲子

晚天蕭索斷蓬蹤跡乘興蘭棹東遊三吳風景姑蘇臺榭牢落暮靄初收夫差舊國香徑沒徒有荒邱繁華處悄無覩惟聞麋鹿呦呦　想當年空運籌決戰圖王取霸無休江山如畫雲濤煙浪翻輸范蠡扁舟驗前經舊史嗟漫載當日風流斜陽暮草茫茫盡成萬古遺愁

傾杯樂

離讌殷勤蘭舟凝滯看看送行南浦情知道世人難使皓月長圓彩雲鎮聚算人生悲莫悲於輕別最苦正歡娛便分鴛侶淚滴瓊臉梨花一枝春帶雨慘黛別臨行猶自再三問道君須去頻耳畔低語知多少他日深盟平生丹素從此盡把憑鱗羽

陽臺路

楚天晚墜冷風敗葉疎紅零亂冒征塵匹馬區區愁見水遙山遠追念平時正恁鳳幃倚香偎暖嬉遊慣又豈知前歡雲雨分散　此際空勞回首望帝里難收淚眼暮煙衰草算暗鎖路歧無限今宵又依前寄宿甚處葦村山館寒燈半夜厭厭憑何消遣

內家嬌

媚景朝升煙光盡斂疎雨夜來新霽垂楊豔杏絲軟霞輕繡出芳郊明媚處處踏靑鬭草人人偎紅倚翠奈少年自有新愁舊恨消遣無計　帝里風光當此際正好恁攜佳麗阻歸程迢遞奈向好景難留舊歡頻棄早是傷春情緒那堪困人天氣但贏得立高原斷腸一餉凝睇

二郎神　七夕

炎光謝過暮雨芳塵輕灑乍露冷風清庭戶爽天如水玉鉤遙掛應是星娥嗟久阻敘舊約飆輪欲駕極目處微雲暗度耿耿銀河高瀉　閒雅須知此景古今無價運巧思穿針樓上女擡粉面雲鬟相亞鈿合金釵私語處算誰在回廊影下願天上人間占得歡娛年年今夜

醉蓬萊　慶老人星現

漸亭皐葉下隴首雲飛素秋新霽華闕中天鎖葱葱嘉氣嫩菊黃深拒霜紅淺近寶階香砌玉宇無塵金莖有露碧天如水　正值昇平萬幾多暇夜色澄鮮漏聲迢遞南極星中有老人呈瑞此際宸遊鳳輦何處度管絃清脆太液波翻披香簾捲月明風細

宣清

殘月朦朧，小宴闌珊歸來輕寒森森背銀釭孤館乍眠擁重衾醉魄猶噤永漏頻傳前歡已去離愁一枕暗尋思舊追遊神京風物如錦　念擲果朋儕絕纓宴會當時曾痛飲命舞燕翻翻鳳樓鴛寢玉釵亂橫信任散盡高陽這歡娛甚時重恁

雨中花慢

墜髻慵梳愁蛾懶畫心緒是事闌珊覺新來憔悴金縷衣寬認得這疎狂意下向人誚譬如閒把芳容陡頓恁地輕孤爭忍心安　依前過了舊約甚當初賺我偷翦香鬟幾時得歸來香閣深關待伊要尤雲滯雨纏鴛衾不與同歡儘更深款款問伊今後更散無端

定風波

自春來慘綠愁紅芳心是事可可日上花梢鶯穿柳帶猶壓香衾臥暖酥銷膩雲嚲終日厭厭倦梳裹無那恨薄情一去音書無箇　早知恁般麽悔當初不把雕鞍鎖向雞窗只與蠻牋象管拘束教吟咏鎮相隨莫拋躲針線閒拈伴伊坐和我免使少年光陰虛過

訴衷情近

雨晴氣爽竚立江樓望處澄明遠水生光重疊暮山聳翠遙想斷橋幽徑隱隱漁村向晚孤煙起　殘陽裏脈脈朱闌靜倚黯然情緒未飲先如醉愁無際暮雲過了秋風老盡故人千里竟日空凝睇

又

幽閨晝永漸入清和氣序榆錢飄滿閒階蓮葉嫩生翠沼遙望水邊幽徑山崦孤村是處園林好　閒情悄綺陌遊人漸少少年風韻自覺隨春老追先好帝城信阻天涯目斷暮雲芳草竚立空殘照

留客住

偶登眺凭小樓豔陽時節乍晴天氣是處閒花芳草遙山萬疊雲散漲海千里潮平波浩渺煙村院落是誰家綠樹數聲啼鳥旅情悄　遠信沈沈離魂杳杳對景傷懷度日無言誰表惆悵舊歡何處後約難憑看看春又老盈盈淚眼望僊鄉隱隱斷霞殘照

迎春樂

近來憔悴人驚怪爲別相思嬾我前生負你愁煩債便苦恁難開解　良夜永牽情無計錦被裏餘香猶在怎得依前燈下恣意憐嬌態

隔簾聽

咫尺鳳衾鴛帳欲去無因到蝦鬚窣地重門悄認繡履頻移洞房杳杳強語笑逞如簧再三輕巧梳妝早琵琶閒抱愛品相思調聲聲似把芳心告隔簾贏得斷腸多少恁煩惱除非共伊知道

鳳歸雲

戀帝里金谷園林平康巷陌觸處繁華連日疎狂未嘗輕負寸心雙眼況佳人盡天外行雲掌上飛燕向玳筵一一皆妙選長是因酒沈迷被花縈絆　更可惜淑景亭臺暑天枕簟霜月夜雪霰朝飛一歲風光盡堪隨分俊遊清宴算浮生事瞬息光陰錙銖名宦正歡笑試恁暫分散卽是恨雨愁雲地遙天遠

拋毬樂

曉來天氣濃淡微雨輕灑近清明風絮巷陌煙草池塘盡堪圖畫豔杏暖妝臉勻開弱柳困宮腰低亞是處麗質盈盈巧笑嬉嬉爭簇鞦韆架戲綵毬羅綬金雞芥羽少年馳騁芳郊綠野占斷五陵遊奏脆管繁絃聲和雅向名園深處爭泥畫輪競羈寶馬　取次羅列杯盤就芳樹綠影紅陰下舞婆娑歌宛轉髣髴鶯嬌燕姹寸珠片玉爭似濃歡無價任他美酒十千

一斗飲竭仍解金貂貰恣幕天席地陶陶盡醉太平且樂唐虞景化須信豔陽天看未足已覺鶯花謝對綠蟻翠娥怎生輕捨

集賢賓

小樓深巷狂遊徧羅綺成叢就中堪人屬意最是蟲蟲有畫難描雅態無花可比芳容幾回飲散良宵永鴛衾鳳枕香濃算得人間天上惟有兩心同 近來雲雨每西東悄煩惱情悰縱然偷期暗會長似匆匆爭似和鳴諧老免教斂翠啼紅眼前時暫疎歡宴盟言在更莫忡忡待作眞箇宅院方信有初終

殢人嬌

當日相逢便有憐才深意歌筵罷偶同鴛被別來光景看看經歲昨夜裏方把舊歡重繼 曉月將沈征驂已鞴愁腸亂又還分袂良辰美景恨浮名牽繫無分得與妳恣情睡睡

思歸樂

天幕清和堪宴聚相得盡高陽儔侶皓齒善歌長袖舞漸引入醉鄉深處 晚歲光陰能幾許這巧宦不須多取共君把酒勸杜宇再三喚人歸去

應天長

殘蟬聲漸絕傍碧砌修梧敗葉微脫風露淒清正是登高時節東籬霜乍結綻金蘂嫩香堪折聚宴處落帽風流未饒前哲　把酒與君說恁好景佳辰怎忍虛設休效牛山空對江天凝咽塵勞無暫歇遇良會剩偷歡悅歌未闋杯興方濃莫便中輟

合歡帶

身材兒早是妖嬈算舉措實難描一箇肌膚渾似玉更都來占了千嬌妍歌豔舞鶯慚巧舌柳妒纖腰自相逢便覺韓娥價減飛燕聲銷　桃花零落溪水潺湲重尋仙徑非遙莫道千金酬一笑便明珠萬斛須邀檀郎幸有淩雲詞賦擲果風標況當年便好相攜鳳樓深處吹簫

少年遊

長安古道馬遲遲高柳亂蟬嘶夕陽島外秋風原上目斷四天垂　歸雲一去無蹤跡何處是前期狎興生疏酒徒蕭索不似少年時

又

參差煙樹灞陵橋風物盡前朝衰楊古柳幾經攀折憔悴楚宮腰　夕陽閒淡秋光老離思滿蘅皋一曲陽關斷腸聲盡獨自上蘭橈

又

層波瀲灩遠山横一笑一傾城酒容紅嫩歌喉清麗
百媚坐中生　牆頭馬上初相見不準擬恁多情昨
夜杯闌洞房深處特地快逢迎

又

世間尤物意中人輕細好腰身香幃睡起發妝酒釅
紅臉杏花春　嬌多愛把齊紈扇和笑掩朱脣心性
温柔品流詳雅不稱在風塵

又

淡黃衫子鬱金裙長憶箇人人文談閑雅歌喉清麗
舉措好精神　當初爲倚深深寵無箇事愛嬌嗔想
得别來舊家模樣只恁翠蛾顰

又

鈴齋無訟宴遊頻羅綺簇簪纓施朱傅粉豐肌清骨
容態盡天真　歌䄂舞扇花光裏翻回雪駐行雲綺
席闌珊鳳燈明滅誰是意中人

又

簾垂深院冷蕭蕭花外漏聲遙青燈未滅紅窗閑臥
魂夢去迢迢　薄情漫有歸消息鴛鴦被半香銷試
問伊家阿誰心緒禁得恁無憀

又

一生贏得淒涼追前事暗心傷好天良夜深屏香被爭忍便相忘　王孫動是經年去貪迷戀有何長萬種千般把伊情分顛倒盡猜量

又

日高花榭懶梳頭無語倚妝樓修眉斂黛遙山橫翠相對結春愁　王孫走馬長秋陌貪迷戀少年遊似恁疎狂費人拘管爭似不風流

又

佳人巧笑值千金當日偶情深幾回飲散燈殘香暖好事盡鴛衾　如今萬水千山阻魂杳杳信沈沈孤棹煙波小樓風月兩處一般心

中呂調

戚氏

晚秋天一霎微雨灑庭軒檻菊蕭疎井梧零亂惹殘煙淒然望鄉關飛雲黯淡夕陽閒當時宋玉悲感向此臨水與登山遠道迢遞行人淒楚倦聽隴水潺湲正蟬吟敗葉蛩響衰草相應聲喧　孤館度日如年風露漸變悄悄至更闌長天靜絳河清淺皓月嬋娟思綿綿夜永對景那堪屈指暗想從前未名未祿綺

陌紅樓往往經歲遷延　帝里風光好當年少日暮
宴朝歡況有狂朋怪侶遇當歌對酒競留連別來迅
景如梭舊遊似夢裏水程何限念利名憔悴長縈絆
追往事空慘愁顏漏箭移稍覺輕寒聽嗚咽畫角數
殘聲對閑窗畔停燈向曉抱影無眠

輪臺子

一枕清宵好夢可惜被鄰雞喚覺匆匆策馬登途滿
目淡煙衰草前驅風觸鳴珂過霜林漸覺驚棲鳥冒
征塵遠況自古淒涼長安道　行行又歷孤村楚天
闊望中未曉念勞生惜芳年壯歲離多歡少歎斷梗
難停暮雲漸杳但黯黯銷魂寸腸憑誰表恁驅驅何
時是了又爭似卻返瑤京重買千金笑

引駕行

虹收殘雨蟬嘶敗柳長隄暮背都門動銷黯西風片
帆輕舉愁覩泛畫鷁翩翩靈鼉隱隱下前浦忍回首
佳人漸遠想高城隔煙樹幾許　秦樓永晝謝閣連
宵奇遇算贈笑千金酬歌百琲盡成輕負南顧念吳
邦越國風煙蕭索在何處獨自箇千山萬水指天涯
去

望遠行

繡幃睡起殘妝淺無緒勻紅鋪翠藻井凝塵金階鋪蘚寂寞鳳樓十二風絮紛紛煙蕪苒苒永日畫闌沈吟獨倚望遠行南陌春殘悄歸騎　凝睇消遣離愁無計但暗擲金釵買對好景空飲香醪爭奈轉添珠淚待伊遊冶歸來故故解放翠羽輕裙重繫見纖腰圖信人憔悴

彩雲歸

蘅皋向晚艤輕航卸雲帆水驛魚鄉當暮天霽色如晴晝江練靜皎月飛光那堪聽遠村羌管引離人斷腸此際浪萍風梗度歲茫茫　堪傷朝歡暮散被多情賦與淒涼別來最苦襟袖依約尚有餘香算得伊鴛被鳳枕夜永爭不思量牽情處惟有臨歧一句難忘

洞仙歌

佳景留心慣況年少彼此風情非淺有笙歌巷陌綺羅庭院傾城巧笑如花面恣雅態明眸回美盼同心綰算國豔仙材翻恨相逢晚繾綣　洞房悄悄繡被重重夜永歡餘共有海約山盟記得翠雲偷翦和鳴彩鳳于飛燕閒柳徑花陰攜手偏情眷戀向其閒密約輕憐事何限忍聚散況已結深深願願人間天上

暮雲朝雨長相見

離別難

花謝水流倏忽嗟年少光陰有天然蕙質蘭心美韶容何啻值千金便因甚翠弱紅衰纏綿香體都不勝任算神仙五色靈丹無驗中路委瓶簪　人悄悄夜沈沈閉香閨永棄鴛衾想嬌魂媚魄非遠縱洪都方士也難尋最苦是好景良天尊前歌笑空想遺音望斷處杳杳巫峯十二千古暮雲深

擊梧桐

香靨深深姿姿媚媚雅格奇容天與自識來來便好看伊會得妖嬈心素臨歧再約同歡定是都把平生相許又恐恩情易破難成未免千般思慮　近日書來寒暄而已苦沒忉忉言語便認得聽人教當擬把前言輕負見說蘭臺宋玉多才多藝善詞賦試與問朝朝暮暮行雲何處去

夜半樂

凍雲黯淡天氣扁舟一葉乘興離江渚渡萬壑千巖越溪深處怒濤漸息樵風乍起更聞商旅相呼片帆高舉泛畫鷁翩翩過南浦望中酒旆閃閃一簇煙村數行霜樹殘日下漁人鳴榔歸去敗荷零落衰楊掩

映岸邊兩兩三三浣紗遊女避行客含羞相笑語
到此因念繡閣輕拋浪萍難駐後約丁寧竟何據慘
離懷空恨歲晚歸期阻凝淚眼杳杳神京路斷鴻聲
遠長天暮

祭天神

歎笑筵歌席輕拋嚲背孤城幾舍煙村停畫舸更深
釣叟歸來數點殘燈火被連綿宿酒醺醺愁無那
寂寞擁重衾臥又聞得行客扁舟過篷窗近蘭棹急
好夢還驚破念平生單栖蹤跡多感情懷到此厭厭
向曉披衣坐

過澗歇

淮楚曠望極千里火雲燒空盡日西郊無雨厭行旅
數幅輕帆漸落艤棹蒹葭浦避畏景兩兩舟人夜深
語　此際爭可便恁奔名競利去九衢塵裏衣冠冒
炎暑回首江鄉月觀風亭水邊石上幸有散髮披襟
處

中呂調

安公子

長川波瀲灩楚鄉淮岸迢遞一霎煙汀雨過芳草青
如染驅驅攜書劍當此好天好景自覺多愁多病行

役心情厭　望處曠野沈沈暮雲黯黯行侵夜色又是急槳投村店認去程將近舟子相呼遙指漁燈一點

菊花新

欲掩香幃論繾綣先斂雙蛾愁夜短催促少年郎先去睡鴛衾圖暖　須臾放了殘針線脫羅裳恣情無限留著帳前燈時時待看伊嬌面

平調

望漢月

明月明月明月何事乍圓還缺恰如年少洞房人歡會依前離別　小樓凭檻處正是去年時節千里清光又依舊奈夜永厭厭人絕

歸去來

初過元宵三五慵困春情緒燈月闌珊嬉遊處遊人盡厭歡聚　憑仗如花女持杯謝酒朋詩侶餘酲更不禁香醑歌筵舞且歸去

長壽樂

尤紅殢翠近日來陡把狂心牽繫羅綺叢中笙歌筵上有箇人人可意解嚴妝巧笑次姿則成嬌媚知幾度密約秦樓盡醉仍攜手眷戀香衾繡被　情漸美

算好把夕雨朝雲相繼便是仙禁春深御爐香裊臨軒親試對

燕歸梁

織錦裁篇寫意深字值千金一回披翫一愁吟腸成結淚盈襟　幽歡已散前期遠無聊賴是而今密憑歸燕寄芳音恐冷落舊時心

南呂調

透碧霄

月華邊萬年芳樹起祥煙帝居壯麗皇家熙盛寶運當千端門清晝觚稜照日雙闕中天太平時朝夜多歡徧錦家香陌鈞天歌吹閬苑神仙　昔觀光得意狂遊風景再覩更精妍傍柳陰尋花徑空恁嚲轡垂鞭樂遊雅戲平康豔質應也依然仗何人多謝嬋娟道宦途蹤跡歌酒情懷不似當年

木蘭花慢

倚危樓竚立乍蕭索晚晴初漸素景衰殘風砧韻冷霜樹紅疎雲衢見新雁過奈佳人自別阻音書空遣悲秋念遠寸腸萬恨縈紆　皇都暗想歡遊成往事動欷歔念對酒當歌低幃並枕翻恁輕孤歸途縱凝望處但斜陽暮靄滿平蕪贏得無言悄悄凭闌盡日

踟躕

又 清明

拆桐花爛熳乍疎雨洗清明正焰杏燒林緗桃繡野芳景如屏傾城盡尋勝去驟雕鞍紺幰出郊坰風暖繁絃翠管萬家競奏新聲　盈盈鬭草踏青人豔冶遞逢迎向路旁往往遺簪墮珥珠翠縱橫歡情對佳麗地信金罍罄竭玉山傾捹卻明朝永日畫堂一枕春酲

又

古繁華茂苑是當日帝王州詠人物鮮明土風細膩曾美詩流尋幽近香徑處聚蓮娃釣叟簇汀洲晴景吳波練靜萬家綠水朱樓　凝眸乃睠東南思共理命賢侯繼夢得文章樂天惠愛布政優優鼇頭況虛位久遇名都勝景且淹留贏得蘭堂醞酒畫船攜妓歡遊

臨江仙

渡口向晚乘瘦馬陟崇岡西郊又送秋光對暮山橫翠襯殘葉飄黃憑高念遠素景楚天無處不淒涼香閨別來無信息雲愁雨恨難忘指帝城歸路但煙水茫茫凝情望斷淚眼盡日獨立斜陽

又

上國去客停飛蓋促離筵長安古道綿綿見岸花啼露對隄柳愁煙物情人意向此觸目無處不淒然醉擁征驂猶竚立盈盈淚眼相看況繡幃人靜更山館春寒今宵怎向漏永頓成兩處孤眠

瑞鷓鴣

寶髻瑤簪嚴妝巧天然綠媚紅深綺羅叢裏獨逞謳吟一曲陽春定價何啻值千金傾聽處王孫帝子鶴蓋成陰　凝態掩霞襟動象板聲聲怨思難任嘹喨處回壓絃管低沈時恁迴盼斂黛空役五陵心須信道緣情寄意別有知音

憶帝京

薄衾小枕涼天氣乍覺別離滋味展轉數寒更起了還重睡畢竟不成眠一夜長如歲　也擬把卻回征轡又爭奈已成行計萬種思量多方開解只恁寂寞厭厭地繫我一生心負你千行淚

仙呂調

如魚水

輕靄浮空亂峯倒影瀲灩十里銀塘繞岸垂楊紅樓朱閣相望芰荷香雙雙戲鸂鶒鴛鴦乍雨過蘭芷汀

洲望中依約似瀟湘　風淡淡水茫茫動一片晴光
畫舫相將盈盈紅粉清商紫薇郎修禊飲且樂仙鄉
便歸去徧歷鑾坡鳳沼此景也難忘

玉蝴蝶 秋思

望處雨收雲斷憑闌悄悄目送秋光晚景蕭疎堪動
宋玉悲涼水風輕蘋花漸老月露冷梧葉飄黃遣情
傷故人何在煙水茫茫　難忘文期酒會幾孤風月
屢變星霜海闊山遙未知何處是瀟湘念雙燕難憑
遠信指暮天空識歸航黯相望斷鴻聲裏立盡斜陽

又 春遊

漸覺芳郊明媚夜來膏雨一灑塵埃滿目淺桃深杏
露染煙裁銀塘靜魚鱗簟展煙岫翠龜甲屏開殷晴
雷雲中鼓吹遊徧蓬萊　徘徊隼旟前後三千珠履
十二金釵雅俗熙熙下車成宴盡春臺好雍容東山
妓女堪笑傲北海尊罍且追陪鳳池歸去那更重來

又

是處小街斜巷爛遊花館連醉瑤卮選得芳容端麗
冠絕吳姬絳脣輕笑歌盡雅蓮步穩舉措皆奇出屏
幃倚風情態約素腰肢當時　綺羅叢裏知名雖久
識面何遲見了千花萬柳比並不知伊未同歡寸心

暗許欲話別纖手重攜結前期美人才子合是相知

又

誤入平康小巷畫簷深處朱箔微褰羅綺叢中偶認舊識嬋娟翠眉開嬌橫遠岫綠鬢嚲濃染春煙憶情牽粉牆曾恁窺宋三年遷延　珊瑚筵上親持犀管旋疊香牋要索新詞殢人含笑立尊前按新聲珠喉漸穩想舊意波臉增妍苦留連鳳衾鴛枕忍負良天

又

淡蕩素商行暮遠空雨歇平野煙收滿目江山堪助楚客冥搜素光動雲濤漲晚紫翠冷霜巘橫秋景清幽渚蘭香謝汀樹紅愁良儔　西風吹帽東籬攜酒共結歡遊淺酌低吟坐中俱是飲家流對殘暉登臨休歎賞令節酩酊方酬且相留眼前尤物舉盞忘憂

滿江紅　桐川

暮雨初收長川靜征帆夜落臨島嶼蓼煙疏淡葦風蕭索幾許漁人飛短艇盡將燈火歸村落遣行客當此念回程傷漂泊　桐江好煙漠漠波似染山如削繞嚴陵灘畔鷺飛魚躍遊宦區區成底事平生況有雲泉約歸去來一曲仲宣樓從軍樂

又

訪雨尋雲無非是奇容豔色就中有天真妖麗自然
標格惡發姿顏歡喜面細追想處皆堪惜自別後幽
怨與閒愁成堆積　鱗鴻阻無信息魂夢斷難尋覓
儘思量休又怎生休得誰恁多情憑向道總來相見
且相憶便不成長遣似如今輕拋擲

又

萬恨千愁將年少衷腸牽繫殘夢斷酒醒孤館夜長
滋味可惜許枕前多少意到如今兩總無終始獨自
箇贏得不成眠成憔悴　添傷感□何計空只恁厭
厭厭地無人處思量幾度垂淚不會得都來些子事
甚恁底死難拚棄待到頭終久問伊著如何是

洞仙歌

乘興閒泛蘭舟渺渺煙波東去淑氣散幽香滿蕙蘭
江渚綠蕪平畹和風輕暖曲岸垂楊隱隱隔桃花塢
芳樹外閃閃酒旗遙舉羈旅　漸入三吳風景水村
漁浦閒思更繞神京拋擲幽會小歡何處不堪獨倚
危樓凝情西望日邊繁華地歸程阻空自歎當時言
約無據傷心最苦竚立對碧雲將暮關河遠怎奈向
此時情緒

引駕行

紅塵紫陌斜陽暮草長安道是誰人斷魂處迢迢匹馬西征新晴韶光明媚輕煙淡薄和氣暖望花村路隱映搖鞭時過長亭愁生傷鳳城仙子別來千里重行行又記得臨岐淚眼溼蓮臉盈盈銷凝　花朝月夕最苦冷落銀屏想媚容耿耿無限屈指已算回程相縈空萬般思憶爭如歸去覩傾城向繡幃深處並枕說如此牽情

望遠行　冬雪

長空降瑞寒風翦淅淅瑤華初下亂飄僧舍密灑歌樓迤邐漸迷鴛瓦好是漁人披得一蓑歸去江上晚來堪畫滿長安高卻旗亭酒價　幽雅乘興最宜訪戴泛小棹越溪瀟灑皓鶴奪鮮白鷴失素千里廣鋪寒野須信幽蘭歌斷同雲收盡別有瑤臺瓊榭放一輪明月交光清夜

八聲甘州

對瀟瀟暮雨灑江天一番洗清秋漸霜風淒緊關河冷落殘照當樓是處紅衰綠減苒苒物華休惟有長江水無語東流　不忍登高臨遠望故鄉渺邈歸思難收歎年來蹤跡何事苦淹留想佳人妝樓顒望誤幾回天際識歸舟爭知我倚闌干處正恁凝眸

臨江仙

夢覺小庭院冷風淅淅疎雨瀟瀟綺窗外秋聲敗葉狂飄心搖奈寒漏永孤幃悄淚燭空燒無端處是繡衾鴛枕閒過清宵蕭條 牽情繫恨爭向年少偏饒覺新來憔悴舊日風標魂銷念歡娛事煙波阻後約方遙還經歲問怎生禁得如許無聊

竹馬子

登孤壘荒涼危亭曠望靜臨煙渚對雌霓掛雨雄風拂檻微收煩暑 一葉驚秋殘蟬噪晚素商時序覽景想前歡指神京非霧非煙深處 向此成追感新愁易積故人難聚憑高盡日凝佇贏得銷魂無語極目霽靄霏微 瞑鴉零亂蕭索江城暮南樓畫角又逐殘陽去

望海潮

東南形勝三吳都會錢塘自古繁華煙柳畫橋風簾翠幕參差十萬人家雲樹繞隄沙怒濤捲霜雪天塹無涯市列珠璣戶盈羅綺競豪奢 重湖疊巘清嘉有三秋桂子十里荷花羌管弄晴菱歌汎夜嬉嬉釣叟蓮娃千騎擁高牙乘醉聽簫鼓吟賞煙霞異日圖將好景歸去鳳池誇

小鎮西

意中有箇人芳顏二八天然峭自來奸黠最奇絶是笑時媚靨深深百態千嬌再三偎著再三香滑久離缺 夜來魂夢裏尤花殢雪分明似舊家時節正歡悅被雞聲喚起一場寂寞無眠向曉空有半窗殘月

小鎮西犯

水鄉初禁火青春未老芳菲滿柳汀煙島波際紅幃縹緲盡杯盤小歌祓祓禊聲聲諧楚調路遼遶 野橋新市裏花穠妓好引遊人競來歡笑酩酊誰家年少信玉山倒家何處落日眠芳草

迷神引

一葉扁舟輕帆捲暫泊楚江南岸孤城暮角引胡笳怨水茫茫平沙雁旋驚散煙斂寒林簇畫屏展天際遙山小黛眉淺 舊賞輕拋到此成遊宦覺客程勞年光晚異鄉風物忍蕭索當愁眼帝城賒秦樓阻旅魂亂芳草連空闊淺照滿佳人無消息斷雲遠

促拍滿路花

香靨融春雪翠鬟軃秋煙楚腰纖細正□□鳳幃夜短偏愛日高眠起來貪顛傻只恁殘卻黛眉不整花鈿 有時攜手閑坐偎倚綠窗前溫柔情態盡人憐

畫堂春過悄悄落花天長是嬌癡處尤殢檀郎未教拆了鞦韆

六幺令

澹煙殘照搖曳溪光碧溪邊殘桃深杏迤邐染春色昨夜扁舟泊處枕展當灘磧波聲漁笛驚回好夢夢裏欲歸歸不得 展轉翻成無寐因此傷行役思念多媚多嬌咫尺千山隔都爲深情密愛不忍輕離拆好天良夕鴛帷寂靜算得也應暗思憶

剔銀燈

何事春工用意繡畫出萬紅千翠豔杏夭桃垂楊芳草各鬬雨膏煙膩如斯佳致早晚是讀書天氣 漸漸園林明媚便好安排歡計論籃買花盈車載酒百琲千金邀妓何妨沈醉有人伴日高春睡

紅窗睡

如削肌膚紅玉瑩舉措有許多端正二年三歲同鴛寢表溫柔心性 別後無非良夜永如何向名韁利役歸期未定算伊心裏卻冤人薄倖

臨江仙

鳴珂碎撼都門曉旌幢擁下天人馬搖金轡破香塵壺漿盈路歡動帝城春 揚州曾是追遊地酒臺花

徑仍存鳳簫依舊月中聞荊王魂□應認嶺頭雲

鳳歸雲

向深秋雨餘爽氣肅西郊陌上夜闌襟袖起涼颷天□殘星流電未滅閃閃隔林梢又是曉雞聲斷陽烏光動漸分山路迢迢　驅驅行役苒苒光陰蠅頭利祿蝸角功名畢竟成何事漫相高拋擲雲泉狎翫塵土壯節等閒銷幸有五湖煙浪一船風月會須歸老漁樵

女冠子

淡煙飄薄鶯花謝清和院落樹陰翠密葉成幄麥秋霽景夏雲忽變奇峯倚寥廓波暖銀塘漲新萍綠魚躍想憂端多暇陳王是日嫩苔生閣　正鑠石天高流金晝永楚榭風光轉蕙披襟處波翻翠幕以文會友沈李浮瓜忍輕諾別館清閒避炎蒸豈須河朔但尊前隨分雅歌豔舞盡成歡樂

玉山枕

驟雨新霽蕩原野清和洗斷霞散彩殘陽倒影天外雲峯數朵相倚露莎煙芰滿池塘見次第幾番紅翠當是時河朔飛觴避炎蒸想風流堪繼　晚來高樹清風起動簾幕生秋氣畫樓晝寂蘭堂夜靜舞豔歌

姝漸任羅綺訟閑時泰足風情便爭奈雅歌都廢省
教成幾闋新歌盡新聲好尊前重理

減字木蘭花

花心柳眼郎似遊絲常惹絆獨爲誰憐繡線金針不
喜穿　深房密讖爭向好天多聚散綠鎖窗前幾日
□□廢管絃

玉樓春　一刻蘇子瞻

有箇人人真堪羨問卻佯羞回卻面你若無意向咱
行爲甚夢中頻相見　不如聞早還卻願免使牽人
魂夢亂風流腸肚不堅牢只恐被伊牽惹斷

甘州令

凍雲深淑氣淺寒欺綠野輕雪伴早梅飄謝豔陽天
正明媚卻成瀟灑玉人歌畫樓酒對此早驟增高價
賣花巷陌放燈臺榭好時代怎生輕捨賴和風蕩
霽靄廓清良夜玉塵鋪桂華滿素光裏更堪遊冶

西施

苧蘿妖豔世難□善媚悅君懷後庭恃愛寵盡使絕
嫌猜正恁朝歡暮宴情未足早江上兵來　捧心調
態軍前死羅綺旋變塵埃至今想怨魂無主尚徘徊
夜夜姑蘇城外當時月但空照荒臺

河轉

翠深紅淺愁娥黛蹙嬌波刀翦奇容妙妓互逞舞裀歌扇妝光生粉面　坐中醉客風流慣尊前見特地驚狂眼不似少年時節千金爭選相逢何太晚

又

淮岸向晚圓荷向背芙蓉深淺仙娥畫舸露清江芳交亂難分花與面　采多漸覺輕船滿呼歸伴急槳煙波遠隱隱隱棹歌漸被蒹葭遮斷曲終人不見

黃鍾調

傾杯

水鄉天氣灑蒹葭露結寒生早客館更堪秋杪空階下木葉飄零颯颯聲乾狂風亂掃當無緒人靜酒初醒天上征鴻知送誰家歸信穿雲悲叫蛩響幽窗風窺寒硯一點銀釭閑照夢枕頻驚愁衾半擁萬里歸心悄悄往事追思多少贏得空使方寸撓斷不成眠此夜厭厭就中難曉

大石調

傾杯

金風淡蕩漸秋光老清宵永小院新晴天氣輕煙乍斂皓月當軒練淨對千里寒光念幽期阻當殘景早

是多愁多病那堪細把舊約前歡重省最苦碧雲信
斷僊鄉路杳歸鴻難倩每高歌強遣離懷奈慘咽翻
成心耿耿漏殘露冷空贏得悄悄無言愁緒終難整
又是立盡梧桐清影

般涉調

塞孤

一聲雞又報殘更歇秣馬巾車催發草草主人燈下
別山路險新霜滑瑤珂響起棲烏金鐙冷敲殘月漸
西風緊襟袖凄冽遙指白玉京望斷黃金闕遠道何
時行徹算得佳人凝恨切應念念歸時節相見了執
柔荑幽會處偎香雪免鴛衾兩恁虛設

瑞鷓鴣

天將奇豔與寒梅乍驚繁杏臘前開暗想花神巧作
江南信鮮染胭脂細剪裁　壽陽妝罷無端飲淩晨
酒入香腮恨聽煙塢深中誰恁吹羌笛逐風來絳雪
紛紛落翠苔

又

三吳嘉景古風流渭南往歲憶來遊西子方來越相
巧成去千里滄波一葉舟　至今無限盈盈者盡來
拾翠芳洲最好簇簇寒竹遙認南朝畫晚煙收三兩

人家古渡頭

洞仙歌

嘉景況少年彼此爭不雨沾雲惹奈傅粉英俊夢蘭品雅金絲帳暖銀屏亞並燦枕輕倚綠嬌紅姹算一笑百琲明珠非價閒暇　每只向洞房深處痛憐極寵似覺些子輕孤早恁背人沾灑從來嬌縱多猜訝更對翦香雲深要深心同寫愛印了雙眉索人重畫忍負豔冶斷不等閒輕捨鴛衾下願常恁好天良夜

安公子

遠岸收殘雨雨殘稍覺江天暮拾翠汀洲人寂靜立雙雙鷗鷺望幾點漁燈掩映蒹葭浦停畫橈兩兩舟人語道去程今夜搖指前村煙樹　遊宦成羈旅短檣吟倚閒凝竚萬水千山迷遠近想鄉關何處自別後風亭月榭孤歡聚剛斷腸惹得離情苦聽杜宇聲聲勸人不如歸去

又

夢覺清宵半悄然屈指聽銀箭惟有牀前殘淚燭啼紅相伴暗惹起雲愁雨恨情何限從臥來展轉千餘徧任數重鴛被怎向孤眠不暖　堪恨還堪歎當初不合輕分散及至厭厭獨自箇卻眼穿腸斷似恁地

深情密愛如何拚雖後約的有于飛願奈片時難過
怎得如今便見

林鍾商

玉樓春 杏花

翦裁用盡春工意淺蘸朝霞千萬蘂天然淡泞好精神洗盡嚴妝方見媚 風亭月榭閒相倚紫玉枝梢紅蠟蔕假饒花落未銷愁煑酒杯盤催結子

又 海棠

東風催露千嬌面欲綻紅深開處淺日高梳洗甚時懽點滴臙脂勻未徧 霏微雨罷殘陽院洗出都城新錦段美人纖手摘芳枝插在釵頭和鳳顫

又 柳枝

黃金萬縷風牽細寒食初頭春有味殢煙尤雨索春饒一日三眠誇得意 章街隋岸歡遊地高拂樓臺低映水楚王空待學風流餓損宮腰終不似

傾杯樂 水調

樓鎖輕煙水橫斜照遙山半隱愁碧片帆岸遠行客路杳簇一天寒色楚梅映雪數枝豔報青春消息年華夢促音信斷聲遠飛鴻南北 算伊別來無緒翠銷紅減雙帶長拋擲但淚眼沉迷看朱成碧惹閒愁

堆積雨意雲心酒情花態辜負高陽客

祭天神 歇指調

憶繡衾相向輕輕語屏山掩紅蠟長明金獸盛熏蘭炷何期到此酒態花情頓辜負愁腸斷還是黃昏那更滿庭風雨聽空階和漏碎聲鬬滴愁眉聚算伊還共誰人爭知此寃苦念千里煙波迢迢前約舊歡省一向無心緒

瑞鷓鴣 平調

吹破殘煙入夜風一軒明月上簾櫳因驚路遠人還遠縱得心同寢未同 情脈脈意沖沖碧雲歸去認無蹤只應曾向前生裏愛把鴛鴦兩處籠

訴衷情 林鍾商

一聲畫角日西曛催促掩朱門不堪更倚木蘭腸斷已銷魂 年漸晚雁空頻問無因思心欲碎愁淚難收又是黃昏

歸去來 中呂調

一夜狂風雨花英墜碎紅無數垂楊漫結黃金縷儘春殘縈不住 蝶稀蜂散知何處殢尊酒轉添愁緒多情不慣相思苦休惆悵好歸去

梁州令 中呂宮

夢覺紗窗曉殘燈掩然空照因思人事苦縈牽離愁別恨無限何時了憐深定是心腸小往往成煩惱一生惆悵情多感月不長圓春色易爲老

中呂調

燕歸梁

輕躡羅鞋掩絳紗傳音耗若相招語聲猶顫不成嬌乍得見兩魂銷匆匆草草難留戀還歸去又無聊若諳雨夕與雲朝得似箇有囂囂

夜半樂

豔陽天氣煙細風暖芳草郊燈明閑凝竚漸妝點亭臺參差佳樹舞腰困力垂楊綠映淺桃穠李夭夭嫩紅光數度綺燕流鶯鬭雙語翠娥南陌簇簇躡影紅陰緩移嬌步擡粉面韶容花光相妒絳綃袖舉雲鬟風顫半遮檀口含羞背人偷顧競鬭草金釵笑爭賭對此嘉景頓覺銷凝惹成愁緒念解珮輕盈在何處忍良時辜負少年等閑度空望極回首斜陽暮嘆浪萍風梗如何去

越調

清平樂

繁華錦爛巳恨歸期晚翠減紅稀鶯似嬾那特地柔

腸斷　不堪尊酒頻傾惱人轉轉愁生□□□□□
□多情爭似無情

中呂調

迷神引

紅板橋頭秋光暮淡月映煙方煦寒溪蘸碧繞垂楊路重分飛攜纖手淚如雨波急隋隄遠片帆舉倏忽年華改尚期阻　暗覺春殘漸漸飄花絮好夕良天長辜負洞房閒掩小屏空無心覷指歸雲仙鄉杳在何處遙夜香衾暖算難與知他深深約記得

樂章集

耆卿初名三變後更名永官至屯田員外郎世號柳屯田所製樂章音調諧婉尤工於羈旅悲怨之辭閨帷淫媟之語東坡拈出霜風淒緊關河冷落殘照當樓謂唐人佳處不過如此一日東坡問一優人曰吾詞何如柳耆卿對曰柳屯田宜十七十八女郎按紅牙拍唱楊柳岸曉風殘月學士詞須銅將軍鐵綽板唱大江東去言外褒彈優人固是解人古虞毛晉記

東坡詞

目錄

東坡詞

宋　蘇軾

陽關曲中秋作本名小秦王入腔即陽關曲

暮雲收盡溢清寒銀漢無聲轉玉盤此生此夜不長好明月明年何處看

又軍中

受降城下紫髯郎戲馬臺南舊戰場恨君不取契丹首金甲牙旗歸故鄉

又李公擇○舊刻重出

濟南春好雪初晴纔到龍山馬足輕使君莫忘霅溪女時作陽關腸斷聲

如夢令元豐七年十二月十八日浴泗州雅熙塔下戲作如夢令闋此曲本唐莊宗製名憶仙姿嫌其名不雅故改為如夢令蓋莊宗作此詞卒章云如夢如夢和淚出門相送因取以為名

水垢何曾相受細看兩俱無有寄語揩背人盡日勞君揮肘輕手輕手居士本來無垢

又同前

自淨方能洗彼我自汗流呀氣寄語澡浴人且共肉

身遊戲但洗但洗俯爲人間一切

又 有寄

爲向東坡傳語人在畫堂深處別後有誰來雪壓小橋無路歸去歸去江上一犂春雨

又 春思

手種堂前桃李無限綠陰青子簾外百舌兒驚起五更春睡居士居士莫忘小橋流水

又 題淮山樓

城上層樓疊巘城下清淮古汴舉手揖吳雲人與暮天俱遠魂斷魂斷後夜松江月滿

生查子 訴別

三度別君來此別真遲暮白盡老髭鬚明日淮南去酒罷月隨人淚溼花如霧後夜逐君還夢繞湖邊路

昭君怨 送別

誰作桓伊三弄驚破綠窗幽夢新月與愁烟滿江天欲去又還不去明日落花飛絮飛絮送行舟水東流

點絳脣 己巳重九和蘇堅 ○ 舊刻七首攷醉漾輕舟又月轉烏啼俱秦淮海作或云此二詞

東坡有手迹流傳于世遂編入東坡詞然亦
安知非秦詞蘇字耶今從宋本删去

我輩情鍾古來誰似龍山宴而今楚甸戲馬餘飛觀
顧謂佳人不覺秋強半簫聲遠鬢雲撩亂愁入參
差雁

又庚午重九再用前韻

不用悲秋今年身健還高宴江村海甸總作空花觀
尚想橫汾蘭菊紛相半樓船遠白雲飛亂空有年
年雁

又再和送錢公永

莫唱陽關風流公子方終宴秦山禹甸縹渺真奇觀
北望平原落日山銜半孤帆遠我歌君亂一送西
飛雁

又杭州

閒倚胡牀庾公樓外峯千朶與誰同坐明月清風我
別乘一來有唱應須和還知麽自從添箇風月平
分破

又或刻賀方回

紅杏飄香柳含煙翠拖金縷水邊朱戶門掩黃昏雨
燭影搖風一枕傷春緒歸不去鳳樓何處芳草迷

歸路

浣溪沙 新秋○舊刻四十五首玫風壓輕雲貼水飛是李後主作玉梳冰寒滴露華是晏同叔作俱刪去舊逸晚菊花前歛翠蛾一首今增入

風捲珠簾自上鉤蕭蕭亂葉報新秋獨攜纖手上高樓缺月向人舒窈窕三星當戶照綢繆香生霧縠見纖柔

又 遊蘄水清泉寺寺臨蘭溪溪水西流

山下蘭芽短浸溪松間沙路淨無泥蕭蕭暮雨子規啼誰道人生無再少門前流水尚能西休將白髮唱黃雞

又 玄真子漁父云西塞山邊白鳥飛桃花流水鱖魚肥青篛笠綠蓑衣斜風細雨不須歸此語妙絕恨莫能歌者故增數語令以浣溪沙歌之○或刻黃山谷

西塞山邊白鷺飛散花洲外片帆微桃花流水鱖魚肥自庇一身青篛笠相隨到處綠蓑衣斜風細雨不須歸

又 十一月二日雨後微雪太守徐君猷攜酒見

過坐上作浣溪沙三首明日酒醒雪大作又
作二首
覆塊青青麥未蘇江南雲葉暗隨車臨臯煙景世間
無 雨腳半收簷斷綫雪林初下瓦疎珠歸來氷顆
亂黏鬚
又前韻
醉夢昏昏曉未蘇門前轣轆使君車扶頭一盞怎生
無 廢圃寒蔬挑翠羽小槽春酒凍真珠清香細細
嚼梅鬚
又前韻
雪裏餐氈例姓蘇使君載酒爲回車天寒酒色轉頭
無 薦士已聞飛鶚表報恩應不用蛇珠醉中還許
攬桓鬚
又再和前韻
半夜銀山上積蘇朝來九陌帶隨車濤江煙渚一時
無 空腹有詩衣有結溼薪如桂米如珠凍吟誰伴
撚髭鬚
又前韻
萬頃風濤不記蘇雪晴江上麥千車但令人飽我愁
無 翠袖倚風縈柳絮絳脣得酒爛櫻珠尊前呵手

鑷霜鬚

又九月九日二首

珠檜絲杉冷欲霜山城歌舞助淒涼且餐山色飲湖光共挽朱轓留半日強揉青蕊作重陽不知明日爲誰黃

又和前韻

霜鬢真堪插拒霜哀絃危柱作伊涼暫時流轉爲風光未遣清尊空北海莫因長笛賦山陽金釵玉腕瀉鵝黃

又有感

傅粉郎君又粉奴莫教施粉與施朱自然冰玉照香酥有客能爲神女賦憑君送與雪兒書夢魂東去覓桑榆

又詠橘

菊暗荷枯一夜霜新苞綠葉照林光竹籬茆舍出青黃香霧噀人驚半破清泉流齒怯初嘗吳姬三日手猶香

又公守湖辛未上元日作會於伽藍中時長老法惠在座人有獻翦伽花綵甚奇謂有初春興因作浣溪沙二首寄袁公濟

雪頷霜髯不自驚更將翦綵發春榮羞顏未醉已先赬　莫唱黃雞幷白髮且呼張友喚殷兄有人歸去欲卿卿

又　和前韻

料峭東風翠幕驚云何不飲對公榮水精盤瑩玉鱗赬　花影莫辜三夜月朱顏未稱五年兄翰林子墨主人卿

又　徐門石潭謝雨道上作五首

照日深紅暖見魚連溪綠暗晚藏烏黃童白叟聚睢盱　麋鹿逢人雖未慣猿猱聞鼓不須呼歸家說與採桑姑

又

旋抹紅妝看使君三三五五棘籬門相挨踏破蒨羅裙　老幼扶攜收麥社烏鳶翔舞賽神村道逢醉叟臥黃昏

又

麻葉層層檾葉光誰家煮繭一村香隔籬嬌語絡絲娘　垂白杖藜擡醉眼捋青擣麨軟飢腸問言豆葉幾時黃

又

蔌蔌衣巾落棗花村南村北響繰車牛衣古柳賣黃瓜酒困路長惟欲睡日高人渴漫思茶敲門試問野人家

又

輭草平莎過雨新輕沙走馬路無塵何時收拾耦畊身日暖桑麻光似潑風來蒿艾氣如薰使君元是此中人

又春情

道字嬌訛苦未成未應春閣夢多情朝來何事綠鬟傾綵索身輕長趁燕紅窗睡重不聞鶯困人天氣近清明

又菊節別元素

縹緲危樓紫翠間良辰樂事苦難全感時懷舊獨淒然璧月瓊枝空夜夜菊花人貌自年年不知來歲與誰看

又春情

桃李溪邊駐畫輪鸕鷀聲裏倒清尊夕陽雖好近黃昏香在衣裳妝在臂水連芳草月連雲幾人歸去不銷魂

又荷花

四面垂楊十里荷問云何處最花多畫樓南畔夕陽和 天氣乍涼人寂寞光陰須得酒消磨且來花裏聽笙歌

又 贈閭邱朝議時過徐州

一別姑蘇已四年秋風南浦送歸船畫簾重見水中仙 霜鬢不須催我老杏花依舊駐君顏夜闌相對夢魂間

又 有贈

惟見眉間一點黃詔書催發羽書忙從教嬌淚洗紅妝 上殿雲霄生羽翼論兵齒頰帶風霜歸來衫袖有天香

又 憶舊

長記鳴琴子賤堂朱顏綠髮映垂楊如今秋鬢數莖霜 聚散交遊如夢寐升沈閒事莫思量仲卿終不避桐鄉

又 紹聖元年十月十三日與程鄉令侯晉叔歸安簿譚汲遊大口寺野飲松下設松黃湯作此闋余近釀酒名萬家春蓋嶺南萬戶酒也

羅襪空飛洛浦塵錦袍不見謫仙神攜壺藉草亦天真 玉粉輕黃千歲藥雪花浮動萬家春醉歸江路

野梅新

又重九

白雪清詞出坐間愛君才器兩俱全異鄉風景却依然　可恨相逢能幾日不知重會是何年茱萸子細更重看

又元豐七年十月二十四日從泗洲劉倩叔遊南山

細雨斜風作曉寒淡煙疎柳媚晴灘入淮清洛漸漫漫　雪沫乳花浮午盞蓼茸蒿筍試春盤人間有味是清歡

又送梅庭老赴潞州學官

門外東風雪灑裾山頭回首望三吳不應彈鋏爲無魚　上黨從來天下脊先生元是古之儒時平不用魯連書

又徐州藏春閣園中

慚愧今年二麥豐千畦翠浪舞晴空化工餘力染夭紅　歸去山公應倒載闌街拍手笑兒童甚時名作錦薰籠

又揚州賞芍藥櫻桃

芍藥櫻桃兩鬭新名園高會送芳辰洛陽初夏廣陵

春　紅玉半開菩薩面丹砂穠點柳枝脣尊前還有箇中人

又 贈楚守田待制小鬟

學畫鵶兒正妙年陽城下蔡困嫣然憑君莫唱短因緣　霧帳吹笙香嫋嫋霜庭按舞月娟娟曲終紅袖落雙纏

又 和前韻

一夢紅湖費五年歸來風物故依然相從一醉是前緣　遷客不應常眊矂使君爲出小嬋娟翠鬟聊著小詩纏

又 端午

輕汗微微透碧紈明朝端午浴芳蘭流香漲膩滿晴川　綵線輕纏紅玉臂小符斜挂綠雲鬟佳人相見一千年

又 感舊

徐邈能中酒聖賢劉伶席地幕青天潘郎白璧爲誰連　無可奈何新白髮不如歸去舊青山恨無人借買山錢

又 自適

傾蓋相逢勝白頭故山空復望松楸此心安處是菟

裘
宴春秋　賣劍買牛真欲老乞漿得酒更何求願爲辭社
又寓意和前韻
炙手無人傍屋頭蕭蕭晩雨脫梧楸誰憐季子敝貂
裘顧我已無當世望似君須向古人求歲寒松柏
肯驚秋
又即事
晝隼横江喜再遊老魚跳檻識清謳流年未肯付東
流黄菊籬邊無悵望白雲鄉裏有温柔挽回霜鬢
莫教休
又方嚮
花滿銀塘水漫流犀槌玉板奏涼州順風環珮過秦
樓遠漢碧雲輕漠漠今宵人在鵲橋頭一聲敲徹
絳河秋
又端午
入袂輕風不破塵玉簪犀壁醉佳辰一番紅粉爲誰
新團扇只堪題往事新絲那解繫行人酒闌滋味
似殘春
又
幾共查梨到雪霜一經題品便生光木奴何處避雌

黃北客有來初未識南金無價喜新嘗含滋嚼句
齒牙香

又

山色橫侵蘸暈霞湘川風靜吐寒花遠林屋散尚啼
鴉夢到故園多少路酒醒南望隔天涯月明千里
照平沙

又 重陽○舊刻逸

晚菊花前斂翠蛾挼花傳酒緩聲歌柳枝團扇別離
多擁髻淒涼論舊事曾隨織女度銀梭當年今夕
奈愁何

減字木蘭花 自錢塘被召林子中作郡守有會
坐中營妓出牒鄭容求落籍高瑩求從良子
中呈東坡東坡索筆爲減字木蘭花書牒後
時用鄭容落籍高瑩從良八字於句端也兼
贈潤守許仲途

鄭莊好客容我尊前先墮幘落筆生風籍籍聲名不
負公 高山白早瑩骨冰膚那解老從此南徐良夜
清風月滿湖

又 寓意

雲鬟傾倒醉倚闌干風月好憑仗相扶誤入仙家碧

玉壺　連天衰草不走湖南西去道一舸姑蘇便逐
鴟夷去得無

又荔枝

閩溪珍獻過海雲帆來似箭玉座金盤不貢奇葩四
百年　輕紅釀白雅稱佳人纖手擘骨細肌香恰是
當年十八娘

又送東武令趙晦之

賢哉令尹三仕已之無喜慍我獨何人猶把虛名玷
搢紳　不如歸去二頃良田無覓處歸去來兮待有
良田是幾時

又送別

玉觴無味中有佳人千點淚學道忘憂一念還成不
自由　如今未見歸去東園花似霰一語相開匹似
當初本不來

又送趙令

春光亭下流水如今何在也歲月如梭白首相看擬
奈何　故人重見世事年來千萬變官況闌珊慚愧
青松守歲寒

又過吳興李公擇生子三日會客作此詞戲之

惟熊佳夢釋氏老君曾抱送壯氣橫秋未滿三朝已

食牛　犀錢玉果利市平分沾四座多謝無功此事
如何到得儂

又得書

曉來風細不會鵲聲來報喜却羨寒梅先覺春風一
夜來　香箋一紙寫盡回紋機上意欲卷重開讀徧
千回與萬回

又送別

天台舊路應恨劉郎來又去別酒頻傾忍聽陽關第
四聲　劉郎未老懷戀仙鄉重得到只恐因循不見
如今勸酒人

又錢塘西湖有詩僧清順居其其上自名藏春塢門前有二古松各有淩霄花絡其上順常晝臥其下子瞻為郡一日屏騎從過之松風騷然順指落花覓句子瞻為賦此詞

雙龍對起白甲蒼髯煙雨裏疎影微香下有幽人晝
夢長　湖風清輭雙鵲飛來爭噪晚翠颭紅輕時下
淩霄百尺英

又贈小鬟琵琶

琵琶絶藝年記都來十一二撥弄幺絃未解將心指
下傳　主人嗔小欲向東風先醉倒已屬君家且更

從容等待他

又 立春

春牛春杖無限春風來海上便與春工染得桃紅似肉紅　春幡春勝一陣春風吹酒醒不似天涯捲起楊花似雪花

又 雪詞

雪容皓白破曉玉英紛似織風力無端欲學楊花更耐寒　相如未老梁苑猶能陪俊少莫惹閑愁且折江梅上小樓

又

玉房金蕊宜在玉人纖手裏淡月朦朧更有微微弄袖風　溫香熟美醉慢雲鬟垂兩耳多謝春工不是花紅是玉紅

又 春月

春庭月午搖蕩香醪光欲舞步轉迴廊半落梅花婉娩香　輕風薄霧總是少年行樂處不似秋光只與離人照斷腸

又 贈勝之

天然宅院賽了千千并萬萬說與賢知表德元來是勝之　今來十四海裏猴兒奴子是要賭休癡六隻

骰兒六點兒

又　琴

神閒意定萬籟收聲天地靜玉指冰絃未動宮商意已傳　悲風流水寫出寥寥千古意歸去無眠一夜餘音在耳邊

又

銀箏旋品不用纏頭千尺錦妙思如泉一洗閒愁十五年　爲公少止起舞屬公公莫起風裏銀山擺撼魚龍我自閒

又　贈君猷家姬

柔和性氣雅稱佳名呼懿懿解舞能謳絕妙年中有品流　眉長眼細淡淡梳妝新綰髻懊惱風情春著花枝百態生

又

鶯初解語最是一年春好處微雨如酥草色遙看近卻無　休辭醉倒花不看開人易老莫待春回顛倒紅英間綠苔

又

江南遊女問我何年歸得去雨細風微兩足如霜挽紵衣　江亭夜語喜見京華新樣舞蓮步輕飛遷客

今朝始是歸

又 贈徐君猷三侍人一嫵卿

嬌多媚煞體柳輕盈千萬態殢主尤賓斂黛含嚬喜又嗔 徐君樂飲笑諠從伊情意恁臉嫩膚紅花倚朱闌裹住風

又 勝之

雙鬟綠墜嬌眼橫波眉黛翠妙舞蹁躚掌上身輕意態妍 曲窮力困笑倚人旁香喘噴老大逢歡昏眼猶能仔細看

又 慶姬

天真雅麗容態溫柔心性慧響亮歌喉遏住行雲翠不收 妙詞佳曲囀出新聲能斷續重客多情滿勸金卮玉手擎

訴衷情 送述古迓元素

錢塘風景古來奇太守例能詩先驅負弩何在心已浙江西 花盡後葉飛時雨淒淒若爲情緒更問新官向舊官啼

又 海棠○又刻晏同叔

海棠珠綴一重重清曉近簾櫳胭脂誰與勻淡偏向臉邊濃 看葉嫩惜花紅意無窮如花似葉歲歲年

年共占春風

又 琵琶女

小蓮初上琵琶絃彈破碧雲天分明繡閣幽恨都向曲中傳 膚瑩玉鬢梳蟬倚窗前素娥今夜故故隨人似鬭嬋娟

菩薩鬘 歌妓

繡簾高捲傾城出燈前瀲灩橫波溢皓齒發清歌春山入翠蛾 悽音休怨亂我已先偷玩梅萼月窗虛纍纍一串珠

又

碧紗微露纖纖玉一曲雲和湘水綠越調變新聲龍吟徹骨清 夜長殘酒醒頓覺霜袍冷不見意中人新啼壓舊痕

又 西湖

秋風湖上蕭蕭雨使君欲去還留住今日漫留君明朝愁殺人 尊前千點淚灑向長河水不用斂雙蛾路人啼更多

又 杭妓往蘇

玉童西迓浮邱伯洞天冷落秋蕭瑟不用許飛瓊瑶臺空月明 清香凝夜宴借與韋郎看莫便過姑蘇

扁舟下五湖

又 闕文

天憐豪俊□□□□□□向松江滿□景爲淹留從

君都占秋 身閒惟□□□□遨遊首帝夢□□□

匆匆歸去時

又 代妓送陳述古

娟娟缺月西南落相思撥斷琵琶索枕淚夢魂中覺

來眉暈重 畫堂堆燭淚長笛吹新水醉客各西東

應思陳孟公

又 感舊

玉笙不受珠脣暖離聲淒咽胸塡滿遺恨幾千秋恩

留人不留 他年京國酒泫淚攀枯柳莫唱短因緣

長安遠似天

又 新月

畫簷初挂彎彎月孤光未滿先憂缺還認玉簾鉤天

孫梳洗樓 佳人言語好不願求新巧此恨固應知

願人無別離

又 七夕

風迴仙□□開扇更闌月墜星河轉枕上夢魂驚曉

簷疏雨零 相逢雖草草長共天難老終不羨人閒

人閒夜似年

又 有寄

城隅靜女何人見先生日夜歌彤管誰識蔡姬賢江南顧彥先　先生那久困湯沐須名郡惟有謝夫人從來見擬倫

又

買田陽羨吾將老從來只爲溪山好來往一虛舟聊隨物外遊　有書仍懶著水調歌歸去筋力不辭詩要須風雨時

又 回文

落花閒院春衫薄薄衫春院閒花落遲日恨依依依依恨日遲　夢回鶯舌弄弄舌鶯回夢郵便問人羞羞人問便郵

又 夏景回文

火雲凝汗揮珠顆顆珠揮汗凝雲火瓊暖碧紗輕輕紗碧暖瓊　暈腮嫌枕印印枕嫌腮暈閒照晚妝殘殘妝晚照閒

又 回文

嶠南江淺紅梅小小梅紅淺江南嶠窺我向疎籬籬疎向我窺　老人行即到到即行人老離別惜殘枝

枝殘惜別離

又回文春閨怨

翠鬟斜幔雲垂耳耳垂雲幔斜鬟翠春晚睡昏昏昏睡晚春　細花梨雪墜墜雪梨花細顰淺念誰人人誰念淺顰

又回文夏閨怨

柳庭風靜人眠晝晝眠人靜風庭柳香汗薄衫涼涼衫薄汗香　手紅冰腕藕藕腕冰紅手郎笑藕絲長長絲藕笑郎

又回文秋閨怨

井梧雙照新妝冷冷妝新照雙梧井羞對井花愁愁花井對羞　影孤憐夜永永夜憐孤影樓上不宜愁愁宜不上樓

又回文冬閨怨

雪花飛暖融香頰頰香融暖飛花雪欺雪任單衣衣單任雪欺　別時梅子結結子梅時別歸不恨開遲遲開恨不歸

又

娟娟侵鬢妝痕淺雙顰相媚彎如翦一瞬百般宜無論笑與啼　酒闌思翠被特故騰騰地生怕促歸輪

微波先泥人

又 詠足

塗香莫惜蓮承步長愁羅襪凌波去只見舞迴風都無行處蹤　偷穿宮樣穩並立雙趺困纖妙說應難須從掌上看

又

玉鐶墜耳黃金飾輕衫罩體香羅碧緩步困春醪春融臉上桃　花鈿從委地誰與郎爲意長愛月華清此時憎月明

採桑子 潤州東景樓與孫巨源相遇

多情多感仍多病多景樓中尊酒相逢樂事回頭一笑空　停杯且聽琵琶語細撚輕攏醉臉春融斜照江天一抹紅

卜算子 感舊

蜀客到江南長憶吳山好吳蜀風流自古同歸去應須早　還與去年人共藉西湖草莫惜尊前仔細看應是容顏老

又 惠州有溫都監女頗有色年十六不肯嫁人聞坡至甚喜每夜聞坡諷詠則徘徊窗下坡覺而推窗則其女踰牆而去坡從而物色之

曰吾當呼王郎與之子爲婣未幾而坡過海
女遂卒葬於沙灘側坡回惠爲賦此詞

缺月挂疎桐漏斷人初靜時見幽人獨往來縹緲孤鴻影　驚起却回頭有恨無人省揀盡寒枝不肯棲寂寞沙洲冷　一刻楓落吳江冷

好事近　送君猷

紅粉莫悲啼俯仰半年離別看取雪堂坡下老農夫淒切　明年春水漾桃花柳岸隘舟楫從此滿城歌吹看黃州闐咽

又　元刻不載

煙外倚危樓初見遠燈明滅却跨玉虹歸去看洞天星月　當時張范風流在況一尊浮雪莫問世間何事與劍頭微吷

又　湖上

湖上雨晴時秋水半篙初沒朱檻俯窺寒鑑照衰顏華髮　醉中欲墮白綸巾溪風漾流月獨棹小舟歸去任煙波飄兀

華清引　感舊

平時十月幸蓮湯玉甃瓊梁五家車馬如水珠璣滿路旁　翠華一去掩方牀獨留烟樹蒼蒼至今清夜

月依舊過繚牆

謁金門 秋夜

秋帷裏長漏伴人無寐低玉枕涼輕繡被一番秋氣味曉色又侵窗紙窗外雞聲初起聲斷幾聲還到耳已明聲未已

又 秋興

秋池閣風傍曉庭簾幕霜葉未衰吹未落半驚鴉喜鵲自笑浮名情薄似與世人疎略一片懶心雙懶脚好教閑處著

又 秋感

今夜雨斷送一年殘暑坐聽潮聲來別浦明朝何處去辜負金尊綠醑來歲今宵圓否酒醒夢回愁幾許夜闌還獨語

清平樂 秋詞

清淮濁汴更在江西岸紅旆到時黃葉亂霜入梁王故苑秋原何處攜壺停驂訪古踟躕雙廟遺風尚在漆園傲吏應無

雙荷葉

雙溪月清光偏照雙荷葉雙荷葉紅心未偶綠衣偷結背風迎雨淚珠滑輕舟短棹先秋折先秋折煙

鬢未上玉杯微缺

更漏子 送孫巨源

水涵空山照市西漢二疏鄉里新白髮舊黃金故人恩義深　海東頭山盡處自古客槎來去槎有信赴秋期使君行不歸

占春芳

紅杏了夭桃盡獨自占春芳不比人間蘭麝自然透骨生香　對酒莫相忘似佳人兼合明光只憂長笛吹花落除是寧王

烏夜啼 寄遠

莫怪歸心甚速西湖自有蛾眉若見故人須細說白髮倍當時　小鄭非常強記二南依舊能詩更有鱸魚堪切膾兒輩莫教知

阮郎歸 初夏

綠槐高柳咽新蟬薰風初入絃碧紗窗下水沈煙棊聲驚晝眠　微雨過小荷翻榴花開欲然玉盆纖手弄清泉瓊珠碎又圓

又集句梅花○舊重刻醉桃源香閨作宮妝暮春作暮雲

暗香浮動月黃昏堂前一樹春東風何事入西鄰兒

家常閉門　雪肌冷玉容真香腮粉未勻折花欲寄
隴頭人江南日暮春

又蘇州席上作

一年三度過蘇臺清尊長是開佳人相問苦相猜這
回來不來　情未盡老先催人生真可咍他年桃李
阿誰栽劉郎雙鬢摧

虞美人影暮春

華胥夢斷人何處聽得鶯啼紅樹幾點薔薇香雨寂
寞閒庭戶　暖風不解留花住片片著人無數樓上
望春歸去芳草迷歸路

西江月真覺賞瑞香

公子眼花亂發老夫鼻觀先通領巾飄下瑞香風驚
起謫仙春夢　后土祠中玉蕊蓬萊殿後鞓紅此花
清絕更纖穠把酒何人心動

又坐客見和復次韻

小院朱闌幾曲重城畫鼓三通更看微月轉光風歸
去香雲入夢　翠袖爭浮大白皁羅半插斜紅燈花
零落酒花穠妙語一時飛動

又再用前韻戲曹子方坐客云瑞香爲紫丁香

遂以此曲辯證之

怪此花枝怨泣託君詩句名通憑將草木記吳風繼
取相如雲夢　點筆袖沾醉墨謗花面有慚紅知君
卻是為情穠怕見此花撩動

又

聞道雙銜鳳帶不妨單著鮫綃夜香知與阿誰燒悵
望水沈煙裊　雲鬢風雲綠卷玉顏醉裏紅潮莫教
空度可憐宵月與佳人共撩

又重九

點點樓頭細雨重重江外平湖當年戲馬會東徐今
日淒涼南浦　莫恨黃花未吐且教紅粉相扶酒闌
不必看茱萸頻仰人間今古

又送茶并谷簾與王勝之

龍焙今年絕品谷簾自古珍泉雪芽雙井散神仙苗
裔來從北苑　湯發雲腴釅白盞浮花乳輕圓人間
誰敢更爭妍鬭取紅窗粉面

又姑熟再見勝之次前韻○或刻山谷詞

別夢已隨流水淚巾猶裛香泉相如依舊是臞仙人
在瑤臺閬苑　花霧縈風縹緲歌珠滴水清圓蛾眉
新作十分妍走馬歸來便面

又黃州中秋

世事一場大夢人生幾度秋涼夜來風葉已鳴廊看
取眉頭鬢上 酒賤常愁客少月明多被雲妨中秋
誰與共孤光把盞淒然北望

又 送錢待制

莫歎平原落落且應去魯遲遲與君各記少年時須
信人生如寄 白髮千莖相送深杯百罰休辭拍浮
何用酒爲池我已爲君德醉

又 梅花

玉骨那愁瘴霧冰肌自有仙風海仙時遣探芳叢倒
掛綠毛幺鳳 素面翻嫌粉涴洗妝不褪脣紅高情
已逐曉雲空不與梨花同夢 惠州梅花上珍禽曰倒掛子似綠毛鳳而小

又 春夜行蘄水中過酒家飲酒醉乘月至一溪橋上解鞍曲肱少休及覺已曉亂山葱蘢不謂人世也書此詞於橋柱上

照野瀰瀰淺浪橫空曖曖微霄障泥未解玉驄驕我
欲醉眠芳草 可惜一溪明月莫教踏碎瓊瑤解鞍
欹枕綠楊橋杜宇數聲春曉

又 平山堂

三過平山堂下半生彈指聲中十年不見老仙翁壁

上龍蛇飛動　欲弔文章太守仍歌楊柳春風休言
萬事轉頭空未轉頭時皆夢

又蘇州交代林子中席上作

昨日扁舟京口今朝馬首長安舊官何物與新官只
有湖山公案　此景百年幾變箇中下語千難使君
才氣卷波瀾與把新詩判斷

少年遊端午贈黃守徐君猷

銀塘朱檻麴塵波圓綠卷新荷蘭條薦浴菖花釀酒
天氣尚清和　好將沈醉酬佳節十分酒十分歌獄
草煙深訟庭人悄無悋宴遊過

又黃之僑人郭氏每歲正月迎紫姑神以箕爲
腹箸爲口畫灰盤中爲詩敏捷立成余往觀
之神請予作少年遊乃以此戲之

玉肌鉛粉傲秋霜準擬鳳呼凰伶倫不見清香未吐
且糠粃吹揚　到處成雙君獨隻空無數爛文章一
點香檀誰能借箸無復似張良

又潤州作

去年相送餘杭門外飛雪似楊花今年春盡楊花似
雪猶不見還家　對酒捲簾邀明月風露透窗紗恰
似嫦娥憐雙燕分明照畫梁斜

瑤池燕琴曲有瑤池燕變其詞作閨怨寄陳季

常

飛花成陣春心困寸寸別腸多少愁悶無人問偷啼自揾殘妝粉　抱瑤琴尋出新韻玉纖趁南風未解幽慍低雲鬟眉峯斂暈嬌和恨

南柯子遊賞

山與歌眉斂波同醉眼流遊人都上十三樓不羨竹西歌吹古揚州　菰黍連昌歜瓊彝倒玉舟誰家水調唱歌頭聲繞碧山飛去晚雲留

又湖景和前韻

古岸開青葑新渠走碧流會看光滿萬家樓記取他年扶路入西州　佳節連梅雨餘生寄葉舟只將菱角與雞頭更有月明千頃一時留

又寓意

雨暗初疑夜風回忽報晴淡雲斜照著山明細草輭沙溪路馬蹄輕　卯酒醒還困仙材夢不成藍橋何處覓雲英只有多情流水伴人行

又和前韻

日出西山雨無晴又有晴亂山深處過清明不見綵繩花板細腰輕　盡日行桑野無人與目成且將新

句琢瓊英我是世間閒客此閒行

又再用前韻

帶酒衝山雨和衣睡晚晴不知鐘鼓報天明夢裏栩然蝴蝶一身輕 老去才都盡歸來計未成求田問舍笑豪英自愛湖邊沙路免泥行

又晚春

日薄花房綻風和麥浪輕夜來微雨洗郊坰正是一年春好近清明 已改煎茶火猶調入粥餳使君高會有餘清此樂無聲無味最難名

又八月十八日觀潮

海上乘槎侶仙人萼綠華飛昇元不用丹砂住在潮頭來處渺天涯 雷輥夫差國雲翻海若家坐中安得弄琴牙寫取餘聲歸向水仙誇

又再用前韻

苒苒中秋過蕭蕭兩鬢華寓身化世一塵沙笑看潮來潮去了生涯 方士三山路漁人一葉家早知身世兩聱牙好伴騎鯨公子賦雄誇

又東坡守錢塘無日不在西湖嘗攜妓謁大通禪師大通慍形於色東坡作長短句令妓歌之

師唱誰家曲宗風嗣阿誰借君拍板與門搥我也逢場作戲莫相疑　溪女方偷眼山僧莫眨眉卻愁彌勒下生遲不見老婆三五少年時

又　別潤州許仲途

欲執河梁手還升月旦堂酒闌人散月侵廊北客明朝歸去雁南翔　窈窕高明玉風流鄭季莊一時分散水雲鄉惟有落花芳草斷人腸

又　湖州作

山雨瀟瀟過溪橋瀏瀏清小園幽榭枕蘋汀門外月華如水綵舟橫　嵒岸霜花盡江湖雪陣平兩山遙指海門青回首水雲何處覓孤城

又　暮春

紫陌尋春去紅塵拂面來無人不道看花回惟見石榴新蕊一枝開　冰簟堆雲髻金尊灩玉醅綠陰青子莫相催留取紅巾千點照池臺

又　黃州臘月八日飲懷民小閣

衞霍元勳後韋平外族賢吹笙只合在緱山閒駕綵鸞歸去趁新年　烘暖燒香閣輕寒浴佛天他時一醉畫堂前莫忘故人憔悴老江邊

又　有感

笑怕薔薇罥行憂寶瑟僵美人依約在西廂只恐暗中迷路認餘香　午夜風翻幔三更月到牀簟紋如水玉肌涼何物與儂歸去有殘妝

又感舊

才恨誰云短綿綿豈易裁半生眉綠未曾開明月好風閒處是人猜　春雨消殘凍温風到冷灰尊前一曲爲誰哉留取曲終一拍待君來

又楚守周豫出舞鬟因作二首贈之

紺綰雙蟠髻雲欹小偃巾輕盈紅臉小腰身疊鼓忽催花拍鬪精神　空闊輕紅歇風和約柳春蓬山才調最清新勝似纏頭千錦共藏珍

又同前

琥珀裝腰佩龍香入領巾只應飛燕是前身共看剝葱纖手舞凝神　柳絮風前轉梅花雪裏春鴛鴦翡翠兩爭新但得周郎一顧勝珠珍

又舞妓

雲鬢裁新綠霞衣曳曉紅待歌凝立翠筵中一朶彩雲何事下巫峯　趁拍鸞飛鏡回身燕漾空莫翻紅袖過簾櫳怕被楊花勾引嫁東風

又

見說東園好，能消北客愁。雖非吾土且登樓，行盡江南南岸此淹留　短日明楓纈，清霜暗菊毬。流年回首付東流，憑仗挽回潘鬢莫教秋

望江南

春未老，風細柳斜斜。試上超然臺上看，半壕春水一城花，煙雨暗千家　寒食後，酒醒卻咨嗟。休對故人思故國，且將新火試新茶，詩酒趁年華

又暮春

春已老，春服幾時成。曲水浪低蕉葉穩，舞雩風輭苧羅輕，酣詠樂昇平　微雨過，何處不催耕。百舌無言桃李盡，柘枝深處鷓鴣鳴，春色屬蕪菁

浪淘沙探春

昨日出東城，試探春情。牆頭紅杏暗如傾，檻內羣芳芽未吐，早已回春　綺陌斂香塵，雪霽前村。東君用意不辭辛，料想春光先到處，吹綻梅英

鷓鴣天時謫黃州○舊刻三首攷西塞山前白鷺飛一首是黃山谷作今刪去

林斷山明竹隱牆，亂蟬衰草小池塘。翻空白鳥時時見，照水紅蕖細細香　村舍外，古城旁，杖藜徐步轉斜陽。殷勤昨夜三更雨，又得浮生一日涼

又陳公密出侍兒素娘歌紫玉簫曲勸老人酒
老人飲盡因爲賦此詞

笑撚紅牙鞸翠翹揚州十里最妖嬈夜來綺席親曾見撮得精神滴滴嬌　嬌後眼舞時腰劉郎幾度欲魂消明朝酒醒知何處腸斷雲閑紫玉簫

玉樓春次歐公西湖韻

霜餘已失長淮闊空聽潺潺清潁咽佳人猶唱醉翁詞四十三年如電抹　草頭秋露流珠滑三五盈盈還二八與予同是識翁人惟有西湖波底月

又次馬中玉韻

知君仙骨無寒暑千載相逢猶旦暮故將別語惱佳人要看梨花枝上語　落花已逐迴風去花本無心鶯自訴明朝歸路下塘西不見鶯啼花落處

又宿造口聞夜雨寄子由才叔

梧桐葉上三更雨驚破夢魂無覓處夜涼枕簟已知秋更聽寒蛩促機杼　夢中歷歷來時路猶在江亭醉歌舞尊前必有問君人爲道別來心與緒

又

元宵似是歡遊好何況公庭民訟少萬家遊賞上春臺十里神仙迷海島　平原不似高陽傲促席雍容

陪語笑坐中有客最多情不惜玉山拚醉倒

又

經旬未識東君信一夕薰風來解愠紅綃衣薄麥秋寒綠綺韻低梅雨潤 瓜頭綠染山光嫩弄色金桃新傅粉日高慵捲水晶簾猶帶春醪紅玉困

又上三調元刻不載

高平四面開雄壘三月風光初覺媚園中桃李使君家城上亭臺遊客醉 歌翻楊柳金尊沸飲散憑闌無限意雲深不見玉關遙草細山重殘照裏

南鄉子春情

晚景落瓊杯照眼雲山翠作堆認得岷峨春雪浪初來萬頃蒲萄漲淥醅 暮雨暗陽臺亂灑高樓溼粉腮一陣東風來捲地吹迴落照江天一半開

又梅花詞和楊元素

寒雀滿疎籬爭抱寒柯看玉蕤忽見客來花下坐驚飛踏散芳英落酒巵 痛飲又能詩坐客無氈醉不知花盡酒闌春到也離離一點微酸已著枝

又席上勸李公擇酒

不到謝公臺明月清風好在哉舊日髯孫何處去重來短李風流更上才 秋色漸摧頹滿院黃英映酒

杯看取桃花春二月爭開盡是劉郎去後栽

又重九涵輝樓呈徐君猷

霜降水痕收淺碧鱗鱗露遠洲酒力漸消風力軟颼颼破帽多情卻戀頭　佳節若爲酬但把清尊斷送秋萬事到頭都是夢休休明日黃花蝶也愁

又送述古

回首亂山橫不見居人只見城誰似臨平山上塔亭亭迎客西來送客行　臨路晚風清一枕初寒夢不成今夜殘燈斜照處熒熒秋雨晴時淚不晴

又有感

冰雪透香肌姑射仙人不似伊濯錦江頭新樣錦非宜故著尋常淡薄衣　暖日下重幃春睡香凝索起遲曼倩風流緣底事當時愛被西真喚作兒

又和楊元素

東武望餘杭雲海天涯兩杳茫何日功成名遂了還鄉醉笑陪公三萬場　不用訴離觴痛飲從來別有腸今夜送歸燈火冷河塘墮淚羊公卻姓楊

又自述

涼簟碧紗幮一枕清風晝睡餘臥聽晚衙無一事徐徐讀盡牀頭幾卷書　搔首賦歸歟自覺功名懶更

疎若問使君才與術何如占得人間一味愚

又 沈强輔雯上出犀麗玉作胡琴送元素還朝同子野各賦一首

裙帶石榴紅卻水殷勤解贈儂應許逐雞雞莫怕相逢一點靈犀必暗通何處遇良工琢刻天眞半欲空願作龍香雙鳳撥輕攏長在環兒白雪胸

又 贈行

旌旆滿江湖詔發樓船萬舳艫投筆將軍因笑我迂儒帕首腰刀是丈夫粉淚怨離居喜子垂窗報捷書試問伏波三萬語何如一斛明珠換綠珠

又 雙荔枝

天與化工知賜得衣裳總是緋每向華堂深處見憐伊兩箇心腸一片兒自小便相隨綺席歌筵不暫離苦恨人人分析破東西怎得成雙似舊時

又 集句

寒玉細凝膚吳融清歌一曲倒金壺鄭谷杏葉菖條偏相識李商隱爭如豆蔻花梢二月初杜牧年少即須臾白居易芳時偷得醉工夫白居易羅帳細垂銀燭背韓渥歡娛豁得平生俊氣無杜牧

又 集句

悵望送春杯杜牧漸老逢春能幾回杜甫花滿楚城愁遠別許渾傷懷何況清絲急管催劉禹錫 吟斷望鄉臺李商隱萬里歸心獨上來許渾景物登臨閒始見杜牧徘徊一寸相思一寸灰李商隱

又集句

何處倚闌干杜牧絃管高樓月正圓杜牧蝴蝶夢中家萬里崔塗依然老去愁來強自寬杜甫 明鏡借紅顏李商隱須著人閒比夢閒韓愈蠟燭半籠金翡翠李商隱更闌繡被焚香獨自眠許渾

又用韻和道輔

未倦長卿遊漫舞天歌爛不收不是使君能矯世誰留教有瓊梳脫麝油 香粉鏤金裘花豔紅箋筆欲流從此丹脣并皓齒清柔唱徧山東一百州

又用前韻贈田叔通家舞鬟

繡鞅玉鑣遊燈晃簾踈笑卻收久立香車催欲上還留更且檀脣點杏油 花徧六幺毬面旋迴風帶雪流春入腰肢金縷細輕柔種柳應須柳柳州

鵲橋仙七夕

緱山仙子高情雲渺不學癡牛騃女鳳簫聲斷月明中舉手謝時人欲去 客槎曾犯銀河微浪尚帶天

風海雨相逢一醉是前緣風雨散飄然何處

又七夕和蘇堅韻

乘槎歸去成都何在萬里江沱漢漾與君各賦一篇詩留織女鴛鴦機上　還將舊曲重賡新韻須信吾儕天放人生何處不兒嬉看乞巧朱樓綵舫

瑞鷓鴣觀潮

碧山影裏小紅旗儂是江南踏浪兒拍手欲嘲山簡醉齊聲爭唱浪婆詞　西興渡口帆初落漁浦山頭日未欹儂欲送潮歌底曲尊前還唱使君詩

又

城頭月落尚啼烏朱艦紅船早滿湖鼓吹未容迎五馬水雲先已漾雙鳧　映山黃帽螭頭舫夾岸青煙鵲尾爐老病逢春只思睡獨求僧榻寄須臾

翻香令

金爐猶暖麝煤殘惜香更把寶釵翻重聞處餘熏在這一番氣味勝從前　背人偷蓋小蓬山更將沈水暗同然且圖得氤氳久爲情深嫌怕斷頭煙

虞美人琵琶

定場賀老今何在幾度新聲改新聲坐使舊聲闌俗耳只知繁手不須彈　斷弦試問誰能曉七歲文姬

小試教彈作輥雷聲應有聞元遺老淚縱橫

又送馬中玉○元刻述懷

歸心正似三春草試著萊衣小橘懷幾日向翁開懷祖已嗔文度不歸來　禪心已斷人間愛只有平交在笑論瓜葛一枰同看取靈光新賦有家風

又陳述古守杭已及瓜代未交前數日宴僚佐於有美堂因請貳車蘇子瞻賦詞子瞻即席而就寄攤破虞美人

湖山信是東南美一望須千里使君能得幾回來便使尊前醉倒且徘徊　沙河塘裏燈初上水調誰家唱夜闌風靜欲歸時惟有一江明月碧琉璃

又東坡與秦少游維揚飲別作此詞○或刻賀方回或刻黃山谷或刻秦淮海或刻晏小山

波聲拍枕長淮曉隙月窺人小無清汴水自東流只載一船離恨向西州　竹溪花浦曾同醉酒味多於淚誰教風鑑在塵埃醞造一場煩惱送人來

又

落花已作風前舞又送黃昏雨曉來庭院半殘紅惟有遊絲千丈裊晴空　殷勤花下重攜手更盡杯中酒美人不用斂歌眉我亦多情無奈酒闌時

又

冰肌自是生來瘦那更分飛後日長簾幕望黃昏及至黃昏時候轉銷魂　君還知道相思苦怎忍拋奴去不辭迢遞過關山只恐別郎容易見郎難

又

深深庭院清明過桃李初紅破柳絲搭在玉闌干簾外瀟瀟微雨做輕寒　晚晴臺榭增明媚已拚花前醉更闌人靜月侵廊獨自行來行去好思量

又

持杯遙勸天邊月願月圓無缺持杯更復勸花枝且願花枝長在莫離披　持杯月下花前醉休問榮枯事此歡能有幾人知對酒逢花不飲待何時

一斛珠

洛城春晚垂楊亂掩紅樓半小池輕浪紋如篆燭下花前曾醉離歌宴　自惜風流雲雨散關山有限情無限待君重見尋芳伴為說相思目斷西樓燕

醉落魄　席上呈元素○舊刻四首山谷老人云醉醒醒醉非東坡作刪去

分攜如昨人生到處萍飄泊偶然相聚還離索多病多愁須信從來錯　尊前一笑休辭卻天涯同是傷

淪落故山猶負平生約西望峨嵋長羨歸飛鶴

又蘇州閶門留別○一刻山谷但故山歸計何時決作故鄉歸路無因得

蒼頭華髮故山歸計何時決舊交新貴音書絕惟有佳人猶作殷勤別　離亭欲去歌聲咽瀟瀟細雨涼吹頰淚珠不用羅巾裛彈在羅衣圖得見時說

又離京口作

輕雲微月二更酒醒船初發孤城回望蒼煙合公子佳人不記歸時節　巾偏扇墜藤牀滑覺來幽夢無人說此生飄蕩何時歇家在西南常作東南別

臨江仙龍邱子自洛之蜀載二侍女戎裝駿馬至溪山佳處輒留數日見者以爲異人後十年築室黃岡之北號曰靜菴居士作此贈之

細馬遠馱雙侍女青巾玉帶紅靴溪山好處便爲家誰知巴峽路卻見洛城花　面旋落英飛玉蕊人間春日初斜十年不見紫雲車龍邱新洞府鉛鼎養丹砂

又贈送

詩句端來磨我鈍鈍錐不解生鋩歡顏爲我解冰霜酒闌清夢覺春草滿池塘　應念雪堂坡下老昔年

共採芸香功成名遂早還鄉回車來過我喬木擁千章

又 辛未離杭至潤別張弼秉道

我勸髯張歸去好從來自己忘情塵心消盡道心平江南與塞北何處不堪行 俎豆庚桑真過矣憑君說與南榮願聞吳越報豐登君王如有問結襪賴王生

又 冬日即事

自古相從休務日何妨低唱微吟天垂雲重作春陰坐中人半醉簾外雪將深 聞道分司狂御史紫雲無路追尋淒風寒雨更騷騷問囚長損氣見鶴總驚心

又 送王緘

忘卻成都來十載因君未免思量憑將清淚灑江陽故山知好在孤客自悲涼 坐上別愁君未見歸來欲斷無腸殷勤且更盡離觴此身如傳舍何處是吾鄉

又 夜到揚州席上作

尊酒何人懷李白草堂遙指江東珠簾十里捲香風花開花又謝離恨幾千重 輕舸渡江連夜到一時

驚笑襄容語音猶自帶吳儂夜闌相對處依依舊夢魂
中

又

九十日春都過了貪忙何處追遊三分春色一分愁
雨翻榆莢陣風轉柳花毬　閬苑先生須自責蟠桃
動是千秋不知人世苦厭求東皇不拘束肯爲使君
留

又風水洞作

四大從來都徧滿此間風水何疑故應爲我發新詩
幽花香澗谷寒藻舞淪漪　借與玉川生兩腋天仙
未必相思還憑流水送人歸層巔餘落日草露已沾
衣

又

一別都門三改火天涯踏盡紅塵依然一笑作春溫
無波真古井有節是秋筠　惆悵孤帆連夜發送行
淡月微雲尊前不用翠眉顰人生如逆旅我亦是行
人

又疾愈登望湖樓贈項長官

多病休文都瘦損不堪金帶垂腰望湖樓上暗香飄
和風春弄袖明月夜聞簫　酒醒夢回清漏永隱牀

無限更潮佳人不見董嬌嬈徘徊花上月空度可憐
宵

又

夜飲東坡醒復醉歸來髣髴三更家童鼻息已雷鳴
敲門都不應倚杖聽江聲　長恨此身非我有何時
忘卻營營夜闌風靜縠紋平小舟從此逝江海寄餘
生

又

冬夜夜寒冰合井畫堂明月侵幃青缸明滅照悲啼
青缸挑欲盡粉淚裛還垂　未盡一尊先掩淚歌聲
半帶清悲情聲兩盡莫相違欲知腸斷處梁上暗塵
飛

又贈王友道

誰道東陽都瘦損凝然點漆精神瑤林終自隔風塵
試看披鶴氅仍是謫仙人　省可清言揮玉塵直須
保器全真風流何似道家純不應同蜀客惟愛卓文
君

又元刻不載

昨夜渡江何處宿望中疑是秦淮月明誰起笛中哀
多情王謝女相逐過江來　雲雨未成還又散思量

好事難諧憑陵急槳兩相催想伊歸去後應似我情懷

蝶戀花 春景

花褪殘紅青杏子燕子飛時綠水人家繞枝上柳綿吹又少天涯何處無芳草 牆裏鞦韆牆外道牆外行人牆裏佳人笑笑漸不聞聲漸悄多情卻被無情惱 飛一作來

又 佳人

一顆櫻桃樊素口不愛黃金只愛人長久學畫鴉兒猶未就眉尖已作傷春皺 撲蝶西園隨伴走花落花開漸解相思瘦破鏡重圓人在否章臺折盡青青柳

又 送春

雨過春容清更麗只有離人幽恨終難洗北固山前三面水碧瓊梳擁青螺髻 一紙鄉書來萬里問我何年真箇成歸計白首送春拚一醉東風吹破千行淚

又 暮春別李公擇

簌簌無風花自嚲寂寞園林柳老櫻桃過落日多情還照坐山青一點橫雲破 路盡河回千轉柁繫纜

漁村月暗孤燈火憑仗飛魂招楚些我思君處君思
我

又 密州上元

燈火錢塘三五夜明月如霜照見人如畫帳底吹笙
香吐麝此般風味應無價 寂寞山城人老也擊鼓
吹簫乍入農桑社火冷燈希霜露下昏昏雪意雲垂
野

又 密州冬夜文安國席上作

簾外東風交雨霰簾裏佳人笑語如鶯燕深惜今年
正月暖燈光酒色搖金盞 摻鼓漁陽撾未徧舞褪
瓊釵汗溼香羅輭今夜何人吟古怨清詩未就冰生
硯

又 過漣水贈趙晦之

自古漣漪佳絕地繞郭荷花欲把吳興比倦客塵埃
何處洗真君堂下寒泉水 左海門前酤酒市夜半
潮來月下孤舟起傾蓋相逢拚一醉雙鳧飛去人千
里

又 述懷

雲水縈回溪上路疊疊青山環繞溪東注月白沙汀
翹宿鷺更無一點塵埃來處 溪叟相看私自語底事

區區苦要爲官去尊酒不空田百畝歸來分得閒中趣

又 離別

春事闌珊芳草歇客裏風光又過清明節小院黃昏人憶別落紅處處聞啼鴂 咫尺江山分楚越目斷魂消應是音塵絕夢破五更心欲折角聲吹落梅花月

又 送潘大臨

別酒勸君君一醉清潤潘郎又是何郎壻記取釵頭新利市莫將分付東鄰子 回首長安佳麗地三十年前我是風流帥爲向青樓尋舊事花枝缺處餘名字

又 同安生日放魚取金光明經救魚事

泛泛東風初破五江柳微黃萬萬千千縷佳氣鬱葱來繡戶當年江上生奇女 一盞壽觴誰與舉三箇明珠膝上王文度放盡窮鱗看圉圉天公爲下曼陀雨

又 下五調俱元刻不載

記得畫屏初會遇好夢驚回望斷高唐路燕子雙飛來又去紗窗幾度春光暮 那日繡簾相見處低眼

佯行笑整香雲縷斂盡春山羞不語人前深意難輕訴

又

昨夜秋風來萬里月上屏幃冷透人衣袂有客抱衾愁不寐那堪玉漏長如歲　羈舍留連歸計未夢斷魂銷一枕相思淚衣帶漸寬無別意新書報我添憔悴

又　或刻晏同叔

玉枕冰寒消暑氣碧簟紗廚向午朦朧睡鶯舌惺憁如會意無端畫扇驚飛起　雨後初涼生水際人面桃花的的遙相似眼看紅芳猶抱蕊叢中已結新蓮子

又

雨霰疎疎經潑火巷陌鞦韆猶未清明過杏子梢頭香蕾破淡紅褪白胭脂涴　苦被多情相折挫病緒厭厭渾似年時箇繞遍迴廊還獨坐月籠雲暗重門鎖

又

蝶懶鶯慵春過半花落狂風小院殘紅滿午醉未醒紅日晚黃昏簾幕無人捲　雲鬢鬅鬆眉黛淺總是

愁媒欲訴誰消遣未信此情難繫絆楊花猶有東風管

荷華媚 荷花

霞苞霓荷碧天然地別是風流標格重重青蓋下千嬌照水好紅紅白白　每恨望明月清風夜甚低迷不語妖邪無力終須放船兒去清香深處住看伊顏色

漁家傲 金陵賞心亭送王勝之龍圖王守金陵視事一日移南郡

千古龍蟠幷虎踞從公一弔興亡處渺渺斜風吹細雨芳草渡江南父老留公住　公駕飛車淩彩霧紅鸞驂乘青鸞馭卻訝此洲名白鷺非吾侶翻然欲下還飛去

又 送台守江郎中

送客歸來燈火盡西樓淡月涼生暈明日潮來無定準風未穩舟橫渡口重城近　江水似知孤客恨南風為解佳人慍莫學時流輕久困頻寄問錢塘江上須忠信

又

皎皎牽牛河漢女盈盈臨水無由語望斷碧雲空日

暮無尋處夢回芳草生春浦　鳥散餘花紛似雨汀洲蘋老香風度明月多情來照戶但攬取清光長送人歸去

又 送張元唐省親秦州

一曲陽關情幾許知君欲向秦川去白馬皂貂留不住回首處孤城不見天霖霧　到日長安花似雨故關楊柳初飛絮漸見靴刀迎夾路誰得似風流膝上王文度

又 贈曹光州

些小白鬚何用染幾人得見星星點作郡浮光雖似箭君莫厭也應勝我三年貶　我欲自嗟還不敢向來三郡寧非忝婚嫁事稀年冉冉知有漸千鈞重擔從頭減

又 元刻不載

臨水縱橫回晚鞚歸來轉覺情懷動梅笛煙中聞幾弄秋陰重西山雪淡雲凝凍　美酒一杯誰與共尊前舞雪狂歌送腰跨金魚旌旆擁將何用祇堪妝點浮生夢

定風波 十月九日孟亨之置酒秋香亭有拒霜獨向君猷而開坐客喜笑以為非使君莫可

當此花故作是詞

兩兩輕紅半暈腮依依獨爲使君回若道使君無此意何爲雙花不向別人開　但看低昂煙雨裏不已勸君休訴十分杯更問尊前狂副使來歲花開時節與誰來

又三月七日沙湖道中遇雨雨具先去同行皆狼狽余獨不覺已而遂晴故作此詞

莫聽穿林打葉聲何妨吟嘯且徐行竹杖芒鞵輕勝馬惟怕一蓑煙雨任平生　料峭春風吹酒醒微冷山頭斜照卻相迎回首向來蕭灑處歸去也無風雨也無晴

又重陽括杜牧之詩

與客攜壺上翠微江涵秋影雁初飛塵世難逢開口笑年少菊花須插滿頭歸　酩酊但酬佳節了雲嶠登臨不用怨斜暉古往今來誰不老多少牛山何必更沾衣

又感舊

莫怪鴛鴦繡帶長腰輕不勝舞衣裳薄倖只貪遊冶去何處垂楊繫馬恣輕狂　花謝絮飛春又盡堪恨斷絃塵管伴啼妝不信歸來但自看怕見爲郎憔悴

卻羞郎

又送元素

千古風流阮步兵平生遊宦愛東平千里遠來還不住歸去空留風韻照人清　紅粉尊前深懊惱知道怎生留得許多情記得明年花絮亂須看泛西湖是斷腸聲

又元豐六年七月六日王文甫家飲釀白酒大醉集古句作墨竹詞

雨洗涓涓嫩葉光風吹細細綠筠香秀色亂侵書帙晚簾捲清陰微過酒尊涼　人畫竹身肥擁腫何用先生落筆勝蕭郎記得小軒岑寂夜廊下月和疏影上東牆

又詠紅梅

好睡慵開莫厭遲自憐冰臉不時宜偶作小紅桃杏色閑雅尚餘孤瘦雪霜姿　休把閑心隨物態何事酒生微暈沁瑤肌詩老不知梅格在吟詠更看綠葉與青枝

又余昔與張子野劉孝叔李公擇陳令舉楊公素會于吳興時子野作六客詞其卒章蓋道賢人聚吳分試問也應旁有老人星凡二十

五年再過吳興而五人者皆已亡矣時張仲謀與曹子方劉景文蘇伯固張秉道爲坐客仲謀請作後六客詞

月滿苕溪照夜堂五星一老鬭光芒十五年閒真夢裏何事長庚對月獨淒涼　綠鬢蒼顏同一醉還是六人吟笑水雲鄉賓主談鋒誰得似看取曹劉今對兩蘇張

又王定國歌兒曰柔奴姓宇文氏眉目娟麗善應對家世住京師定國南遷歸余問柔廣南風土應是不好柔對曰此心安處便是吾鄉因爲綴詞云

常羨人閒琢玉郎天教分付點酥娘自作清歌傳皓齒風起雪飛炎海變清涼　萬里歸來顏愈少微笑時時猶帶嶺梅香試問嶺南應不好卻道此心安處是吾鄉

十拍子暮秋

白酒新開九醞黃花已過重陽身外儻來都似夢醉裏無何卽是鄉東坡日月長　玉粉旋烹茶乳金虀新擣橙香強染霜髭扶翠袖莫道狂夫不解狂狂夫老更狂

蘇幕遮 詠選仙圖

暑籠晴，風解慍。雨後餘清，暗襲衣裾潤。一局選仙逃暑困。笑指尊前，誰向青霄近。　整金盆，輪玉筍。鳳駕鸞車，誰敢爭先進。重五休言升最緊。縱有碧油，到了輸堂印。

調笑令

漁父漁父江上微風細雨青蓑黃篛裳衣紅酒白魚暮歸歸暮歸暮長笛一聲何處　歸雁歸雁飲啄江南南岸將飛卻下盤旋塞外春來苦寒寒苦寒苦藻荇欲生且住

行香子

密雲龍茶名極為甘馨宋廖正一字明略晚登蘇東坡之門公大奇之時黃秦晁張號蘇門四學士東坡待之厚每來必令侍妾朝雲取密雲龍家人以此知之一日又命取密雲龍家人謂是四學士窺之乃廖明略也

綺席纔終歡意猶濃酒闌時高興無窮共誇君賜初拆臣封看分香餅黃金縷密雲龍　鬬贏一水功敵千鍾覺涼生兩腋清風暫留紅袖少卻紗籠放笙歌散庭館靜略從容

又 寓意

三入承明四至九卿問書生何辱何榮金張七葉紈
綺貂纓無汗馬事不獻賦不明經　成都卜肆寂寞
君平鄭子真巖谷躬耕寒灰炙手人重人輕除竺乾
學得無念得無名

又　述懷

清夜無塵月色如銀酒斟時須滿十分浮名浮利休
苦勞神歎隙中駒石中火夢中身　雖抱文章開口
誰親且陶陶樂盡天真幾時歸去作箇閑人對一張
琴一壺酒一溪雲

又　秋興

涼夜霜風先入梧桐渾無處回避衰容問公何事不
語書空但一回醉一回病一回慵　秋來庭下光陰
如箭似無言有意傷儂都將萬事付與千鍾任酒花
白眼花亂燭花紅

又　冬思

攜手江村梅雪飄裙情何限處處銷魂故人不見舊
曲重聞向望湖樓孤山寺湧金門　尋常行處題詩
千首繡羅衫與拂紅塵別來相憶知是何人有湖中
月江邊柳隴頭雲

又　過七里灘

一葉舟輕雙槳鴻驚水天清影湛波平魚翻藻鑑鷺點煙汀過沙溪急霜溪冷月溪明　重重似畫曲曲如屏算當年空老嚴陵君臣一夢今古虛名但遠山長雲山亂曉山清

又與泗守過南山晚歸作

北望平川野水荒灣共尋春飛步孱顏一作潺湲和風弄袖香霧縈鬟正酒酣適人語笑白雲間　飛鴻落照相將歸去澹娟娟玉宇清閒何人無事晏坐空山望長橋上燈火亂使君還

青玉案和賀方回韻送伯固歸吳中故居

三年枕上吳中路遣黃耳隨君去若到松江呼小渡莫驚鷗鷺四橋盡是老子經行處　輞川圖上看春暮常記高人右丞句作箇歸期天已許春衫猶是小蠻針線曾溼西湖雨

殢人嬌王都尉席上贈侍人

滿院桃花盡是劉郎未見於中更一枝纖軟仙家日月笑人閒春晚濃睡起驚飛亂紅千片　密意難窺羞容易見平白地爲伊腸斷問君終日怎安排心眼須信道司空自來見慣

又贈朝雲

白髮蒼顏正是維摩境界空方丈散花何礙朱脣筋
點更髻鬟生采這些箇千生萬生只在 好事心腸
著人情態閒窗下斂雲凝黛明朝端午學紉蘭爲佩
尋一首好詩要書裙帶

又戲邦直

別駕來時滿城燈火無數向青鎖隙中偷覷元來便
是共綵鸞仙侶方見了管須低聲說與 百子流蘇
千枝寶炬人間有洞房煙霧春來何事故拋人別處
坐望斷樓中遠山歸路

江城子陶淵明以正月五日遊斜川臨流班坐
顧瞻南阜愛曾城之獨秀乃作斜川詩至今
使人想見其處元豐壬戌之春余躬耕於東
坡築雪堂居之南挹四望亭之後邱西控北
山之微泉慨然而歎此亦斜川之遊也乃作
長短句以江城子歌之○舊刻十四首攷南
來飛燕北歸鴻是秦淮海作刪

夢中了了醉中醒只淵明是前生走徧人閒依舊卻
躬耕昨夜東坡春雨足烏鵲喜報新晴 雪堂西畔
暗泉鳴北山傾小溪橫南望亭邱孤秀聳曾城都是
斜川當日境吾老矣寄餘齡

又 述古去餘杭爲去思者作○元刻孤竹閣送述古

翠蛾羞黛怯人看掩霜紈淚偷彈且盡一尊收淚唱陽關漫道帝城天樣遠天易見見君難　畫堂新搆近孤山曲闌干爲誰安飛絮落花春色屬明年欲棹小舟尋舊事無處問水連天

又 湖上與張先同賦○元刻江景

鳳凰山下雨初晴水風清晚霞明一朶芙蕖開過尚盈盈何處飛來雙白鷺如有意慕娉婷　忽聞江上弄哀箏苦含情遣誰聽煙斂雲收依約是湘靈欲待曲終尋問取人不見數峯青

又 獵詞

老夫聊發少年狂左牽黃右擎蒼錦帽貂裘千騎卷平岡爲報傾城隨太守親射虎看孫郎　酒酣胸膽尚開張鬢微霜又何妨持節雲中何日遣馮唐會挽雕弓如滿月西北望射天狼

又 恨別

天涯流落思無窮既相逢卻匆匆攜手佳人和淚折殘紅爲問東風餘幾許春縱在與誰同　隋堤三月水溶溶背歸鴻去吳中回望彭城清泗與淮通寄我

相思千點淚流不到楚江東

又冬景

相逢不覺又初寒對尊前惜流年風緊離亭冰結淚珠圓雪意留君君且住從此去少清歡　轉頭山下轉頭看路漫漫玉花翻銀海光寬何處是超然知道故人相念否攜翠袖倚朱闌

又大雪有懷朱康叔使君亦知使君之念我也作江神子以寄之

黃昏猶是雨纖纖曉開簾欲平簷江闊天低無處認青帘孤坐凍吟誰伴我揩病目撚衰髯　使君留客醉厭厭水晶鹽為誰甜手把梅花東望憶陶潛雪似故人人似雪雖可愛有人嫌

又陳直方妾嵇錢塘人也丐新詞為作此錢塘人好唱陌上花緩緩曲余嘗作數絕以紀其事矣

玉人家在鳳凰山水雲間掩門閑門外行人立馬看弓彎十里春風誰指似斜日映繡簾斑　多情好事與君還憫新鰥拭餘潸明月空江香霧著雲鬟陌上花開看盡也聞舊曲破朱顏

又

十年生死兩茫茫不思量自難忘千里孤墳無處話凄涼縱使相逢應不識塵滿面鬢如霜　夜來幽夢忽還鄉小軒窗正梳妝相顧無言惟有淚千行料得年年腸斷處明月夜短松岡

又　或刻葉夢得或刻張元幹

銀濤無際捲蓬瀛落霞明暮雲平曾見青鸞紫鳳下層城二十五絃彈不盡空感慨惜離情　蒼梧烟水斷歸程捲霓旌爲誰迎空有千行流淚寄幽貞舞罷魚龍雲海晚千古恨入江聲

又

前瞻馬耳九仙山碧連天晚雲閒城上高臺真箇是超然莫使匆匆雲雨散今夜裏月嬋娟　小溪鷗鷺靜聯拳去翩翩點輕烟人事淒涼回首便他年莫忘使君歌笑處垂柳下矮槐前

又

墨雲拖雨過西樓水東流晚烟收柳外殘陽回照動簾鉤今夜巫山真箇好花未落酒新篘　美人微笑轉星眸月華羞捧金甌歌扇縈風吹散一春愁試問江南諸伴侶誰似我醉揚州

又　元刻不載

膩紅勻臉襯檀脣晚妝新暗傷春手撚花枝誰會兩
眉顰連理帶頭雙□□留待與箇中人　淡烟籠月
繡簾陰畫堂深夜沈沈誰道□□□繫得人心一自
綠窗偷見後便憔悴到如今

千秋歲　湖州暫來徐州重陽作

淺霜侵綠髮少仍新沐冠直縫巾橫幅美人憐我老
玉手簪黃菊秋露重真珠落袖沾餘馥　座上人如
玉花映花奴肉蜂蝶亂飛相逐明年人縱健此會應
難復須細看晚來月上和銀燭

河滿子　湖州作

見說岷峨悽愴旋聞江漢澄清但覺秋來歸夢好西
南自有長城東府三人最少西山八國初平　莫負
花溪縱賞何妨藥市微行試問當壚人在否空教是
處聞名唱著子淵新曲應須分外含情

祝英臺近　惜別

挂輕帆飛急槳還過釣臺路酒病無聊欹枕聽鳴櫓
斷腸簇簇雲山重重烟樹回首望孤城何處　閒離
阻誰念縈損襄王何曾夢雲雨舊恨前歡心事兩無
據要知欲見無由癡心猶自倩人道一聲傳語

一叢花

今年春淺臘侵年冰雪破春妍東風有信無人見露微意柳際花邊寒夜縱長孤衾易暖鐘鼓漸清圓朝來初日半含山樓閣淡疎烟遊人便作尋芳計小桃杏應已爭先衰病少情疎慵自放惟愛日高眠

皂羅特髻 采菱拾翠

采菱拾翠算似此佳名阿誰消得采菱拾翠稱使君知客千金買采菱拾翠更羅裙滿把真珠結采菱拾翠正髻鬟初合 真箇采菱拾翠但深憐輕拍一雙手采菱拾翠繡衾下抱著俱香滑采菱拾翠待到京尋覓

洞仙歌 詠柳

江南臘盡早梅花開後分付新春與垂柳細腰肢自有入格風流仍更是骨體清英雅秀 永豐坊那畔盡日無人惟見金絲弄晴晝斷腸是飛絮時綠葉成陰無箇事一成消瘦又莫是東風逐君來便吹散眉間一點春皺

又 僕七歲時見眉山老尼姓朱忘其名年九十餘自言嘗隨其師入蜀主孟昶宮中一日大熱蜀主與花蕊夫人夜起避暑摩訶池上作一詞朱具能記之今四十年朱已死矣人無

知此詞者獨記其首兩句暇日尋味豈洞仙歌令乎乃爲足之

冰肌玉骨自清涼無汗水殿風來暗香滿繡簾開一點明月窺人人未寢欹枕釵橫鬢亂　起來攜素手庭戶無聲時見疎星渡河漢試問夜如何夜已是三更金波淡玉繩低轉但屈指西風幾時來又不道流年暗中偷換

勸金船 和元素韻自撰腔命名

無情流水多情客勸我如曾識杯行到手休辭卻這公道難得曲水池上小字更書年月如對茂林脩竹似永和節　纖纖素手如霜雪笑把秋花插尊前莫怪歌聲咽又還是輕別此去翱翔偏賞玉堂金闕欲問再來何歲應有華髮

意難忘 妓館 元刻不載

花擁鴛房記駝肩髻小約鬟眉長輕身翻燕舞低語囀鶯簧相見處便難忘肯親度瑤觴向夜闌歌翻郢曲帶換韓香　別來音信難將似雲收楚峽雨散巫陽相逢情有在不語意難量些箇事斷人腸怎禁得恓惶待與伊移根換葉試又何妨

滿江紅 董義夫名鉞自倅漕得罪歸鄱陽遇東

坡於齊安怪其豐暇自得曰吾再娶柳氏三
日而去官吾固不戚戚而憂柳氏不能忘懷
於進退也已而欣然同憂患如處富貴吾是
以益安焉乃令家僮歌其所作滿江紅東坡
嗟歎之次其韻

憂喜相尋風雨過一江春綠巫峽夢至今空有亂山屏簇何似伯鸞攜德耀簞瓢未足清歡足漸燦然光彩照階庭生蘭玉　幽夢裏傳心曲腸斷處憑他續文君壻知否笑君卑辱君不見周南歌漢廣天教夫子休喬木便相將左手抱琴書雲閒宿

又　寄鄂州朱使君

江漢西來高樓下蒲萄深碧猶自帶岷峨雲浪錦江春色君是南山遺愛守我爲劍外思歸客對此間風物豈無情殷勤說　江表傳君休讀狂處士真堪惜空洲對鸚鵡葦花蕭瑟獨笑書生爭底事曹公黃祖俱飄忽願使君還賦謫仙詩追黃鶴

又　東武會流杯亭

東武南城新隄固漣漪初溢隱隱徧長林高阜臥紅堆碧枝上殘花吹盡也與君更向江頭覓問向前猶有幾多春三之一　官裏事何時畢風雨外無多日

相將泛曲水滿城爭出君不見蘭亭脩禊事當時座上皆豪逸到如今脩竹滿山陰空陳迹

又懷子由作

清潁東流愁目斷孤帆明滅宦遊處青山白浪萬重千疊辜負當年林下意對牀夜雨聽蕭瑟恨此生長向別離中添華髮一尊酒黃河側無限事從頭說相看恍如昨許多年月衣上舊痕餘苦淚眉間喜氣添黃色便與君池上覓殘春花如雪

又正月十三日送姜安國還朝

天豈無情天也解多情留客春向暖朝來底事尚飄輕雪君過春來紆組綬我應歸去耽泉石恐異時杯酒忽相思雲山隔浮世事俱難必人縱健頭應白何辭更一醉此歡難覓欲向佳人訴離恨淚珠先已凝雙睫但莫追新燕卻來時音書絕

滿庭芳元豐七年四月一日余將自黃移汝留別雪堂鄰里二三君子會李仲覽自江東來別遂書以遺之○舊刻七首攷北苑龍團是淮海作刪

歸去來兮吾歸何處萬里家在岷峨百年強半來日苦無多坐見黃州載閏兒童盡楚語吳歌山中友雞

豚社飲相勸老東坡　二云何當遠去人生底事來往如梭待閒看秋風洛水清波好在堂前細柳應念我莫翦柔柯仍傳語江南父老時與曬漁蓑

又余居黃五年將赴臨汝作滿庭芳一篇以別黃人既至南都蒙恩放歸陽羨復作一篇

歸去來兮清溪無底上有千仞嵯峨畫橋西畔天遠夕陽多老去君恩未報空回首彈鋏悲歌船頭轉長風萬里歸馬駐平坡　無何何處是銀潢盡處天女停梭問人閒何事久戲風波顧問同來稚子應爛汝腰下長柯青衫破羣仙笑我千縷挂烟蓑

又佳人

香靉雕盤寒生冰筯畫堂別是風光主人情重開宴出紅妝膩玉圓搓素頸藕絲嫩新織仙裳雙歌罷虛欄轉月餘韻尚悠颺　人閒何處有司空見慣應謂尋常坐中有狂客惱亂愁腸報道金釵墜也十指露春筍纖長親曾見全勝宋玉想像賦高唐

又或注警悟

蝸角虛名蠅頭微利算來著甚乾忙事皆前定誰弱又誰強且趁閒身未老儘放我些子疎狂百年裏渾教是醉三萬六千場　思量能幾許憂愁風雨一半

相妨又何須抵死說短論長幸對清風皓月苔茵展
雲幕高張江南好千鍾美酒一曲滿庭芳
又有王長官者棄官三十三年黃人謂之王先
生因送陳慥來過余因賦
三十三年今誰存者算只君與長江凜然蒼檜霜榦
苦難雙聞道司州古縣雲溪上竹塢松窗江南岸不
因送子寧肯過吾邦　樅樅疎雨過風林舞破煙蓋
雲幢願持此邀君一飲空缸居士先生老矣真夢裏
相對殘缸歌舞斷行人未起船鼓已逢逢
又余年十七始與劉仲達往來于眉山今年四
十九相逢于泗上洛水淺凍久留郡中晦日
同遊南山話舊感歎因作此詞
三十三年漂流江海萬里煙浪雲帆故人驚怪憔悴
老青衫我自疎狂異趣君何事奔走塵凡流年盡窮
途坐守船尾凍相銜　巉巉淮浦外層樓翠壁古寺
空巖步攜手林間笑挽纖纖莫上孤峯盡處縈望眼
雲水相攙家何在因君問我歸步繞松杉
水調歌頭快哉亭作
落日繡簾捲亭下水連空知君爲我新作窗戶溼青
紅長記平山堂上攲枕江南烟雨杳杳沒孤鴻認得

醉翁語山色有無中　一千頃都鏡淨倒碧峯忽然浪起掀舞一葉白頭翁堪笑蘭臺公子未解莊生天籟剛道有雌雄一點浩然氣千里快哉風

又　余去歲在東武作水調歌頭以寄子由今年子由相從彭城百餘日過中秋而去作曲以別余以其語過悲乃爲和之其意以不早退爲戒以退而相從之樂爲慰云耳

安石在東海從事鬢驚秋中年親友難別絲竹緩離愁一旦功成名遂準擬東還海道扶病入西州雅志困軒冕遺恨寄滄洲　歲云暮須早計要褐裘故鄉歸去千里佳處輒遲留我醉歌時君和醉倒須君扶我惟酒可忘憂一任劉玄德相對臥高樓

又　丙辰中秋歡飲達旦大醉作此篇兼懷子由

明月幾時有把酒問青天不知天上宮闕今夕是何年我欲乘風歸去又恐瓊樓玉宇高處不勝寒起舞弄清影何似在人間　轉朱閣低綺戶照無眠不應有恨何事長向別時圓人有悲歡離合月有陰晴圓缺此事古難全但願人長久千里共嬋娟

又　歐陽文忠公嘗問余琴詩何者最善答以退之穎師琴詩最善公曰此詩最奇麗然非聽

琴乃聽琵琶也余深然之建安章質夫家善
琵琶者乞爲歌詞余久不作特取退之詞稍
加櫽括使就聲律以遺之

昵昵兒女語燈火夜微明恩寃爾汝來去彈指淚和
聲忽變軒昂勇士一鼓塡然作氣千里不留行回首
暮雲遠飛絮攪青冥　衆禽裏眞彩鳳獨不鳴躋攀
寸步千險一落百尋輕煩子指間風雨置我腸中冰
炭起坐不能平推手從君去無淚與君傾

又子由徐州中秋作

離別一何久七度過中秋去年東武今夕明月不勝
愁豈意彭城山下同泛清河古汴船上載涼州鼓吹
助清賞鴻雁起汀洲　坐中客翠羽帔紫綺裘素娥
無賴西去曾不爲人留今夜清尊對客明夜孤帆水
驛依舊照離憂但恐同王粲相對永登樓

雨中花慢初至密州以旱蝗齋素者累月方春
牡丹盛開不獲一賞至九月忽開千葉一朵
雨中爲置酒作

今歲花時深院盡日東風蕩漾茶烟但有綠苔芳草
柳絮楡錢聞道城西長廊古寺甲第名園有國豔帶
酒天香染袂爲我留連　清明過了殘紅無處對此

淚灑尊前秋向晚一枝何事向我依然高會聊追短景清商不假餘妍不如留取十分春態付與明年

又 元刻逸

邃院重簾何處惹得多情愁對風光睡起酒闌花謝蝶亂蜂忙今夜何人吹笙北嶺待月西廂空悵望處一株紅杏斜倚低牆 羞顏易變傍人先覺到處被著猜防誰信道些兒恩愛無限淒涼好事若無閒阻幽歡卻是尋常一般滋味就中香美除是偷嘗

又 元刻逸

嫩臉羞蛾因甚化作行雲卻返巫陽但有寒燈孤枕皓月空牀長記當初乍諧雲雨便學鸞凰又豈料正好三春桃李一夜風霜 丹青畫無言無笑看了慢結愁腸襟袖上猶存殘黛漸減餘香一自醉中忘了奈何酒後思量算應負你枕前珠淚萬點千行

八聲甘州 寄參寥子

有情風萬里卷潮來無情送潮歸問錢塘江上西興浦口幾度斜暉不用思量今古俯仰昔人非誰似東坡老白首忘機 記取西湖西畔正暮山好處空翠烟霏算詩人相得如我與君稀約他年東還海道願謝公雅志莫相違西州路不應回首爲我沾衣

醉蓬萊 重九上君猷

笑勞生一夢羇旅三年又還重九華髮蕭蕭對荒園搔首賴有多情好飲無事似古人賢守歲歲登高年年落帽物華依舊　此會應須爛醉仍把紫菊茱萸細看重嗅搖落霜風有手栽雙柳來歲今朝爲我西顧酹羽觴江口會與州人飲公遺愛一江醇酎

三部樂 情景

美人如月乍見掩暮雲更增姸絕算應無恨安用陰晴圓缺嬌甚空只成愁待下牀又懶未語先咽數日不來落盡一庭紅葉　今朝置酒強起問爲誰減動一分香雪何事散花却病維摩無疾却低眉慘然不答唱金縷一聲怨切堪折便折且惜取少年花發

念奴嬌 赤壁懷古

大江東去浪淘盡千古風流人物故壘西邊人道是三國周郎赤壁亂石穿空驚濤拍岸捲起千堆雪江山如畫一時多少豪傑　遙想公瑾當年小喬初嫁了雄姿英發羽扇綸巾談笑間強虜灰飛烟滅故國神遊多情應笑我早生華髮人間如夢一尊還酹江月

又 中秋

憑高眺遠見長空萬里雲無留迹桂魄飛來光射處冷浸一天秋碧玉宇瓊樓乘鸞來去人在清涼國江山如畫望中烟樹歷歷　我醉拍手狂歌舉杯邀月對影成三客起舞徘徊風露下今夕不知何夕便欲乘風翻然歸去何用騎鵬翼水晶宮裏一聲吹斷橫笛

水龍吟　昔謝自然欲過海求師蓬萊至海中或謂自然蓬萊隔弱水三十萬里不可到天台有司馬子微身居赤城名在絳闕可往從之自然乃還受道于子微白日仙去子微著坐忘論七篇樞一篇年百餘將終謂弟子曰吾居玉霄峯東望蓬萊嘗有真靈降焉今爲東海青童君所召乃蟬脫而去其後李太白作大鵬賦云嘗見子微于江陵謂余有仙風道骨可與神遊八極之表元豐七年冬予過臨淮而湛然先生梁公在焉童顏清徹如二三十許人然人亦有自少見之者善吹鐵笛嘹然有穿雲裂石之聲乃作水龍吟一首記予微太白之事倚其聲而歌之

古來雲海茫茫蓬山絳闕知何處人間自有赤城居

士龍蟠鳳舉清淨無為坐忘遺照八篇奇語向玉霄東望蓬萊晻靄有雲駕驂風馭　行盡九州四海笑紛紛落花飛絮臨江一見謫仙風采無言心許八表神遊浩然相對酒酣箕踞待垂天賦就騎鯨路穩約相將去

又嶺南太守閭邱公顯致仕居姑蘇東坡每過必留連嘗言過姑蘇不遊虎邱不謁閭邱乃二欠事其重之如此一日出其後房佐酒有懿卿者甚有才色善吹笛因作水龍吟贈之

○一云贈趙晦之吹笛侍兒

楚山脩竹如雲異材秀出千林表龍鬚半翦鳳膺微漲玉肌勻繞木落淮南雨晴雲夢月明風裊自中郎不見桓伊去後知辜負秋多少　聞道嶺南太守後堂深綠珠嬌小綺窗學弄梁州初徧霓裳未了嚼徵含宮泛商流羽一聲雲杪為使君洗盡蠻風瘴雨作霜天曉

又次韻章質夫楊花詞

似花還似非花也無人惜從教墜拋街傍路思量却是無情有思縈損柔腸困酣嬌眼欲開還閉夢隨風萬里尋郎去處又還被鶯呼起　不恨此花飛盡恨

西園落紅難綴曉來雨過遺蹤何在一池萍碎春色三分二分塵土一分流水細看來不是楊花點點是離人淚

又 閭邱大夫孝直公顯嘗守黃州作棲霞樓爲郡中勝絕元豐五年予謫居於黃正月十七日夢扁舟渡江中流回望樓中歌樂雜作舟中人言公顯方會客也覺而異之乃作此詞公顯時已致仕在蘇州

小舟橫截春江臥看翠壁紅樓起雲間笑語使君高會佳人半醉危柱哀絃豔歌餘響繞雲縈水念故人老大風流未減獨回首烟波裏　推枕惘然不見但空江月明千里五湖聞道扁舟歸去仍攜西子雲夢南州武昌南岸昔遊應記料多情夢裏端來見我也參差是

又 元刻不載

小溝東接長江柳隄葦岸連雲際烟村瀟灑人閒一闋漁樵早市永晝端居寸陰虛度了成何事但絲蓴玉藕珠秔錦鯉相留戀又經歲　因念浮邱舊侶慣瑤池羽觴沈醉青鸞歌舞銖衣搖曳壺中天地飄墮人間步虛聲斷露寒風細抱素琴獨向銀蟾影裏此

懷難寄

又詠雁○元刻不載

露寒烟冷蒹葭老天外征鴻寥唳銀河秋晚長門燈悄一聲初至應念瀟湘岸遙人靜水多菰米望極平田徘徊欲下依前被風驚起　須信衡陽萬里有誰家錦書遙寄萬里雲外斜行橫陣纔疏又綴仙掌月明石頭城下影搖寒水念征衣未擣佳人拂杵有盈盈淚

歸朝歡舊刻歸朝歌○公嘗有詩與蘇伯固其序曰昔有九江與蘇伯固唱和其略曰我夢扁舟浮震澤雪浪橫江千頃白覺來滿眼是廬山倚天無數開青壁蓋實夢也然公詩復云扁舟震澤定何時滿眼廬山覺又非

我夢扁舟浮震澤雪浪搖空千頃白覺來滿眼是廬山倚天無數開青壁此生長接淅與君同是江南客夢中遊覺來清賞同作飛梭擲　明日西風還挂席唱我新詞淚沾臆靈均去後楚山空澧陽蘭芷無顏色君才如夢得武陵更在西南極竹枝詞莫搖新唱誰謂古今隔

永遇樂寄孫巨源

長憶別時景疎樓下明月如水美酒清歌留連不住月隨人千里別來三度孤光又滿冷落共誰同醉捲珠簾淒然顧影共伊到明無寐　今朝有客來從淮上能道使君深意憑仗清淮分明到海中有相思淚而今何在西垣清禁夜永雲華侵被此時看迴廊曉月也應暗記

又　夜宿燕子樓夢盼盼因作此詞○一云徐州夢覺北登燕子樓作

明月如霜好風如水清景無限曲港跳魚圓荷瀉露寂寞無人見沈沈三鼓飄然一葉黯黯夢雲驚斷夜茫茫重尋無覓處覺來小園行徧　天涯倦客山中歸路望斷故園心眼燕子樓空佳人何在空鎖樓中燕古今如夢何曾夢覺但有舊歡新怨異時對南樓夜景爲余浩歎

又　眺望○時刻不載

天末山橫半空簫鼓樓觀高起指點裁成東風滿院總是新桃李綸巾羽扇一尊飲罷目送斷鴻千里攬清歌餘音不斷縹緲尚縈流水　年來自笑無情何事猶有多情遺思綠鬢朱顏匆匆拚了却記花前醉明年春到重尋幽夢應在亂鶯聲裏拍闌干斜陽轉

處有誰共倚

無愁可解

國士范日新作越調解愁雒陽劉九伯壽聞而悅之戲作俚語之詩天下傳詠以謂幾於達者龍邱子猶笑之此雖免乎愁猶有所解也者夫遊於自然而託於不得已人樂亦樂人愁亦愁彼且惡乎解哉乃反其詞作無愁可解

光景百年看便一世生來不識愁味問愁何處來更開解箇甚底萬事從來風過耳何用不著心裏你喚做展却眉便是達者也則恐未 此理本不通言何曾道歡遊勝如名利道則渾是錯不道如何即是這裏元無我與你甚喚做物情之外若須待醉了方開解時問無酒怎生醉

沁園春

孤館燈青野店雞號旅枕夢殘漸月華收練晨霜耿耿雲山摛錦朝露漙漙世路無窮勞生有限似此區區長鮮歡微吟罷凭征鞍無語往事千端 當時共客長安似二陸初來俱少年有筆頭千字胸中萬卷致君堯舜此事何難用舍由時行藏在我袖手何妨閒處看身長健但優游卒歲且鬭尊前

賀新郎余倅杭日府僚湖中高會羣妓畢集惟秀蘭不來營將督之再三乃來僕問其故答曰沐浴倦臥忽有扣門聲急起詢之乃營將催督也整妝趨命不覺稍遲時府僚有屬意於蘭者見其不來恚恨不已云必有私事秀蘭含淚力辯而僕亦從旁冷語陰爲之解府僚終不釋然也適榴花開盛秀蘭以一枝藉手獻座中府僚愈怒責其不恭秀蘭進退無據但低首垂淚而已僕乃作一曲名賀新涼令秀蘭歌以侑觴聲容妙絕府僚大悅劇飲而罷

乳燕飛華屋悄無人桐陰轉午晚涼新浴手弄生綃白團扇扇手一時似玉漸困倚孤眠清熟簾外誰來推繡戶枉教人夢斷瑤臺曲又却是風敲竹　石榴半吐紅巾蹙待浮花浪蕊都盡伴君幽獨穠豔一枝細看取芳心千重似束又恐被秋風驚綠若待得君來向此花前對酒不忍觸共粉淚兩蔌蔌

稍徧陶淵明賦歸去來有其詞而無其聲余治東坡築雪堂于上人皆笑其陋獨鄱陽董毅夫過而悅之有卜鄰之意乃取歸去來詞稍

加檃括使就聲律以遺毅夫使家僮歌之時
相從于東坡釋耒而和之扣牛角而爲之節
不亦樂乎

爲米折腰因酒棄家口體交相累歸去來誰不遣君歸覺從前皆非今是露未晞征夫指予歸路門前笑語喧童稚嗟舊菊都荒新松暗老吾年今已如此但小窗容膝閉柴扉策杖看孤雲暮鴻飛雲出無心鳥倦知還本非有意　噫歸去來兮我今忘我兼忘世親戚無浪語琴書中有真味步翠麓崎嶇泛溪窈窕涓涓暗谷流春水觀草木欣榮幽人自感吾生行且休矣念寓形宇內復幾時不自覺皇皇欲何之委吾心去留誰計神仙知在何處富貴非吾願但知臨水登山嘯詠自引壺觴自醉此生天命更何疑且乘流遇坎還止其詞蓋世所謂般瞻之稍徧也般瞻龜茲語也華言爲五聲蓋羽聲也於五音之次爲第五今世作般涉誤矣稍徧三疊每疊加促字當爲稍讀去聲世作哨或作涉皆非是

又春詞

睡起畫堂銀蒜押簾珠幕雲垂地初雨歇洗出碧羅天正溶溶養花天氣一霎暖風迴芳草榮光浮動捲

皺銀塘水方杏靨勻酥花鬚吐繡園林翠紅排比見
乳燕捎蝶過繁枝忽一綫爐香逐遊絲晝永人閒獨
立斜陽晚來情味　便乘興攜將佳麗深入芳菲裏
撥胡琴語輕攏慢撚總伶俐看緊約羅裙急趣檀板
霓裳入破驚鴻起顰月臨眉醉霞橫臉歌聲悠揚雲
際任滿頭紅雨落花飛墜漸鳷鵲樓西玉蟾低尚徘
徊未盡歡意君看今古悠悠浮幻人間世這些百歲
光陰幾日三萬六千而已醉鄉路穩不妨行但人生
要適情耳

戚氏此詞詳敘穆天子西王母事世不知所謂
遂謂非東坡作李端叔跋云東坡在山中燕
席閒有歌戚氏調者坐客言調美而詞不典
以請于公公方觀山海經卽敘其事爲題使
妓再歌之隨其聲塡寫歌竟篇就纔點定五
六字而已

玉龜山東皇靈媲統羣仙絳闕岧嶢翠房深迥倚霏
烟幽閒志蕭然金城千里鎖嬋娟當時穆滿巡狩翠
華曾到海西邊風露明霽鯨波極目勢浮輿蓋方圓
正迢迢麗日玄圃清寂瓊草芊綿　爭解繡勒香韉
鸞輅駐蹕八馬戲芝田瑤池近畫樓隱隱翠鳥翩翩

肆華筵□間作管鳴絃宛若帝所鈞天稚頭皓齒綠髮方瞳圓極恬淡高妍　盡倒瓊壺酒獻金鼎藥固大椿年縹緲飛瓊妙舞命雙成奏曲醉留連雲璈韻響瀉寒泉浩歌暢飲斜月低河漢漸漸倚霞天際紅深淺動歸思迴首塵寰爛熳遊玉輦東還杏花風數里響鳴鞭望長安路依稀柳色翠點春妍

東坡詞

東坡詩文不啻千億刻獨長短句罕見近有金陵本子人爭喜其詳備多渾入歐黃秦柳作今悉删去至其詞品之工拙則魯直文潛端叔輩自有定評古虞毛晉記

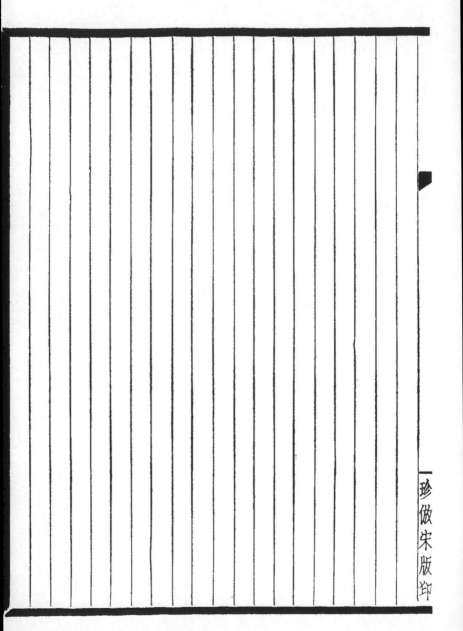

山谷詞

目錄

山谷詞目錄

宋 黄庭堅

沁園春

把我身心爲伊煩惱算天便知恨一回相見百方做計未能偎倚早覓東西鏡裏拈花水中捉月覷著無由得近伊添憔悴鎮花銷翠減玉瘦香肌 奴兒又有行期你去即無妨我共誰向眼前常見心猶未足怎生禁得真箇分離地角天涯我隨君去掘井爲盟無改移君須是做些兒相度莫待臨時

惜餘歡 茶詞

四時美景正年少賞心頻啟東閣芳酒載盈車喜朋侶簪合杯觴交飛勸酬獻正酣飲醉主公陳榻坐來爭奈玉山未頹興尋巫峽 歌闌旋燒絳蠟況漏轉銅壺煙斷香鴨猶整醉中花借纖手重插相將扶上金鞍騕褭碾春焙願少延歡洽未須歸去重尋豔歌更留時霎

水龍吟 黔守曹伯達供備生日

早秋明月新圓漢家戚里生飛將青驄寶勒綠沈金鎖曾隨天仗種德江南宣威西夏合宮陪享況當年定計昭陵與子勳勞在諸公上 千騎風流年少暫

淹留莫孤清賞平坡駐馬虛弦落雁思臨虜帳偏舞摩圍遞歌彭水拂雲驚浪看朱顏綠鬢封侯萬里寫淩煙像

看花迴 茶詞

夜永蘭堂醺飲半倚頹玉爛熳墜鈿墮履是醉時風景花暗燭殘歡意未闌舞燕歌珠成斷續催茗飲旋煮寒泉露井瓶竇響飛瀑 纖指緩連環動觸漸泛起滿甌銀粟香引春風在手似粵嶺閩溪初采盈掬暗想當時探春連雲尋篁竹怎歸得鬢將老付與杯中綠

念奴嬌 八月十八日同諸生步自永安城樓過張寬夫園待月偶有名酒因以金荷酌衆客客有孫彥立善吹笛援筆作樂府長短句文不加點

斷虹霽雨淨秋空山染脩眉新綠桂影扶疏誰便道今夕清輝不足萬里青天姮娥何處駕此一輪玉寒光零亂爲誰偏照醽醁 年少隨我追涼晚尋幽徑繞張園森木醉倒金荷家萬里難得尊前相屬老子平生江南江北最愛臨風笛孫郎微笑坐來聲噴霜竹

晝夜樂

夜深記得臨岐語說花時歸來去教人每日思量到處與誰分付其奈冤家無定據約雲朝又還雨暮將淚入鴛衾總不成行步　元來也解知思慮一封書深相許情知玉帳堪歡爲向金門進取直待腰金拖紫後有夫人縣君相與爭奈會分疎沒嫌伊門路

逍遙樂

春意漸歸芳草故國佳人千里信沈音杳雨潤煙光晚景澄明極目危闌斜照夢當年少對尊前上客鄒枚小鬟燕趙共舞雪歌塵醉裏談笑　花色枝枝爭好鬢絲年年漸老如今遇風景空瘦損向誰道東君幸賜與天幕翠遮紅繞休休醉鄉岐路華胥蓬島

雨中花慢　送彭文思使君

政樂中和夷夏宴喜官梅乍傳消息待新年歡計斷送春色桃李成陰甘棠少訟又移旌戟念畫樓朱閣風流高會頓冷談席　西州縱有舞裙歌板誰共茗邀棋敵歸來未先露離袖管絃催滴樂事賞心易散良辰美景難得會須醉倒玉山扶起更傾春碧

醉蓬萊

對朝雲靉靆暮雨霏微亂峯相倚巫峽高唐鎖楚宮

佳麗晝戟移春靚妝迎馬向一川都會萬里投荒一
身弔影成何歡意　盡道黔南去天尺五望極神州
萬重煙水尊酒公堂有中朝佳士荔頰紅深麝臍香
滿醉舞裀歌袂杜宇催人聲聲到曉不如歸是

又竄易前詞

對朝雲靉靆暮雨霏微翠峯相倚巫峽高唐鎖楚宮
佳麗蘸水朱門半空霜戟自一川都會虜酒千杯夷
歌百轉迫人垂淚　人道黔南去天尺五望極神京
萬種煙水懸榻相迎有風流千騎荔臉紅深麝臍香
滿醉舞裀歌袂杜宇催人聲聲到曉不如歸是

滿庭芳詠茶○或刻蘇子瞻○舊刻六首攻北
苑春風是秦少游作刪去

北苑龍團江南鷹爪萬里名動京關碾輕羅細瓊蕊
暖生煙一種風流氣味如甘露不染塵凡纖纖捧冰
甆瑩玉金縷鷓鴣斑　相如方病酒銀瓶蟹眼波怒
濤翻爲扶起尊前醉玉頹山飲罷風生兩腋醒魂到
明月輪邊歸來晚文君未寢相對小窗前

又雪中戲呈友人○或刻惜香樂府

風力驅寒雲容呈瑞曉來到處花飛徧裝瓊樹春意
到南枝便是漁蓑舊畫綸竿重橫玉低垂今宵裏香

閨邃館幽賞事偏宜　風流金馬客歌鬟醉擁馬帽斜欹問人間何處鵬運天池且共周郎按曲音微誤首已先回同心事丹山路穩長伴綵鸞歸

又

明眼空青忘憂萱草翠玉閒淡梳妝小來歌舞長是倚風光我已逍遙物外人冤道別有思量難忘處良辰美景襟袖有餘香　鴛鴦頭白早多情易感紅蓼池塘又須得尊前席上成雙些子風流罪過都說與明月空牀難拘管朝雲暮雨分付楚襄王

又

初綰雲鬟才勝羅綺便嫌柳巷花街占春才子容易託行媒其奈風流債負煙花部不免差排劉郎恨桃花片片流水惹塵埃　風流賢太守能籠翠羽宜醉金釵且留取垂楊掩映廳階直待朱幡去後從伊便窄襪弓鞋知恩否朝雲暮雨還向夢中來

又

脩水濃青新條淡綠翠光交映虛亭錦鴛霜鷺荷徑拾幽蘋香渡闌干屈曲紅妝映薄綺疏櫺風清夜橫塘月滿水淨見移星　堪聽微雨過媻姍藻荇瑣碎浮萍便移轉胡牀湘簟方屏練靄鱗雲旋滿聲不斷

簷響風鈴重開宴瑤池雪沁山露佛頭青

水調歌頭

瑤草一何碧春入武陵溪溪上桃花無數枝上有黃鸝我欲穿花尋路直入白雲深處浩氣展虹蜺祗恐花深裏紅霧溼人衣　坐玉石倚玉枕拂金徽謫仙何處無人伴我白螺杯我爲靈芝仙草不爲絳脣丹臉長嘯亦何爲醉舞下山去明月逐人歸

又

落日塞垣路風勁戛貂裘翩翩數騎閒獵深入黑山頭極目平沙千里唯見琱弓白羽鐵面駿驊騮隱隱望青冢特地起閒愁　漢天子方鼎盛四百州玉顏皓齒深鎖三十六宮秋堂有經綸賢相邊有縱橫謀將不滅翠蛾羞戎虜和樂也聖主永無憂

促拍滿路花 往時有人書此詞於州東酒肆壁間愛其詞不能歌也一十年前有醉道士歌於廣陵市中羣小兒隨歌得之乃知其爲促拍滿路花也俗子口傳加釀鄙語政敗其好處山谷老人爲錄舊文以告深於義味者

秋風吹渭水落葉滿長安黃塵車馬道獨清閒自然爐鼎虎繞與龍盤九轉丹砂就琴心三疊蕊宮看舞

胎仙任萬釘寶帶貂蟬富貴欲薰天黃粱炊未熟夢驚殘是非海裏直道作人難袖手江南去白蘋紅蓼又尋湓浦廬山

洞仙歌 瀘守王補之生日

月中丹桂自風霜難老閱盡人間盛衰草望中秋纔有幾日十分圓霾風雨雲表常如永晝 不得文章力白首防秋誰念雲中上功守正注意得人雄靜掃河西應難指五湖歸棹問持節馮唐幾時來看再策勳名印窠如斗

驀山溪

山圍江暮天鏡開晴絮斜影過梨花照文星老人星聚清尊一笑歡甚卻成愁別時襟餘點點疑是高唐雨 無人知處夢裏雲歸路回雁曉風清雁不來啼鴉無數心情老懶尤物解宜人春盡也有南風好便迴帆去

又贈衡陽妓陳湘

鴛鴦翡翠小小思珍偶眉黛斂秋波儘湖南山明水秀俜俜褭褭恰近十三餘春未透花枝瘦政是愁時候 尋芳載酒肯落誰人後只恐晚歸來綠成陰青梅如豆心期得處每自不隨人長亭柳君知否千里

猶回首

又　至宜州作寄贈陳湘

稠花亂蕊一作葉到處撩人醉林下有孤芳不匆匆成蹊桃李今年風雨莫送斷腸紅斜枝倚風塵裏不帶塵風氣微嗔又喜約略知春味江上一帆愁夢猶尋歌梁舞地如今對酒不似那回時書慢一作罷寫夢來空只有相思是

又

山明水秀盡屬詩人道應是五陵兒見衰翁孤吟絕倒一觴一詠瀟灑寄高閑松月下竹風閑試想為襟抱　玉關遙指萬里天衢杳筆陣掃秋風瀉珠璣琅琅皎皎臥龍智略三詔佐昇平煙塞事玉堂心頻把菱花照

望遠行　勾尉有所盼為太守所猜兼此生有所愛住馬湖馬湖出丁香核荔枝嘗以遺生故戲及之

自見來虛過卻好時好日這訑尿粘膩得處煞是律據眼前言定也有十分七八冤我無心除告佛　管人間底且放我快活得便索些別茶祗待又怎不遇偎花映月且與一班半點只怕你沒丁香核

憶帝京

銀燭生花如紅豆占好事如今有人醉曲屏深借寶瑟輕招手一陣白蘋風故滅燭教相就　花帶雨冰肌香透恨啼鳥轆轤聲曉柳岸微涼吹殘酒斷腸人依舊鏡中銷瘦恐那人知後鎮把你來僝僽

又　贈彈琵琶妓

薄妝小鬟閒情素抱著琵琶凝竚慢撚復輕攏切切如私語轉撥割朱絃一段驚沙去　萬里嫁烏孫公主對易水明妃不渡粉淚行行紅顏片片指下花落狂風雨借問本師誰歛撥當胸住

又　黔州張倅生日

鳴鳩乳燕春閒暇化作綠陰槐夏壽斝舞紅裳睡鴨飄香麝醉此洛陽人佐郡深儒雅　況坐上玉麟金馬更莫問鶯老花謝萬里相依千金爲壽未厭玉燭傳清夜不醉欲言歸笑殺高陽社

撼庭行　宰太和日吉州城外作

嗚咽南樓吹落梅聞鴉樹驚飛夢中相見不多時隔城今夜也應知坐久水空碧山月影沈西　買箇宅兒住著伊剛不肯相隨如今卻被天嗔你永落雞羣受雞歎空恁惡憐伊風日損花枝

下水船

總領神仙侶齊到青雲岐路丹禁風微咫尺諦聞天語盡榮遇看即如龍變化一擲靈梭風雨　真遊處上苑尋春去芳草芊芊迎步幾曲笙歌櫻桃豔裏歡聚瑤觴舉回祝堯齡萬萬端的君恩難負

歸田樂引

暮雨濛階砌漏漸移轉添寂寞點點心如碎怨你又戀你恨你惜你畢竟教人怎生是　前歡算未已奈向如今愁無計爲伊聰俊銷得人憔悴這裏誚睡裏誚睡裏夢裏心裏一向無言但垂淚

又

對景還銷瘦被箇人把人調戲我也心兒有憶我又喚我見我嗔我天甚教我怎生受　看承幸廝勾又是尊前眉峯皺是人驚怪寃我忒擱就拚了又舍了一定是這回休了及至相逢又依舊

離亭燕 次韻答黎功略見寄

十載尊前談笑天祿故人年少可是陸沈英俊地看即鎖窗批詔此處忽相逢潦倒禿翁同調　西顧郎官湖渺事看庾樓人小短艇絕江空悵望寄得詩來高妙夢去倚君旁胡蝶歸來清曉

千秋歲少游得謫嘗夢中作詞云醉臥古藤陰下了不知南北竟以元符庚辰死於藤州光華亭上崇寧甲申庭堅竄宜州道過衡陽覽其遺墨始追和其千秋歲詞

苑邊花外記得同朝退飛騎軋鳴珂碎齊歌雲繞扇趙舞風回帶嚴鼓斷杯盤狼籍猶相對　灑淚誰能會醉臥藤陰蓋人已去詞空在兔園高宴悄虎觀英游改重感慨波濤萬頃珠沈海

又

世間好事恰恁廝當對乍夜永涼天氣雨稀簾外滴香篆盤中字長入夢如今見也分明是　歡極嬌無力玉軟花欹墜釵罥袖雲堆臂燈斜明媚眼汗浹瞢騰醉奴奴睡奴奴睡也奴奴睡

江城子憶別

畫堂高會酒闌珊倚闌干霎時間千里關山常恨見伊難及至而今相見了依舊似隔關山　倩人傳語問平安省愁煩淚休彈哭損眼兒不似舊時單尋得石榴雙葉子憑寄與插雲鬟

又

新來曾被眼奚搐不甘伏怎拘束似夢還真煩亂損

心曲見面暫時還不見看不足惜不足　不成歡笑
不成哭戲人目遠山蹙有分看伊無分共伊宿一貫
一文蹺十貫千不足萬不足

兩同心

巧笑眉顰行步精神隱隱似朝雲行雨弓弓樣羅襪
生塵尊前見玉檻彫籠堪愛難親　自言家住天津
生小從人恐舞罷隨風飛去顧阿母教窣珠裙從今
去唯願銀釭莫照離尊

又

一笑千金越樣情深曾共結合歡羅帶終願效比翼
紋禽許多時靈利惺惺驀地昏沈　自從官不容針
直至而今你共人女邊著子爭知我門裏挑心記攜
手小院回廊月影花陰

又

秋水遙岑妝淡情深盡道教心堅穿石更說甚官不
容針霎時間雨散雲歸無處追尋　小樓朱閣沈沈
一笑千金你共人女邊著子爭知我門裏挑心最難
忘小院回廊月影花陰

少年心

對景惹起愁悶染相思病成方寸是阿誰先有意阿

誰薄倖斗頓恁少喜多嗔　合下休傳音問你有我我無你分似合歡桃核真堪人恨心兒裏有兩箇人人

又　添字

心裏人人暫不見霎時難過天生你要憔悴我把心頭從前鬼著手摩挲抖擻了百病銷磨　見說那廝脾鱉熱大不成我便與拆破待來時鬲上與廝噷則箇溫存著且教推磨

青玉案　至宜州次韻上酬七兄

煙中一線來時路極目送歸鴻去第四陽關雲不度山胡新囀子規言語正在人愁處　憂能損性休朝暮憶我當年醉時句舊詩云我自只如常日醉滿川風月替人愁渡水穿雲心已許暮年光景小軒南浦同捲西山雨

又　寅庵解萍實宰作今附此

行人欲上來時路破曉霧輕寒去隔葉子規聲暗度十分酒滿舞裀歌袖沾夜無尋處　故人近送旌旗暮但聽陽關第三句欲斷離腸餘幾許滿天星月看人憔悴燭淚垂如雨

喝火令

見晚情如舊交疎分已深舞時歌處動人心煙水數年魂夢無處可追尋　昨夜燈前見重題漢上襟便愁雲雨又難尋曉也星稀曉也月西沈曉也雁行低度不會寄芳音

品令 送黔守曹伯達供備

敗葉霜天曉漸鼓吹催行棹栽成桃李未開便解銀章歸去取麒麟圖畫要及年少　勸君醉倒別語怎醒時道楚山千里暮雲鎖離人懷抱記取江州司馬座中最老

又 茶詞

鳳舞團團餅恨分破教孤令金渠體淨隻輪慢碾玉塵光瑩湯響松風早減了二分酒病　味濃香永醉鄉路成佳境恰如燈下故人萬里歸來對影口不能言心下快活自省

漁家傲予嘗戲作詩云大葫蘆挈小葫蘆惱亂檀那得便沽每到夜深人靜後小葫蘆入大葫蘆又云大葫蘆乾枯小葫蘆行沽一往金僊宅一往黃公壚有此通大道無此令人老不問惡與好兩葫蘆俱倒或請以此意倚聲律作詞使人歌之為作漁家傲

踏破草鞋參到老等閒拾得衣中寶遇酒逢花須一笑重年少俗人不用嗔貧道 是處青旗誇酒好醉鄉路上多芳草提著葫蘆行未到風落帽葫蘆卻纏葫蘆倒

又江寧江口阻風戲効寶甯勇禪師作古漁家傲玉環中云廬山中人頗欲得之試思索始記四篇

萬水千山來此土本提心印傳梁武對朕者誰渾不顧成死語江頭暗折長蘆渡 面壁九年看二祖一花五葉親分付隻履提歸葱嶺去君知否分明忘卻來時路

又

三十年來無孔竅幾回得眼還迷照一見桃花參學了呈法要無絃琴上單于調 摘葉尋枝虛半老拈花特地重年少今後水雲人欲曉非玄妙靈雲合破桃花笑

又

憶昔藥山生一虎華亭船上尋人渡散卻夾山拈坐具呈見處繫驢橛上合頭語 千尺垂絲君看取離鉤三寸無生路驀口一橈親子父猶回顧瞎驢喪我

兒孫去

又

百丈峯頭開古鏡馬駒踏殺重蘇醒接得古靈心眼淨光烱烱歸來藏在袈裟影　好箇佛堂佛不聖祖師沈醉猶看鏡卻與斬新提祖令方猛省無聲三昧天皇餅

醜奴兒

得意許多時長醉賞月下花枝暴風急雨年年有金籠鎖定鶯雛燕友不被雞欺　紅旆轉逶迤悔無計千里追隨再來重綰盧南印而今目下悽惶怎向日永春遲

又

濟楚好得些憔悴損都是因它那回得句閒言語旁人盡道你管又還鬼那人唦　得過口兒嘛直勾得風了自家是卽好意也毒害你還甜殺人了怎生申報孩兒

定風波　次高左藏使君韻

萬里黔中一漏天屋居終日似乘船及至重陽天也霽催醉鬼門關近蜀江前　莫笑老翁猶氣岸君看幾人白髮上華顛戲馬臺前追兩謝馳射風情猶拍

古人肩

又

把酒花前欲問溪問溪何事晚聲悲名利往來人盡老誰道溪聲今古有休時　且共玉人斟玉醑休訴笙歌一曲黛眉低情似長溪長不斷君看水聲東去月輪西

又

小院難圖雲雨期幽歡渾待賞花時到得春來君卻去相誤不須言語淚雙垂　密約尊前難囑付偷顧手搓金橘歛雙眉庭樹清風明月媚須記歸時莫待杏花飛

又　次左藏韻

自斷此生休問天白頭波上泛膠船老去文章無氣味憔悴不堪驅使菊花前　聞道使君攜將吏高會參軍吹帽晚風顛千騎插花秋色暮歸去翠娥扶入醉時肩

又

晚歲監州聞荔枝赤英垂墜壓闌枝萬里來逢芳意歇愁絕滿盤空憶去年時　潤草山花光照座春過等閑枯李又纍纍辜負寒泉浸紅皺銷瘦有人花病

損香肌

又

准擬階前摘荔枝今年歇盡去年枝莫是春光厮料理無比譬如痎瘧有休時　碧甃朱闌情不淺向晚來年枝上報纍纍雨後園林坐清影蘇醒紅裳剝盡看香肌

又

上客休辭酒淺深素兒歌裏細聽沈粉面不須歌扇掩閒靜一聲一字總關心　花外黃鸝能密語休訴有花能得幾時斟畫作遠山臨碧水明媚夢爲胡蝶去登臨

又客有兩新鬟善歌者請作送湯曲因戲前二物

歌舞闌珊退晚妝主人情重更留湯冠帽斜欹辭醉去邀定玉人纖手自磨香　又得尊前聊笑語如許短歌宜舞小紅裳寶馬促歸朱戶閉一云醉裏還家明亦未人睡夜來應恨月侵牀

河傳有士大夫家歌秦少游瘦殺人天不管之曲以好字易瘦字戲爲之作

心情老嬾對歌對舞猶是當時眼巧笑靚妝近我衰

容華鬢似扶著賣卜算　思量好箇當年見催酒催
更只怕歸期短飲散燈稀背鎖落花深院好殺人天
不管

撥棹子

歸去來歸去來攜手舊山歸去來有人共對月尊罍
横一琴甚處逍遙不自在　閒世世界無利害何必向
世間甘幻愛與君釣晚煙寒瀨蒸白魚稻飯溪童供
筍菜

蝶戀花

海角芳菲留不住筆下風生吹入青雲去仙籍有名
天賜與致君事業安排取　要識世間平坦路當使
人人各有安身處黑髮便逢堯舜主笑人白首耕南
畝

步蟾宮

蟲兒真箇惡靈利惱亂得道人眼起醉歸來恰似出
桃源但目斷落花流水　不如隨我歸雲際共作箇
住山活計照清溪勻粉面插山花算終勝風塵滋味

踏莎行　茶詞

畫鼓催春蠻歌走餉火前一焙爭春長低株摘盡到
高株高株別是閩溪樣　碾破春風香凝午帳銀瓶

雪衮翻匙浪今宵無睡酒醒時摩圍影在秋江上

又

臨水夭桃倚牆繁李長楊風掉青驄尾尊中有酒且酬春更尋何處無愁地　明日重來落花如綺芭蕉漸展山公啟欲將心事寄天公教人長壽花前醉

醉落魄舊刻五調攷蒼顏華髮是東坡作刪去○舊有一曲云醉醒醒醉憑君會取這滋味濃斟琥珀香浮蟻一入愁腸便有陽春意須將幕席為天地歌前起舞花前睡從它兀兀陶陶裏猶勝醒醒惹得閑憔悴此曲亦有佳句而多斧鑿痕又語高下不甚入律或傳是東坡語非也與蝸角虛名解下癡條之曲相似疑是王仲父作因戲作二篇呈吳元祥黃中行似能厭道二公意中事

陶陶兀兀尊前是我華胥國爭名爭利休休莫雪月風花不醉怎歸得　邯鄲一枕誰憂樂新詩新事因閑適東山小妓攜絲竹家裏樂天村裏謝安石　石曼卿自嘲云村裏黃幡綽家中白侍郎

又

陶陶兀兀人生無累何由得杯中三萬六千日悶損

旁觀我但醉落托　扶頭不起還顏玉日高春睡平
生足誰門可款新篘熟安樂春泉玉醴荔枝綠　親賢
宅四酒名

又　老夫止酒十五年矣到戎州恐爲瘴癘所侵
故晨舉一杯不相察者乃強見酌遂能作病
因復止酒用前韻作二篇呈吳元祥

陶陶兀兀人生夢裏槐安國教公休醉公但莫盞倒
垂蓮一笑是贏得　街頭酒賤民聲樂尋常行處逢
歡適醉看簷雨森銀燭我欲憂民渠有二千石

又

陶陶兀兀醉鄉路遠歸不得心情那似當年日割愛
金荷一盌淡不拓　異鄉薪桂炊香玉摩挲經笥須
知足明年小麥能秋熟不管經霜點盡鬢邊綠

玉樓春　當塗解印後一日郡中置酒呈郭功甫

淩歊臺上青青麥姑熟堂前餘翰墨暫分一印管江
山稍爲諸公分皂白　江山依舊雲空碧昨日主人
今日客誰分賓主強惺惺問取磯頭新婦石

又　竄易前詞

翰林本是神仙謫落帽風流傾座席坐中還有賞音
人能岸烏紗傾大白　江山依舊雲橫碧昨日主人

今日客誰分賓主強惺惺問取磯頭新婦石

又次前韻再呈功甫

青壺乃似壺中謫萬象光輝森宴席紅塵鬧處便休休不是箇中無皂白　歌煩舞倦朱成碧春草池塘淩謝客共君商略老生涯歸種玉田秧白石

又庚元鎮四十兄庭堅四十年翰墨故人庭堅假守當塗元鎮窮不出入州縣席上作樂府長句勸酒

庾郎三九常安樂使有萬錢無處著徐熙小鴨水邊花明月清風都占卻　朱顏老盡心如昨萬事休休休莫莫尊前見在不饒人歐舞梅歌君更酌歐梅當時二妓也

又用前韻贈郭功甫

少年得意從軍樂晚歲天教閒處著功名富貴久寒灰翰墨文章新諱卻　是非不用分今昨雲月孤高公也莫喜歡爲地醉爲鄉飲客不來但自酌

又

風開冰面魚紋皺暖入芳心犀點透乍看晴日弄柔條憶得章臺人姓柳　心情老大癡成就不復淋浪沾翠袖早梅獻笑尚窺鄰小蜜竊香如遺壽

又

東君未試雷霆手灑雪開春春鎖透帝臺應點萬年枝窮巷偏欺三徑柳　峯排羣玉森相就中有摩圍爲領袖凝香窗下與誰看一曲琵琶千萬壽

又

新年何許春光漏小院閉門風日透酥花入座頗欺梅雪絮因風全是柳　使君落筆春詞就應喚歌檀催舞袖得開眉處且開眉人世可能金石壽

又

黃金捍撥春風手簾幕重重音韻透梅花破蕚便春回似有黃鸝鳴翠柳　曉妝未愜梅添就玉筍捧杯離細袖會拚千日笑尊前它日相思空損壽

又

黔中士女遊晴晝花信輕寒羅綺透爭尋穿石道宜男更買江魚雙貫柳　竹枝歌好移船就依倚風光垂翠袖滿傾蘆酒指摩圍相守與郎如許壽

又

可憐翡翠隨雞走學綰雙鬟年紀小見來行待惡憐伊心性嬌癡空解笑　紅渠照映霜林來楊柳舞腰風嫋嫋衾餘枕賸儘相容只是老人難再少

虞美人 舊刻三調攷波聲拍枕長淮曉是子瞻作刪去〇至當塗呈郭功甫

平生本愛江湖住鷗鷺無人處江南江北水雲連莫笑醯雞歌舞甕中天 當塗巘棹蒹葭外賴有賓朋在此身無路入修門慚愧詩翁清些與招魂

又 宜州見梅作

天涯也有江南信梅破知春近夜闌風細得香遲不道曉來開徧向南枝 玉臺弄粉花應妒飄到眉心住平生箇裏願杯深去國十年老盡少年心

南鄉子 重九日涪陵作示知命弟

落帽晚風回又報黃花一番開扶杖老人心未老咍哉漫有才情付與誰 芳意正徘徊傳語西風且慢吹明日餘尊還共倒重來未必秋香一夜衰

又 今年重九知命已向成都感之復次前韻

招喚欲千回暫得尊前笑口開萬水千山還麽去悠哉酒向黃花欲醉誰 顧影且徘徊立到斜風細雨吹見我未衰容易去還來不道年年即漸衰

又

未報賈船回三徑荒鋤菊臥開想得鄰舟野笛罷沾衣不爲涪翁更爲誰 風力嫋萸枝酒面紅鱗慳細

吹莫笑插花和事老摧頹卻向人間耐盛衰

又

黃菊滿東籬與客攜壺上翠微已是有花兼有酒良期不用登臨上落暉　滿酌不須辭莫待無花空折枝寂寞酒醒人散後堪悲節去蜂愁蝶不知

又 重陽日寄懷永康彭道微使君用東坡韻

臥稻雨餘收處處遊人簇遠洲白髮又挨紅袖醉戎州亂摘黃花插滿頭　青眼想風流畫出西樓一燈秋卻憶去年歡意舞梁州塞雁西來特地愁

又 重陽日宣州城樓宴集即席作

諸將說封侯短笛長歌獨倚樓萬事盡隨風雨去休休戲馬臺南金絡頭　催酒莫遲留酒味今秋似去秋花向老人頭上笑羞羞白髮簪花不解愁

鵲橋仙 次東坡七夕韻

八年不見清都絳闕望銀漢溶溶漾漾銀一作河年年牛女恨風波算此事人間天上　野麋豐草江鷗遠水老夫唯便疎放百錢端往問君平早晚具歸田小舫

又 席上賦七夕詞

朱樓彩舫浮瓜沈李報答春風有幾一年尊酒暫時

同別淚作人間曉雨　鴛鴦機綜能令儂巧也待乘槎仙去若逢海上白頭翁共一訪癡牛騃女

鷓鴣天　或刻蘇子瞻　但山邊白鳥作山前白鷺如今更有作于今尚有底事作欲避　○　玄真子詠漁父云西塞山邊白鷺飛桃花流水鱖魚肥青箬笠綠蓑衣斜風細雨不須歸東坡嘗以浣溪沙歌之矣表弟季如篪云以鷓鴣天歌之更叶音律但少數句耳因以玄真子遺事足之憲宗時畫玄真子像訪之江湖不可得因令集其歌詩上之玄真之兄松齡懼玄真放浪而不返也和答其漁父云樂在風波釣是閑草堂松桂已勝攀太湖水洞庭山狂風浪起且須還此余續成之意也

西塞山邊白鳥飛桃花流水鱖魚肥朝廷尚覓玄真子何處如今更有詩　青箬笠綠蓑衣斜風細雨不須歸人間底事風波險　一日風波十二時

又重九日集句

塞雁初來秋影寒霜林風過葉聲乾龍山落帽千年事我對西風猶整冠　蘭委佩菊堪餐人情時事半悲歡但將酩酊酬佳節更把茱萸仔細看

又坐中有眉山隱客史應之和前韻卽席答之

黃菊枝頭生曉寒人生莫放酒杯乾風前橫笛斜吹雨醉裏簪花倒著冠　身健在且加餐舞裙歌板盡情歡黃花白髮相牽挽付與旁人冷眼看

又明日獨酌自嘲呈史應之

萬事令人心骨寒故人墳上土新乾淫坊酒肆閒居士李下何妨也整冠　金作鼎玉爲餐老來亦失少時歡茱萸菊蕊年年事十日還將九日看

又

紫菊黃花風露寒平沙戲馬雨聲乾且看欲盡花經眼依說彈冠與整冠　甘酒病廢朝餐何人得似醉中歡十年一覺揚州夢爲報時人洗眼看

又

節去蜂愁蝶不知曉庭環繞折殘枝自然今日人心別未必秋香一夜衰　無閒事卽芳期菊花須插滿頭歸宜將酩酊酬佳節不用登臨送落暉

又

聞說君家有翠娥施朱施粉總嫌多背人語處藏珠履戲得羞時整玉梭　拖遠岫壓橫波何時傳酒更傳歌爲君寫就黃庭了不要山陰道士鵝

又吉祥長老設長松湯爲作有僧病痂癩嘗死金剛窟有人見者教服長松湯遂復爲完人

湯泛冰甆一坐春長松林下得靈根吉祥老子親拈出箇箇教成百歲人　燈焰焰酒醺醺壑源曾未破醒魂與君更把長生盌略爲清歌駐白雲

鼓笛令　戲詠打揭

酒闌命友閑爲戲打揭兒非常愜意各自輸贏只賭是賞罰采分明須記　小五出來無事卻跋翻和九底若要十一花下死那管十三不如十二

又

寶犀未解心先透惱殺人遠山微皺意淡言疎情最厚枉教作著行官柳　小雨勒花時候抱琵琶爲誰清瘦翡翠金籠思珍偶忽拚與山雞僝僽

又

見來兩兩寧寧地眼廝打過如拳踢恰得嘗些些香甜底苦殺人遭誰調戲　臘月望州坡上地凍著你影鞋村鬼你但那些些一處睡燒沙糖管好滋味

又

見來便覺情於我廝守著新來好過人道他家有婆婆與一口管教屎磨　副靖傳語木大鼓兒裏且打

一和更有些兒得處囉燒沙糖香藥添和

浪淘沙 荔枝

憶昔謫巴蠻荔子親攀冰肌照映柘枝冠日擘輕紅三百顆一味甘寒 重入鬼門關也似人間一雙和葉插雲鬟賴得清湘燕玉面同倚闌干

留春令

江南一雁橫秋水嘆咫尺斷行千里回紋機上字縱橫欲寄遠憑誰是 謝客池塘春都未微微動短牆桃李半陰纔暖卻清寒是瘦損人天氣

南歌子

槐綠低窗暗榴紅照眼明玉人邀我少留行無奈一帆煙雨畫船輕 柳葉隨歌皺梨花與淚傾別時不似見時情今夜月明江上酒初醒

又

詩有淵明語歌無子夜聲論文思見老彌明坐想羅浮山下羽衣輕 何處黔中郡遙知隔晚晴雨餘風急斷虹橫應夢池塘春草若爲情

又東坡過楚州見淨慈法師作南歌子用其韻

贈郭詩翁二首

郭大曾名我劉翁復是誰入塵能作和鑼椎特地干

戈相待使人疑　秋浦橫波眼春窗遠岫眉普陀巖畔夕陽遲何似金沙灘上放憨時

又

萬里滄江月清波說向誰頭門須更下金椎只恐風驚草動又生疑　金雁斜妝頰青螺淺畫眉庵丁有底下刀遲直要人牛無際是休時

望江東

江水西頭隔煙樹望不見江東路思量只有夢來去更不怕江闌住　燈前寫了書無數算沒箇人傳與直饒尋得雁分付又還是秋將暮

一落索

誰道秋來煙景素任遊人不顧一番時態一番新到得意皆歡慕　紫萸黃菊繁華處對風庭月露愁來卽便去尋芳更作甚悲秋賦

西江月老夫既戒酒不飲遇宴集獨醒其旁坐客欲得小詞援筆爲賦

斷送一生唯有破除萬事無過遠山微影蘸橫波不飲旁人笑我　花病等閑瘦惡春來沒箇遮闌杯行到手莫留殘不道月明人散

又茶詞

龍焙頭綱春早谷簾第一泉香已醲浮蟻嫩鵝黃想見翻匙雪涙　免褐金絲寶盌松風蟹眼新湯無因更發次公狂甘露來從仙掌

又崇寧甲申遇惠洪上人於湘中洪作長短句見贈云大廈吞風吐月小舟坐水眠空霧窗春色翠如蔥睡起雲濤正擁往事回頭笑處此生彈指聲中玉戲佳句敏驚鴻聞道衡陽價重次韻酬之時余方謫宜陽而洪歸分寧龍安

月側金盆墮水雁回醉墨書空君詩秀色雨園葱想見衲衣寒擁　蟻穴夢魂人世楊花蹤跡風中莫將社燕等秋鴻處處春山翠重

又

別夢已隨流水淚巾猶裛香泉相如依舊是癯仙人在瑤臺閬苑　花霧縈風縹緲歌珠滴水清圓娥眉新作十分妍去馬歸來便面

又

宋玉短牆東畔桃源落日西斜濃妝下著繡簾遮鼓笛相催清夜　轉眄驚翻長袖低徊細踏紅靴舞餘猶顫滿頭花嬌學男兒拜謝

桃源憶故人

碧天露洗春容淨淡月曉收殘暈花上密煙飄盡花底鶯聲嫩　雲歸楚峽厭厭困雨點遙山新恨和淚暗彈紅粉生怕人來問

畫堂春舊刻二調攷東風吹柳日初長是淮海作刪去

摩圍小隱枕蠻江蛛絲閒鎖晴窗水風山影上修廊不到晚來涼　相伴蝶穿花徑獨飛鷗舞溪光不因送客下繩牀添火炷爐香

賀聖朝

脫霜披茜初登第名高得意櫻桃榮宴玉墀遊領羣仙行綴　佳人何事輕相戲道得之何濟君家聲譽古無雙且均平居二

阮郎歸曾尃文既眄陳湘歌舞便出其類學書亦進來求小楷作阮郎歸詞付之

盈盈嬌女似羅敷湘江明月珠起來綰髻又重梳弄妝仍學書　歌調態舞工夫湖南都不如它年未厭白髭鬚同舟歸五湖

又効福唐獨木橋體作茶詞

烹茶留客駐彫鞍有人愁遠山別郎容易見郎難月

斜窗外山　歸去後憶前歡畫屏金博山一杯春露
莫留殘與郎扶玉山

又茶詞

歌停檀板舞停鸞高陽飲興闌獸煙噴盡玉壺乾香
分小鳳團　雪浪淺露花圓捧甌春筍寒絳紗籠下
躍金鞍歸時人倚闌

又茶詞

摘山初製小龍團色和香味全碾聲初斷夜將闌烹
時鶴避煙　消滯思解塵煩金甌雪浪翻只愁啜罷
水流天餘清攪夜眠

又茶詞

黔中桃李可尋芳摘茶人自忙月團犀胯鬭圓方研
膏入焙香　青箬裹絳紗囊品高聞外江酒闌傳盌
舞紅裳都濡春味長都濡地名

又

退紅衫子亂蜂兒衣寬只爲伊爲伊去得忒多時教
人直是疑　長睡晚理妝遲愁多懶畫眉夜來算得
有歸期燈花則甚知

又

貧家春到也騷騷瓊漿注小槽老夫不出長蓬蒿隣

牆開碧桃　木芍藥品題高一枝煩翦刀傳杯猶似
少年豪醉紅侵雪毛

更漏子　詠餘甘湯

庵摩勒西土果霜後明珠顆顆憑玉兔搗香塵稱爲
席上珍　號餘甘無奈苦臨上馬時分付管回味卻
思量忠言君但嘗

又

體妖嬈鬟婀娜玉甲銀箏照座危柱促曲聲殘王孫
帶笑看　休休休莫莫莫愁撥箇絲中索了了了玄
玄玄山僧無盌禪

清平樂

黃花當戶已覺秋容暮雲夢南州逢笑語心在歌邊
舞處　使君一笑眉開新晴照酒尊來且樂尊前見
在休思走馬章臺

又

休推小戶看即風光暮莢糝菊英浮盌醑親賢宅酒
名報答風光有處　幾回笑口能開少年不肯重來
借問牛山繫馬今爲誰姓池臺

又

舞鬟娟好白髮黃花帽醉任旁觀嘲潦倒扶老偏宜

年小　舞回臉玉胸酥纏頭一斛明珠日日梁州薄
媚年年金菊茱萸

又 示知命

乍晴秋好黃菊欹烏帽不見清淡人絕倒更憶添丁
小小　蜀娘漫點花酥酒槽空滴真珠兄弟四人別
住它年同插茱萸

又

春歸何處寂寞無行路若有人知春去處喚取歸來
同住　春無蹤跡誰知除非問取黃鸝百囀無人能
解因風吹過薔薇

又

冰堂酒好只恨銀杯小新作金荷工獻巧圖要連臺
拗倒 唐龍朔中子母相去連臺拗倒俗謂杯盤為子母又盤為臺　採蓮一曲清歌急檀催捲金荷醉裏
香飄睡鴨更驚羅襪淩波

好事近 湯詞

歌罷酒闌時瀟灑座中風色主禮到君須盡奈賓朋
南北　暫時分散總尋常難堪久離拆不似建溪春
草解留連佳客

又 太平州小妓楊姝彈琴送酒

一弄醒心絃情在兩山斜疊彈到古人愁處有真珠承睫　使君來去本無心休淚界紅頰自恨老來憎酒負十分金葉

又

不見片時霎魂夢鎮相隨著因甚近新無據誤竊香深約　思量模樣忔憎兒惡又怎生惡終待共伊相見與佯佯奚落

謁金門　示知命弟

山又水行盡吳頭楚尾兄弟燈前家萬里相看如夢寐　君似成蹊桃李入我草堂松桂莫厭歲寒無氣味餘生吾已矣

好女兒　張寬夫園賞梅

小院一枝梅衝破曉寒開偶到張園遊戲沾袖帶香回　玉酒覆銀杯盡醉去猶待重來東鄰何事驚吹怨曲雪片成堆曲一作笛

又

春去幾時還問桃李無言燕子歸棲風勁梨雪亂西園　唯有月嬋娟似人人難近如天願教清影常相見更乞取團圓

又

粉淚一行行啼破曉來妝嬾繫酥胸羅帶羞見繡鴛鴦　擬待不思量怎奈向目下恓惶假饒來後教人見了卻去何妨

減字木蘭花　登巫山縣樓作

襄王夢裏草綠煙深何處是宋玉臺頭暮雨朝雲幾許愁　飛花漫漫不管羈人腸欲斷春水茫茫要渡南陵更斷腸

又　距施州二十里張仲謀遣騎相迎因送所和樂府來且約近郊相見復用前韻先往

史君那裏千騎塵中依約是拂我眉頭無處重尋庾信愁　山雲瀰漫夾道旌旗聯復斷萬事茫茫分付澄波與爛腸

又　巫山縣追懷老杜

巫山古縣老杜淹留情始見撥悶題詩千古神交世不知　雲陽臺下更值清明風雨夜知道愁辛果是當時作賦人

又　次韻趙文儀

詩翁才刃曾陷文場貔虎陣誰敢當哉況是焚舟決勝來　三巴春杪客館夢回風雨曉胸次崢嶸欲共濤頭赤甲平

又

蒼崖萬仞下有奔雷千百陣自古危哉誰遣西園潛歷來　猿啼雲杪破夢一聲巫峽曉苦喚愁生不是西園作歷平

又

餘寒爭令雪共臘梅相照映昨夜東風已出耕牛勸歲功　陰陰羃羃近覺去天無幾尺休恨春遲桃李梢頭次第知

又

終宵忘寐好事如何猶尚未仔細沈吟珠淚盈盈溼袖襟　與君別也願在郎心莫暫捨記取盟言聞早回程卻再圓

又丙子仲秋奉陪黔陽曹使君伯達翫月作減字木蘭花兼簡施州張使君仲謀

中秋多雨常是尊罍狼藉去今夜雲開須道姮娥得得一作特特來　不知雲外還有清光同此會笛在層樓聲徹摩圍頂上頭

又

中秋無雨醉送月啣西嶺去笑口須開幾度中秋見月來　前年江外兒女傳杯兄弟會此夜登樓小謝

清吟慰白頭

又

濃陰驟雨巫峽有情來又去今夜天開不與姮娥作伴來　清光無外白髮老人心自會何處歌樓貪看冰輪不轉頭

又丙子仲秋黔守席上客有舉岑嘉州中秋詩曰今夜鄜州月閨中只獨看遙憐小兒女未解憶長安因戲作

舉頭無語家在月明生處住擬上摩圍最上峯頭試望之　偏憐終秀苦淡同甘誰更有想見牽衣月到愁邊總未知

又戲答

月中笑語萬里同依光景住天水相圍相見無因夢見之　諸兒娟秀儒學傳家渠自有自作秋衣漸老先寒人未知

又用前韻示知命弟

常年夜雨頭白相依無去住兒女成圍歡笑尊前月照之　阿連高秀千萬里來忠孝有豈謂無衣歲晚先寒要弟知

訴衷情舊刻四首攺珠簾繡幕捲輕霜是六一

詞刪去

小桃灼灼柳鬖鬖春色滿江南雨晴風暖煙淡天氣正醺酣　山潑黛水挼藍翠相攙歌樓酒旆故故招人權典青衫

又在戎州登臨勝景未嘗不歌漁父家風以謝江山門生請問先生家風如何為擬金華道人作此章

一波纔動萬波隨蓑笠一鉤絲金鱗政在深處千尺也須垂　吞又吐信還疑上鉤遲水寒江淨滿目青山載月明歸

又

旋揎玉指著紅靴宛宛鬬彎訛天然自有殊態愁黛不須多　分遠岫壓橫波妙難過自歛枕處獨倚闌時不奈顰何

採桑子　送彭道微使君移知永康軍

荔枝灘上留千騎桃李陰繁宴寢香殘畫戟森森鎮八蠻　永康又得風流守管領江山少訟多閒煙靄樓臺舞翠鬟

又

虛堂密候參同火梨棗枝繁深鎖三關不要樊姬與

小蠻　遙知風雨更闌夜猶夢巫山濃麗清閒曉鏡新梳十二鬟

又

投荒萬里無歸路雪點鬢繁度鬼門關已擬兒童作楚蠻　黃雲苦竹啼歸去繞荔枝山蓬戸身閒歌板誰家教小鬟

又

馬湖來舞釵初賜笳鼓聲繁賢將開關威竦西山六詔蠻　南溪地逐名賢重深鎖羣山燕喜公閒一斛明珠兩小鬟

又戲贈黃中行

宗盟有妓能歌舞宜醉尊罍待約新醅車上危坡盡要推　西鄰三弄爭秋月邀勒春回箇裏聲催鐵樹枝頭花也開

又

夜來酒醒清無夢愁倚闌干露滴輕寒雨行芙蓉淚不乾　佳人別後音塵悄銷瘦難拚明月無端已過紅樓十二間

又

櫻桃著子如紅豆不管春歸聞道開時蜂惹香鬚蝶

惹衣　樓臺燈火明珠翠酒戀歌迷醉玉東西少箇
人人暖被攜
又
城南城北看桃李依倚年華楊柳藏鴉又是無言駞
落花　春風一面長含笑偷顧羞遮分付誰家把酒
花前試問他
歸田樂令
引調得甚近日心腸不戀家寧寧地思量他思量他
兩情各自肯相忙　咱意思裏莫是賺人哆嗽奴真
箇嗋共人嗋
卜算子
要見不得見要近不得近試問得君多少憐管不解
多於恨　禁止不得淚忍管不得悶天上人間有底
愁向箇裏都諳盡
菩薩鬘　王荊公新築草堂於半山引入功德水
作小港其上壘石作橋爲集句云數間茅屋
閒臨水窄衫短帽垂楊裏花是去年紅吹開
一夜風梢梢新月偃午醉醒來晚何物最關
情黃鸝三兩聲戲効荊公作
半煙半雨溪橋畔漁翁醉著無人喚疎嬾意何長春

風花草香　江山如有待此意陶潛解問我去何之
君行到自知

又淹泊平山堂寒食節固陵錄事參軍表弟周
元固惠酒爲作此詞

細腰宮外清明雨雲陽臺上煙如縷雲雨暗巫山流
人殊未還　阿誰知此意解遣雙壺至不是白頭新
周郎舊可人

雪花飛

攜手青雲路穩天聲迤邐傳呼袍笏恩章乍賜春滿
皇都　何處難忘酒瓊花照玉壺歸嫋絲梢競醉雪
舞郊衢

浣溪沙　舊刻四首攻西塞山邊白鳥飛是蘇子
瞻作刪去

飛鵲臺前近翠蛾千金新買帝青螺最難如意爲情
多　幾處淚痕留醉袖一春愁思近橫波遠山低盡
不成歌

又

一葉扁舟捲畫簾老妻學飲伴清談人傳詩句滿江
南　林下猿垂窺滌硯巖前鹿臥看收帆杜鵑聲亂
水如環

又

新婦磯頭眉黛愁女兒浦口眼波秋驚魚錯認月沈鈎青箬笠前無限事綠蓑衣底一時休斜風細雨轉船頭

點絳脣重九日寄懷嗣直弟時再遊涪陵用東坡餘杭九日點絳脣舊韻二首

濁酒黃花畫簾十日無秋燕夢中相見似作枯禪觀鏡裏朱顏又減心情半江山遠登高人健寄語東飛雁

又

幾日無書舉頭欲問西來燕世情夢幻復作如斯觀自歎人生分合常相半戎雖遠念中相見不托魚和雁

又

羅帶雙垂妙香長恁攜纖手半妝紅豆各自相思瘦聞道伊家終日眉兒皺不能勾淚珠輕溜裛損揉藍袖

調笑令并詩

海上神仙字太真昭陽殿裏稱心人猶思一曲霓裳舞散作中原胡馬塵方士歸來說風度梨花一

枝春帶雨分釵半鈿愁殺人上皇倚闌獨無語
無語恨如許方士歸時腸斷處梨花一枝春帶雨半
鈿分釵親付天長地久相思苦渺渺鯨波無路

宴桃源書趙伯充家小姬領巾○一刻淮海集略異○去歲迷藏花柳恰恰如今時候心緒幾曾歡嬴得鏡中消瘦生受生受更被養娘催繡

天氣把人僝僽落絮遊絲時候茶飯可曾炊鏡中嬴
得消瘦生受生受更被養娘催繡

山谷詞

珍傲宋版邳

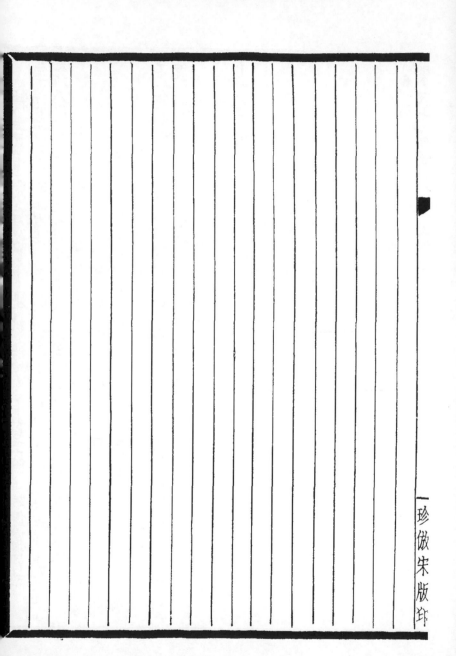

魯直少時使酒玩世喜造纖淫之句法秀道人誡曰
筆墨勸淫應墮犂舌地獄魯直答曰空中語耳晚年
來亦閒作小詞往往借題棒喝拈示後人如荍寶寧
勇禪師漁家傲幾闋豈其與桃葉團扇鬬妖豔耶古
虞毛晉記

淮海詞

目錄

淮海詞目錄

宋　秦　觀

憶仙姿舊刻如夢令五闋今增入二闋

門外鴉啼楊柳春色著人如酒睡起熨沈香玉腕不勝金斗消瘦消瘦還是褪花時候

又

遙夜沈沈如水風緊驛亭深閉夢破鼠窺燈霜送曉寒侵被無寐無寐門外馬嘶人起

又

幽夢匆匆破後妝粉亂紅霑袖遙想酒醒來無奈玉銷花瘦回首回首遶岸夕陽疎柳

又或刻晏叔原

樓外殘陽紅滿春入柳條將半桃李不禁風回首落英無限腸斷腸斷人共楚天俱遠

又或刻周美成

池上春歸何處滿目落花飛絮孤館悄無人夢斷月堤歸路無緒無緒簾外五更風雨

又此二闋舊本逸

門外綠陰千頃兩兩黃鸝相應睡起不勝情行到碧梧金井人靜人靜風弄一枝花影

又

鶯嘴啄花紅溜燕尾點波綠皺指冷玉笙寒吹徹小梅春透依舊依舊人與綠楊俱瘦

昭君怨春日寓意○舊刻趙長卿

隔葉乳鴉聲軟號斷日斜陰轉楊柳小腰肢畫樓西役損風流心眼眉上新愁無限極目送雲行此時情

調笑令

漢宮選女適單于明妃斂袂登氈車玉容寂寞花無主顧影徘徊泣路隅行行漸入陰山路目斷征鴻入雲去獨抱琵琶恨更深漢宮不見空回顧回顧漢宮路捍撥檀槽鸞對舞玉容寂寞花無主顧影偷彈玉筯未央宮殿知何處目送征鴻南去

右王昭君

金陵往昔帝王州樂昌主第最風流一朝隋兵到江上共抱悽悽去國愁越公萬騎鳴笳鼓劍擁玉人天上去空攜破鏡望紅塵千古江楓籠輦路輦路江楓古樓上吹簫人在否菱花半壁香塵汙往日繁華何處舊歡新愛誰爲主啼笑兩難分付

右樂昌公主

蒲中有女號崔徽輕似南山翡翠兒使君當日最寵愛坐中對客常擁持一見裴郎心似醉夜解羅衣與門吏西門寺裏樂未央樂府至今歌翡翠

翡翠好容止誰使庸奴輕點綴裴郎一見心如醉笑裏偷傳深意羅衣深夜與門吏暗結城西幽會

右崔徽

尚書有女名無雙蛾眉如畫學新妝伊家仙客最明俊舅母惟只呼王郎尚書往日先曾許數載暌違今復遇聞說襄江二十年當時未必輕相慕

相慕無雙女當日尚書先曾許王郎明俊神仙侶腸斷別離情苦數年暌恨今復遇笑指襄江歸去

右無雙

錦城春暖花欲飛灼灼當庭舞柘枝相君上客河東秀自言那得旁人知妾願身爲梁上燕朝朝暮暮長相見雲收月墜海沈沈淚滿紅綃寄腸斷

腸斷繡簾捲妾願身爲梁上燕朝朝暮暮長相見莫遣恩遷情變紅綃粉淚知何限萬古空傳遺怨

右灼灼

百尺樓高燕子飛樓上美人顰翠眉將軍一去音容遠只有年年舊燕歸春風昨夜來深院春色依

然人不見只餘明月照孤眠回望舊恩空戀戀
戀戀樓中燕燕子樓空春日晚將軍一去音容遠空
鎖樓中深院春風重到人不見十二闌干倚徧

右盼盼

崔家有女名鶯鶯未識春光先有情河橋兵亂依
蕭寺紅愁綠慘見張生張生一見春情重明月拂
牆花影動夜半紅娘擁抱來脈脈驚魂若春夢
春夢神仙洞冉冉拂牆花樹動西廂待月知誰共更
覺玉人情重紅娘深夜行雲送困嚲釵橫金鳳

右崔鶯鶯

若耶溪邊天氣秋採蓮女兒溪岸頭笑隔荷花共
人語煙波渺渺蕩輕舟數聲水調紅嬌晚棹轉舟
回笑人遠腸斷誰家遊冶郎盡日踟躕臨柳岸
柳岸水清淺笑折荷花呼女伴盈盈日照新妝面水
調空傳幽怨扁舟日暮笑聲遠對此令人腸斷

右採蓮

鑒湖樓閣與雲齊樓上女兒名阿溪十五能爲綺
麗句平生未解出幽閨謝郎巧思詩裁翦能使佳
人動幽怨瓊枝璧月結芳期斗帳雙雙成眷戀
眷戀西湖岸湖面樓臺侵雲漢阿溪本是飛瓊伴風

月朱扉斜掩謝郎巧思詩裁翦能動芳懷幽怨

右煙中怨

深閨女兒嬌復癡春愁春恨那復知舅兄唯有相
拘意暗想花心臨別時離舟欲解春江暮冉冉香
魂逐君去重來兩身復一身夢覺春風話心素
心素與誰語始信別離情最苦蘭舟欲解春江暮精
爽隨君歸去異時攜手重來處夢覺春風庭戶

右離魂記

生查子 時刻不載

眉黛遠山長新柳開青眼樓閣斷霞明羅幕春寒淺
杯嫌玉漏遲燭厭金刀翦月色忽飛來花影和簾
捲

點絳脣 桃源○或刻蘇子瞻

醉漾輕舟信流引到花深處塵緣相誤無計花間住
煙水茫茫回首斜陽暮山無數亂紅如雨不記來
時路

又

月轉烏啼畫堂宮徵生離恨美人愁悶不管羅衣褪
清淚斑斑揮斷柔腸寸嗔人問背燈偷揾拭盡殘
妝粉

浣溪沙此首或刻歐陽永叔

漠漠輕寒上小樓曉陰無賴似窮秋淡煙流水畫屏幽自在飛花輕似夢無邊絲雨細如愁寶簾閒挂小銀鉤

又亦刻歐陽永叔

香靨凝羞一笑開柳腰如醉暖相挨日長人困下樓臺照水有情聊整鬢倚闌無緒更兜鞋眼邊牽恨懶歸來

又

霜縞同心翠黛連紅綃四角綴金錢惱人香爇是龍涎枕上忽收疑是夢燈前重看不成眠又還一段惡姻緣

又

腳上鞵兒四寸羅脣邊朱粉一櫻多見人無語但回波料得有心憐宋玉只應無奈楚襄何今生有分共伊麽

又或刻張子野

錦帳重重捲暮霞屏風曲曲鬭紅牙恨人何事苦離家枕上夢魂飛不去覺來紅日又西斜滿庭芳草襯殘花

採桑子元刻醜奴兒

夜來酒醒清無夢愁倚闌干露滴輕寒雨打芙蓉淚不乾　佳人別後音塵悄瘦盡難拚明月無端已過紅樓十二間

菩薩蠻

蟲聲泣露驚秋枕羅幃淚溼鴛鴦錦獨臥玉肌涼殘更與恨長　陰風翻翠幔雨澀燈花暗畢竟不成眠鴉啼金井寒

又時刻不載

金風簌簌驚黃葉高樓影轉銀蟾匝夢斷繡簾垂月明烏鵲飛　新愁知幾許欲似柳千絲雁已不堪聞砧聲何處村

減字木蘭花

天涯舊恨獨自淒涼人不問欲見回腸斷盡金爐小篆香　黛蛾長斂任是東風吹不轉困倚危樓過盡飛鴻字字愁

好事近夢中作

春路雨添花花動一山春色行到小溪深處有黃鸝千百　飛雲當面化龍蛇夭矯轉空碧醉臥古藤陰下了不知南北

阮郎歸

褪花新綠漸團枝撲人風絮飛鞦韆未拆水平堤落紅成地衣　遊蝶困乳鶯啼怨春春怎知日長早被酒禁持那堪更別離

又

宮腰裊裊翠鬟鬆夜堂深處逢無端銀燭殞秋風靈犀得暗通　更有限恨無窮星河沈曉空隴頭流水各西東佳期如夢中

又

瀟湘門外水平鋪月寒征棹孤紅妝飲罷少踟躕有人偷向隅　揮玉筯灑真珠梨花春雨餘人人盡道斷腸初那堪腸也無

又

湘天風雨破寒初深深庭院虛麗譙吹罷小單于迢迢清夜徂　鄉夢斷旅魂孤崢嶸歲又除衡陽猶有雁傳書郴陽和雁無

又 舊刻醉桃源另見今併入

碧天如水月如眉城頭銀漏遲綠波風動畫船移嬌羞初見時　銀燭暗翠簾垂芳心兩自知楚臺魂斷曉雲飛幽歡難再期

畫堂春

落紅鋪徑水平池弄晴小雨霏霏杏園顦顇杜鵑啼無奈春歸　柳外畫樓獨上凭闌手撚花枝放花無語對斜暉此恨誰知

又或刻山谷年十六作

東風吹柳日初長雨餘芳草斜陽杏花零亂燕泥香睡損紅妝　寶篆煙消龍鳳畫屏雲鎖瀟湘夜寒微透薄羅裳無限思量

海棠春舊刻不載

流鶯窗外啼聲巧睡未足把人驚覺翠被曉寒輕寶篆沈煙裊　宿酲未解宮娥報道別院笙歌會早試問海棠花昨夜開多少

一落索

楊花終日飛舞奈久長難駐海潮雖是暫時來却有箇堪憑處　紫府碧雲爲路好相將歸去肯如薄倖五更風不解與花爲主

虞美人影

秦樓深鎖薄情種清夜悠悠誰共羞見枕衾鴛鳳悶即和衣擁　無端畫角嚴城動驚破一番新夢窗外月華霜重聽徹梅花弄

又 時刻不載

碧紗影弄東風曉一夜海棠開了枝上數聲啼鳥妝點知多少　妒雲恨雨腰肢裊眉黛不堪重掃薄倖不來春老羞帶宜男草

迎春樂

菖蒲葉葉知多少惟有箇蜂兒妙雨晴紅粉齊開了露一點嬌黃小　早是被曉風力暴更春共斜陽俱老怎得花香深處作箇蜂兒抱 花香原作香香恐是當時語

南歌子 贈陶心兒

玉漏迢迢盡銀潢淡淡橫夢回宿酒未全醒已被鄰雞催起怕天明　臂上妝猶在襟閒淚尚盈水邊燈火漸人行天外一鉤殘月帶三星

又

愁鬢香雲墜嬌眸冰玉裁月屏風幌爲誰開天外不知音耗百般猜　玉露沾庭砌金風動琯灰相看有似夢初回只恐又拋人去幾時來

又

香墨彎彎畫燕脂淡淡勻揉藍衫子杏黃裙獨倚玉闌無語點檀脣　人去空流水花飛半掩門亂山何

處見行雲又是一鉤新月照黃昏

品令

幸自得一分索强教人難喫好好地惡了十來日恰而今較些不 須管啜持教笑又也何須肐織衠倚賴臉兒得人惜放輭頑道不得

又

掉又臞天然箇品格於中壓一 簾兒下時把鞵兒踢語低低笑咭咭 每每秦樓相見見了無限憐惜人前强不欲相沾識把不定臉兒赤

玉樓春

秋容老盡芙蓉院草上霜花匀似翦西樓促坐酒杯深風壓繡簾香不捲 玉纖慵整銀箏雁紅袖時籠金鴨暖歲華一任委西風獨有春紅留醉臉

鵲橋仙

纖雲弄巧飛星傳恨銀漢迢迢暗度金風玉露一相逢便勝却人間無數 柔情似水佳期如夢忍顧鵲橋歸路兩情若是久長時又豈在朝朝暮暮

虞美人

高城望斷塵如霧不見聯驂處夕陽村外小灣頭只有柳花無數送歸舟 瓊枝玉樹頻相見只恨離人

遠欲將幽恨寄青樓爭奈無情江水不西流

又

碧桃天上栽和露不是凡花數亂山深處水縈洄可惜一枝如畫爲誰開　輕寒細雨情何限不道春難管爲君沈醉又何妨衹怕酒醒時候斷人腸

又

行行信馬橫塘畔煙水秋平岸綠荷多少斜陽中知爲阿誰凝恨背西風　紅妝艇子來何處蕩槳偷相顧鴛鴦驚起不無愁柳外一雙飛去却回頭

南鄉子

妙手寫徽真水翦雙眸點絳脣疑是昔年窺宋玉東鄰只露牆頭一半身　往事已酸辛誰記當年翠黛顰盡道有些堪恨處無情任是無情也動人

踏莎行　郴州旅舍

霧失樓臺月迷津渡桃源望斷無尋處可堪孤館閉春寒杜鵑聲裏斜陽暮　驛寄梅花魚傳尺素砌成此恨無重數郴江幸自繞郴山爲誰流下瀟湘去　坡翁絕愛此詞尾兩句自書于扇云少游已矣雖萬人何贖　釋天隱註三體唐詩謂此二句實自沅湘日夜東流去不爲愁人住少時變化然郴之岀彼泉水亦

流于淇已有此意秦公蓋出諸此又王直方詩話載黃山谷惜此詞斜陽暮意重欲易之未得其字今郴誌遂作斜陽度愚謂此亦何害而病其重也李太白詩睠彼落日暮即斜陽暮也劉禹錫烏衣巷口夕陽斜杜工部山木蒼蒼落日曛皆此意別如韓文公紀夢詩中有一人壯非少石鼓歌安置妥帖平不頗之類尤多豈可亦謂之重耶山谷當無此言即誠出山谷亦豈足爲定論耶

臨江仙

千里瀟湘挼藍浦蘭橈昔日曾經月高風定露華清微波澄不動冷浸一天星　獨倚危樓情悄悄遙聞妃瑟泠泠新聲含盡古今情曲終人不見江上數峯青

又

髻子偎人嬌不整眼兒失睡微重尋思模樣早心忪斷腸攜手處何事太怱怱　不忍殘紅猶在臂翻疑夢裏相逢遙憐南埭上孤篷夕陽流水紅滿淚痕中

蝶戀花

曉日窺軒雙燕語似與佳人共惜春將暮屈指豔陽都幾許可無時霎閒風雨　流水落花無問處只有

飛雲冉冉來還去持酒勸雲雲且住憑君礙斷春歸路

河傳

亂花飛絮又望空鬭合離人愁苦那更夜來一霎薄情風雨暗掩將春色去　籬枯壁盡因誰做若說相思佛也眉兒聚莫怪爲伊抵死縈腸惹肚爲沒教人恨處

又

恨眉醉眼甚輕輕覷著神魂迷亂常記那回小曲闌干西畔鬢雲鬆羅襪剗　丁香笑吐嬌無限語軟聲低道我何曾慣雲雨未諧早被東風吹散瘦煞人天不管

江城子

西城楊柳弄春柔動離憂淚難收猶記多情曾爲繫歸舟碧野朱橋當日事人不見水空流　韶華不爲少年留恨悠悠幾時休飛絮落花時候一登樓便做春江都是淚流不盡許多愁

又

南來飛燕北歸鴻偶相逢慘愁容綠鬢朱顏重見兩衰翁別後悠悠君莫問無限事不言中　小槽春酒

滴珠紅莫匆匆滿金鍾飲散落花流水各西東後會不知何處是煙浪遠暮雲重

又

棗花金釧約柔荑昔曾攜事難期咫尺玉顏和淚鎖金閨恰似小園桃與李雖同處不同枝　玉笙初度顫鸞篦落花飛爲誰吹月冷風高此恨只天知任是行人無定處重相見是何時

千秋歲　謫虔州日作

水邊沙外城郭春寒退花影亂鶯聲碎飄零疎酒盞離別寬衣帶人不見碧雲暮合空相對　憶昔西池會鵷鷺同飛蓋攜手處今誰在日邊清夢斷鏡裏朱顏改春去也飛紅萬點愁如海

一叢花

年時今夜見師師雙頰酒紅滋疎簾半捲微燈外露華上煙裊涼颸簪髻亂拋偎人不起彈淚唱新詞　佳期誰料久參差愁緒暗縈絲想應妙舞清歌罷又還對秋色嗟咨惟有畫樓當時明月兩處照相思

促拍滿路花　一無促拍二字

露顆添花色月彩投窗隙春思如中酒恨無力洞房咫尺曾寄青鸞翼雲散無蹤跡羅帳熏殘夢回無處

尋覓　輕紅膩白步步熏蘭澤約腕金環重宜裝飾
未知安否　一向無消息不似尋常憶憶後教人片時
存濟不得

滿園花

一向沈吟久淚珠盈襟袖我當初不合苦擱就慣縱
得輭頑見底心先有行待癡心守甚捻著脈子倒把
人來僝僽　近日來非常羅皁醜佛也須眉皺怎掩
得衆人口待收了孛羅罷了從來斗從今後休道共
我夢見也不能得勾

八六子　春怨

倚危亭恨如芳草淒淒剗盡還生念柳外青驄別後
水邊紅袂分時愴然暗驚　無端天與娉婷夜月一
簾幽夢春風十里柔情怎奈何歡娛漸隨流水素絃
聲斷翠綃香減那堪片片飛花弄晚濛濛殘雨籠晴
正銷凝黃鸝又啼數聲

夢揚州

晚雲收正柳塘煙雨初休燕子未歸惻惻輕寒如秋
小欄外東風輭透繡幃花密香稠江南遠人何處鷓
鴣啼破春愁　長記曾陪燕遊酬妙舞清歌麗錦纏
頭殢酒困花十載因誰淹留醉鞭拂面歸來晚望翠

樓簾捲金鉤佳會阻離情正亂頻夢揚州

滿庭芳

山抹微雲天粘衰草畫角聲斷譙門暫停征棹聊共引離尊多少蓬萊舊事空回首煙靄紛紛斜陽外寒鴉數點流水繞孤村　消魂當此際香囊暗解羅帶輕分漫贏得青樓薄倖名存此去何時見也襟袖上空染啼痕傷情處高城望斷燈火已黃昏天粘衰草

今本改粘作連非也韓文洞庭漫汗粘天無壁張祜詩草色粘天鶗鴂恨山谷詩遠水粘天吞釣舟邵博詩平浪勢粘天趙文昇詞玉關芳草粘天碧嚴次山詞粘雲紅影傷千古葉夢得詞浪粘天蒲桃漲綠劉行簡詞山翠欲粘天劉叔安詞暮煙細草粘天遠粘字極工且有出處若作連天是小兒之語也

又

紅蓼花繁黃蘆葉亂夜深玉露初零霽天空闊雲淡楚江清獨棹孤篷小艇悠悠過煙渚沙汀金鉤細絲綸慢捲牽動一潭星　時時橫短笛清風皓月相與忘形任人笑生涯泛梗飄萍飲罷不妨醉臥塵勞事有耳誰聽江風靜日高未起枕上酒微醒

又

碧水驚秋黃雲凝暮敗葉零亂空堦洞房人靜斜月照徘徊又是重陽近也幾處處砧杵聲催西窗下風搖翠竹疑是故人來　傷懷增悵望新懽易失往事難猜問籬邊黃菊知爲誰開謾道愁須殢酒酒未醒愁已先回憑闌久金波漸轉白露點蒼苔

又詠茶○或刻黃山谷

北苑研膏方圭圓璧萬里名動京關碎身粉骨功合上淩煙尊俎風流戰勝降春睡開拓愁邊纖纖捧香泉濺乳金縷鷓鴣斑　相如方病酒一觴一詠賓友羣賢爲扶起燈前醉玉頹山搜攪胸中萬卷還傾動三峽詞源歸來晚文君未寢相對小妝殘

又向誤王觀

晚色雲開春隨人意驟雨方過還晴高臺芳樹飛燕蹴紅英舞困榆錢自落鞦韆外綠水橋平東風裏朱門映柳低按小秦箏　多情行樂處珠鈿翠蓋玉轡紅纓漸酒空金榼花困蓬瀛豆蔻梢頭舊恨十年夢屈指堪驚凭闌久疎煙淡日寂寞下蕪城今本誤作晚兎雲開不通維揚張紞刻詩餘譜以意改兎作見亦非按花菴詞選作晚色雲開今從之

又茶詞

雅燕飛觴清談揮麈使君高會羣賢密雲雙鳳初破縷金團窗外爐煙似動開尊試一品奔泉輕淘起香生玉乳雪濺紫甌圓　嬌鬟宜美盼雙擎翠袖穩步紅蓮坐中客翻愁酒醒歌闌點上紗籠畫燭花驄弄月影當軒頻相顧餘歡未盡欲去且留連

雨中花慢

點指虛無征路醉乘斑虬遠訪西極見天風吹落滿空寒皇女明星迎笑何苦自淹塵域正火輪飛上霧捲煙開洞觀金碧　重重觀閣橫枕鼇峯水面倒銜蒼石隨處有奇香幽火杳然難測好是蟠桃熟後阿環偷報消息在天碧海一枝難遇占取春色

長相思

鐵甕城高蒜山渡闊干雲十二層樓開尊待月掩箔披風依然燈火揚州綺陌南頭記歌名宛轉鄉號溫柔曲檻俯清流想花陰誰繫蘭舟　念凄絕秦絃感深荊賦相望幾許凝愁勤勤裁尺素奈雙魚難渡瓜洲曉鑒堪羞潘鬢點吳霜漸稠幸于飛鴛鴦未老不

水龍吟 贈妓樓東玉

小樓連苑橫空下窺繡轂雕鞍驟疎簾半捲單衣初試清明時候破暖輕風弄晴微雨欲無還有賣花聲

過盡斜陽院落紅成陣飛鴛甃　玉佩丁東別後悵
佳期參差難又名韁利鎖天還知道和天也瘦花下
重門柳邊深巷不堪回首念多情但有當時皓月照
人依舊

鼓笛慢

亂花叢裏曾攜手窮豔景迷歡賞到如今誰把雕鞍
鎖定阻遊人來往好夢隨春遠從前事不堪思想念
香閨正杳佳歡未偶難留戀空惆悵　永夜嬋娟未
滿嘆玉樓幾時重上那堪萬里却尋歸路指陽關孤
唱苦恨東流水桃源路欲回雙槳仗何人細與叮嚀
問呵我如今怎向

望海潮　廣陵懷古

星分牛斗疆連淮海揚州萬井提封花發路香鶯啼
人起朱簾十里春風豪俊氣如虹曳照春金紫飛蓋
相從巷入垂楊畫橋南北翠煙中　追思故國繁雄
有迷樓挂斗月觀橫空紋錦製帆明珠濺雨寧論雀
馬魚龍往事逐孤鴻但亂雲流水縈帶離宮最好揮
毫萬字一飲拚千鍾

又　越州懷古

秦峯蒼翠耶溪瀟灑千巖萬壑爭流鴛瓦雉城譙門

畫戟蓬萊燕閣三休天際識歸舟汎五湖煙月西子同遊茂草荒臺苧羅村冷起閒愁　何人覽古凝眸悵朱顏易失翠被難留梅市舊書蘭亭古墨依稀風韻生秋狂客鑑湖頭有百年臺沼終日夷猶最好金龜換酒相與醉滄洲

又 洛陽懷古

梅英疎淡冰澌溶洩東風暗換年華金谷俊遊銅駝巷陌新晴細履平沙長記誤隨車正絮翻蝶舞芳思交加柳下桃蹊亂分春色到人家　西園夜飲鳴笳有華燈礙月飛蓋妨花蘭苑未空行人漸老重來是事堪嗟煙暝酒旗斜但倚樓極目時見棲鴉無奈歸心暗隨流水到天涯

又 別意

奴如飛絮郎如流水相沾便肯相隨微月戶庭殘燈簾幕匆匆共惜佳期纔話暫分攜早抱人嬌咽雙淚紅垂畫舸難停翠幃輕別兩依依　別來怎表相思有分香帕子合數松兒紅粉脆痕青牋嫩約丁寧莫遣人知成病也因誰更自言秋杪親去無疑但恐生時注著合有分于飛

風流子 初春

東風吹碧草年華換行客老滄洲見梅吐舊英柳搖新綠惱人春色還上枝頭寸心亂北隨雲黯黯東逐水悠悠斜日半山暝煙兩岸數聲橫笛一葉扁舟青門同攜手前歡記渾似夢裏揚州誰念斷腸南陌回首西樓算天長地久有時有盡奈何綿綿此恨無休擬待倩人說與生怕人愁

沁園春　春思

宿靄迷空膩雲籠日晝景漸長正蘭皋泥潤誰家燕喜蜜脾香少觸處蜂忙盡日無人簾幕挂更風遞遊絲時過牆微雨後有桃愁杏怨紅淚淋浪　風流寸心易感但依依佇立回盡柔腸念小奩瑤鑑重勻絳蠟玉籠金斗時熨沈香柳下相將遊冶處便回首青樓成異鄉相憶事縱蠻牋萬疊難寫微茫

□□□少游謫藤州一日醉野人家作此詞本集不載見于地志或不識舀字妄改可笑

喚起一聲人悄衾冷夢寒窗曉瘴雨過海棠開春色又添多少　社甕釀成微笑半缺椰瓢共舀覺傾倒急投牀醉鄉廣大人間小

鷓鴣天　舊刻逸

枝上流鶯和淚聞新啼痕間舊啼痕一春魚鳥無消

息千里關山勞夢魂　無一語對芳尊安排腸斷到黃昏甫能炙得燈兒了雨打梨花深閉門

淮海詞

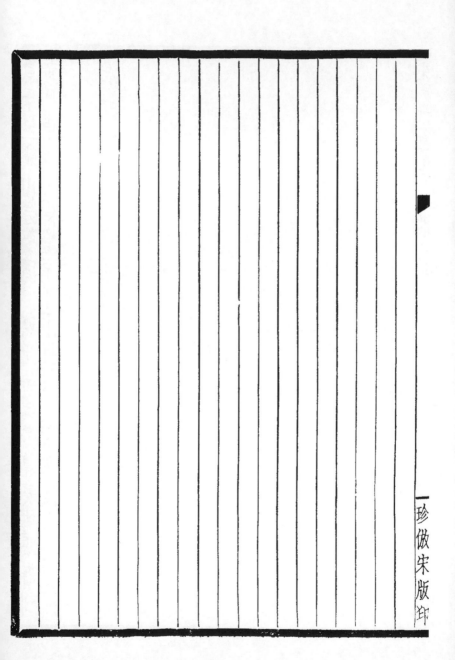

晁氏曰今代詞手惟秦七黃九或謂詞尚綺豔山谷特瘦健似非秦比朝溪子謂少游歌詞當在東坡上但少游性不耐聚稿間有淫章醉句輒散落青帘紅袖間雖流播舌眼從無的本余既訂譌搜逸共得八十七調集爲一卷亦未敢曰無闕遺也古虞毛晉記

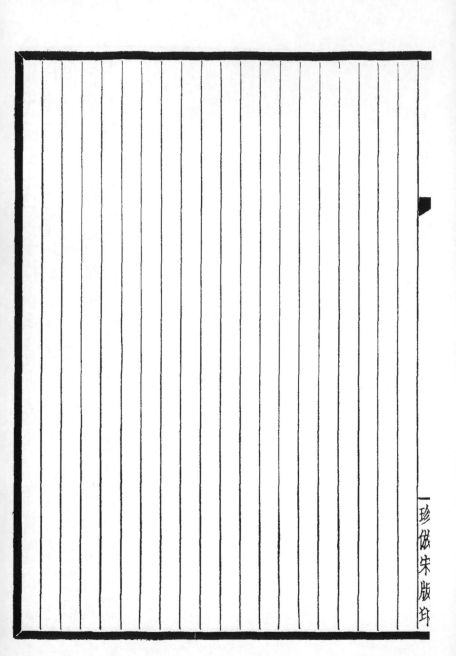

小山詞

目錄

小山詞目錄

小山詞

宋　晏幾道

臨江仙

鬬草階前初見穿鍼樓上曾逢羅裙香露玉釵風靚妝眉沁綠羞豔粉生紅　流水便隨春遠行雲終與誰同酒醒長恨錦屏空相尋夢裏路飛雨落花中

又

身外閒愁空滿眼中歡事常稀明年應賦送君詩細從今夜數相會幾多時　淺酒欲邀誰勸深情唯有君知東溪春近好同歸柳垂江上影梅謝雪中枝

又

淡水三年歡意危絃幾夜離情曉霜紅葉舞歸程客情今古道秋夢短長亭　綠酒尊前清淚陽關疊裏離聲少陵詩思舊才名雲鴻相約處煙霧九重城

又

淺淺餘寒春半雪銷蕙草初長煙迷柳岸舊池塘風吹梅蕊閙雨細杏花香　月墮枝頭懽意從前虛夢高唐覺來何處放思量如今不是夢真箇到伊行

又

長愛碧闌干影芙蓉秋水開時臉紅凝露學嬌啼霞

觴熏冷豔雲髻裊纖枝　煙雨依前時候霜叢如舊芳菲與誰同醉采香歸去年花下客今似蝶分飛

又

旖旎仙花解語輕盈春柳能眠玉樓深處綺窗前夢回芳草夜歌罷落梅天　沈水濃熏繡被流霞淺酌金船綠嬌紅小正堪憐莫如雲易散須似月頻圓

又

夢後樓臺高鎖酒醒簾幕低垂去年春恨卻來時落花人獨立微雨燕雙飛　記得小蘋初見兩重心字羅衣琵琶絃上說相思當時明月在曾照彩雲歸

又

東野亡來無麗句于君去後少交親追思往事好沾巾白頭王建在猶見詠詩人　學道深山空自老留名千載不干身酒筵歌席莫辭頻爭如南陌上占取一年春

蝶戀花

卷絮風頭寒欲盡墜粉飄紅日日香成陣新酒又添殘酒困今春不減前春恨　蝶去鶯飛無處問隔水高樓望斷雙魚信惱亂層波橫一寸斜陽只與黃昏近

又

初撚霜紈生悵望隔葉鶯聲似學秦娥唱午睡醒來慵一餉雙紋翠簟鋪寒浪　雨罷蘋風吹碧漲脈脈荷花淚臉紅相向斜貼綠雲新月上彎環正是愁眉樣

又

庭院碧苔紅葉徧金菊開時已近登高宴日日露荷凋綠扇粉塘煙水澄如練　試倚涼風醒酒面雁字來時恰向層樓見幾點護霜雲影轉誰家蘆管吹秋怨

又

喜鵲橋成催鳳駕天為歡遲乞與初涼夜乞巧雙蛾加意畫玉鉤斜傍西南掛　分鈿擘釵涼葉下香袖凭肩誰記當時話路隔銀河猶可借世間離恨何年罷

又

碧草池塘春又晚小葉風嬌尚學娥妝淺雙燕來時還念遠珠簾繡戶楊花滿　綠柱頻移絃易斷細看秦箏正似人情短一曲啼烏心緒亂紅顏暗與流年換

又

碾玉釵頭雙鳳小倒暈工夫畫得宮眉巧嫩麴□□羣勝□□鴛鴦繡字春衫好　三月露桃春意早細看花枝人面爭多少水調聲長歌未了掌中杯盡東池曉

又

醉別西樓醒不記春夢秋雲聚散真容易斜月半窗還少睡畫屏閑展吳山翠　衣上酒痕詩裏字點點行行總是淒涼意紅燭自憐無好計夜寒空替人垂淚

又

欲減羅衣寒未去不卷珠簾人在深深處殘杏枝頭花幾許啼紅正恨清明雨　盡日沈香煙一縷宿酒醒遲惱破春情緒遠信還因歸燕誤小屏風上西江路

又

千葉早梅誇百媚笑面淩寒內樣妝先試月臉冰肌香細膩風流新稱東君意　一稔年光春有味江北江南更有誰相比橫玉聲中吹滿地好枝長恨無人寄

又

金翦刀頭芳意動綵蕊開時不怕朝寒重晴雪半消花鬔鬆曉妝呵盡香酥凍　十二樓中雙翠鳳緲緲歌聲記得江南弄醉舞春風誰可共秦雲已有鴛屏夢

又

笑豔秋蓮生綠浦紅臉青腰舊識凌波女照影弄妝嬌欲語西風豈是繁華主　可恨良辰天不與纔過斜陽又值黃昏雨朝落暮開空自許竟無人解知心苦

又

碧落秋風吹玉樹翠節紅旌晚過銀河路休笑星機停弄杼鳳帷已在雲深處　樓上金鍼穿繡縷誰管天邊隔歲分飛苦試等夜闌尋別緒淚痕千點羅衣露

又

碧玉高樓臨水住紅杏開時花底曾相遇一曲陽春春已暮曉鶯聲斷朝雲去　遠水來從樓下路過盡流波未得魚中素月細風尖垂柳渡夢魂長在分襟處

又

夢入江南煙水路行盡江南不與離人遇睡裏銷魂無說處覺來惆悵銷魂誤　欲盡此情書尺素浮雁沈魚終了無憑據卻倚緩絃歌別緒斷腸移破秦箏柱

又

黃菊開時傷聚散曾記花前共說深深願重見金英人未見相思一夜天涯遠　羅袖同心閑結徧帶易成雙人恨成雙晚欲寫彩箋書別怨淚痕早已先書滿

鷓鴣天

彩袖殷勤捧玉鍾當年拚卻醉顏紅舞低楊葉樓心月歌盡桃花扇影風　從別後憶相逢幾回魂夢與君同今宵剩把銀釭照猶恐相逢是夢中

又

一醉醒來春又殘野棠梨雨淚闌干玉笙聲裏鸞空怨羅幕香中燕未還　終易散且長閑莫教離恨損朱顏誰堪共展鴛鴦錦同過西樓此夜寒

又

梅蕊新妝桂葉眉小蓮風韻出瑤池雲隨綠水歌聲

轉雪繞紅綃舞袖垂　傷別易恨歡遲惜無紅錦爲裁詩行人莫便銷魂去漢渚星橋尚有期

又

守得蓮開結伴遊約開萍葉上蘭舟來時浦口雲隨棹採罷江邊月滿樓　花不語水空流年年判得爲花愁明朝萬一西風勁爭尚朱顔不奈秋

又

鬬鴨池南夜不歸酒闌紈扇有新瀉雲隨碧玉歌聲轉雪繞紅綃舞袖回　今感舊欲沾衣可憐人似水東西回頭滿眼淒涼事秋月春風豈得知

又

當日佳期鵲誤傳至今猶作斷腸仙橋成漢渚星波外人在鸞歌鳳舞前　歡盡夜別經年別多歡少奈何天情知此會無長計咫尺涼蟾亦未圓

又

題破香箋小研紅詩多遠寄舊相逢西樓酒面垂垂雪南苑春衫細細風　花不盡柳無窮別來歡事少人同憑誰問取歸雲信今在巫山第幾峯

又

清潁尊前酒滿衣十年風月舊相知憑誰細話當時

事腸斷山長水遠詩　金鳳闕玉龍墀看君來換錦袍時姮娥已有殷勤約留著蟾宮第一枝

又

醉拍春衫惜舊香天將離恨惱疎狂年年陌上生秋草日日樓中到夕陽　雲渺渺水茫茫征人歸路許多長相思本是無憑語莫向花箋費淚行

又

小令尊前見玉簫銀燈一曲太妖嬈歌中醉倒誰能恨唱罷歸來酒未消　春悄悄夜迢迢碧雲天共楚宮腰夢魂慣得無拘檢又踏楊花過謝橋

又

楚女腰肢越女顋粉圓雙蕊髻中開朱絃曲怨愁春盡淥酒杯寒記夜來　新擲果舊分釵冶遊音信隔章臺花閒錦字空頻寄月底金鞍竟未回

又

十里樓臺倚翠微百花深處杜鵑啼殷勤自與行人語不似流鶯取次飛　驚夢覺弄晴時聲聲只道不如歸天涯豈是無歸意爭奈歸期未可期

又

陌上濛濛殘絮飛杜鵑花裏杜鵑啼年年底事不歸

去怨月愁煙長爲誰　梅雨細曉風微倚樓人聽欲
沾衣故園三度羣花謝曼倩天涯猶未歸

又

曉日迎長歲歲同太平簫鼓閒歌鍾雲高未有前村
雪梅小初開昨夜風　羅幕翠錦筵紅釵頭羅勝寫
宜冬從今屈指春期近莫使金尊對月空

又

小玉樓中月上時夜來唯許月華知重簾有意藏私
語雙燭無端惱暗期　傷別易恨歡遲歸來何處驗
相思沈郎春雪愁銷臂謝女香膏懶畫眉

又

手撚香箋意小蓮欲將遺恨倩誰傳歸來獨臥逍遙
夜夢裏相逢酩酊天　花易落月難圓只應花月似
歡緣秦箏若有心情在試寫離聲入舊絃

又

九日悲秋不到心鳳城歌管有新音風凋碧柳愁眉
淡露染黃花笑靨深　初見雁已聞砧綺羅叢裏勝
登臨須交月戶纖纖玉細捧霞觴灩灩金

又

碧藕花開水殿涼萬年枝外轉紅陽昇平歌管隨天

仗祥瑞封章滿御牀　金掌露玉爐香歲華方共聖
恩長皇洲又奏圜扉靜十樣宮眉捧壽觴

又

綠橘梢頭幾點春似留香蕊送行人明朝紫鳳朝天
路十二重城五碧雲　歌漸咽酒初醺盡將紅淚溼
湘裙贛江西畔從今日明月清風憶使君

生查子

金鞍美少年去躍青驄馬牽繫玉樓人繡被春寒夜
消息未歸來寒食梨花謝無處說相思背面鞦韆
下

又

輕勻兩臉花淡掃雙眉柳會寫彩箋時學弄朱絃後
今春玉釧寬昨夜羅裙皺無計奈情何且醉金杯
酒

又

關山魂夢長魚雁音塵少兩鬢可憐青只爲相思老
歸傍碧紗窗說與人人道真箇別離難不似相逢
好

又

墜雨已辭雲流水難歸浦遺恨幾時休心抵秋蓮苦

忍淚不能歌試托哀絃語絃語願相逢知有相逢否

又

一分殘酒霞兩點愁蛾暈羅幕夜猶寒玉枕春先困心情翦綵慵時節燒燈近見少別離多還有人堪恨

又

輕輕製舞衣小小裁歌扇三月柳濃時又向津亭見垂淚送行人溼破紅妝面玉指袖中彈一曲清商怨

又

紅塵陌上遊碧柳隄邊住纔趁彩雲來又逐飛花去深深美酒家曲曲幽香路風月有情時總是相逢處

又

長恨涉江遙移近溪頭住閒蕩木蘭舟臥入雙鴛浦無端輕薄雲暗作廉纖雨翠袖不勝寒欲向荷花語

又

遠山眉黛長細柳腰肢裊妝罷立春風一笑千金少

歸去鳳城時說與青樓道徧看潁川花不似師師好

又

落梅亭榭香芳草池塘綠春恨最關情月過闌干曲幾時花裏閒看得花枝足醉後莫思家借取師師宿

又

狂花頃刻香晚蝶纏綿意天與短因緣聚散常容易傳唱入離聲惱亂雙蛾翠游子不堪聞正是衷腸事

又

官身幾日閒世事何時足君貌不長紅我鬢無重綠榴花滿盞香金縷多情曲且盡眼中歡莫嘆時光促

又

春從何處歸試向溪邊問岸柳弄嬌黃隴麥回青潤多情美少年屈指芳菲近誰寄嶺頭梅來報江南信

南鄉子

淥水帶青潮水上朱闌小渡橋橋上女兒雙笑靨妖

嬈倚著闌干弄柳條　月夜落花朝減字偷聲按玉簫柳外行人回首處迢迢若此銀河路更遙

又

小蕊愛春風日日宮花花樹中恰向柳綿撩亂處相逢笑靨旁邊心字濃　歸路草茸茸家在秦樓更近東醒去醉來無限事誰同說著西池滿面紅

又

花落未須悲紅蕊明年又滿枝唯有花間人別後無期水闊山長雁字遲　今日最相思記得攀條話別離共說春來春去事多時一點愁心入翠眉

又

何處別時難玉指偷將粉淚彈記得來時樓上燭初殘待得清霜滿畫闌　不慣獨眠寒自解羅衣襯枕檀百媚也應愁不睡更闌惱亂心情半被閒

又

畫鴨懶熏香繡茵猶展舊鴛鴦不似同衾愁易曉空牀細剔銀燈怨漏長　幾夜月波涼夢魂隨月到蘭房殘睡覺來人又遠難忘更是無情也斷腸

又

眼約也應虛昨夜歸來鳳枕孤且據如今情分裏相

期只恐多時不似初　深意託雙魚小翦蠻箋細字書更把此情重問得何如共結因緣久遠無

又

新月又如眉長笛誰教月下吹樓倚暮雲初見雁南飛漫道行人雁後歸　意欲夢佳期夢裏關山路不知卻待短書來破恨應遲還是涼生玉枕時

清平樂

留人不住醉解蘭舟去一棹碧濤春水路過盡曉鶯啼處　渡頭楊柳青青枝枝葉葉離情此後錦書休寄畫樓雲雨無憑

又

千花百草送得春歸了拾蕊人稀紅漸少葉底杏青梅小　小瓊閒抱琵琶雪香微透輕紗正好一枝嬌豔當年獨占韶華

又

煙輕雨小紫陌香塵少謝客池塘生綠草一夜紅梅先老　旋題羅帶新詩重尋楊柳佳期強半春寒去後幾番花信來時

又

可憐嬌小掌上承恩早把鏡不知人易老欲占朱顏

常好　畫堂秋月佳期藏鉤賭酒歸遲紅燭淚前低
語綠箋花裏新詞

又

紅英落盡未有相逢信可恨流年彫綠鬢睡得春酲
欲醒　鈿箏曾醉西樓朱絃玉指梁州曲罷翠簾高
捲幾回新月如鉤

又

春雲綠處又見歸鴻去側帽風前花滿路冶葉倡條
情緒　紅樓桂酒新開曾攜翠袖同來醉弄影娥池
水短簫吹落殘梅

又

波紋碧皺曲水清明後折得疎梅香滿袖暗喜春紅
依舊　歸來紫陌東頭金釵換酒銷愁柳影深深細
路花梢小小層樓

又

西池煙草恨不尋芳早滿路落花紅不掃春色漸隨
人老　遠山眉黛嬌長清歌細逐霞觴正在十洲殘
夢水心宮殿斜陽

又

蕙心堪怨也逐春風轉丹杏牆東當日見幽會綠窗

題徧　眼中前事分明可憐如夢難憑都把舊時薄倖只消今日無情

又

么絃寫意意密絃聲碎書得鳳箋無限事猶恨春心難寄　臥聽疎雨梧桐雨餘淡月朦朧一夜夢魂何處那回楊葉樓中

又

笙歌宛轉臺上吳王宴宮女如花倚春殿舞綻縷金衣綫　酒闌畫燭低迷彩鴛驚起雙棲月底三千繡戶雲間十二瓊梯

又

暫來還去輕似風頭絮縱得相逢留不住何況相逢無處　去時略約黃昏月華卻到朱門別後幾番明月素娥應是消魂

又

雙紋彩袖笑捧金船酒嬌妙如花輕似柳勸客千春長壽　豔歌更倚疎絃有情須醉尊前恰是可憐時候玉嬌今夜初圓

又

寒催酒醒曉陌飛霜定背照畫簾殘燭影斜月光中

人靜　錦衣才子西征萬重雲水初程翠黛倚門相送鸞腸斷處離聲

又

蓮開欲徧一夜秋聲轉殘綠斷紅香片片長是西風堪怨　莫愁家住溪邊採蓮心事年年誰管水流花謝月明昨夜蘭船

又

沈思暗記幾許無憑事菊靨開殘秋少味閒卻畫闌風意　夢雲歸處難尋微涼暗入香襟猶恨那回庭院依前月淺燈深

又

鶯來燕去宋玉牆東路草草幽歡能幾度便有繫人心處　碧天秋月無端別來長照關山一點厭厭誰會依前凭暖闌干

又

心期休問只有尊前分勾引行人添別恨因是語低香近　勸人滿酌金鍾清歌唱徹還重莫道後期無定夢魂猶有相逢

玉樓春

鞦韆院落重簾暮彩筆閒來題繡戶牆頭丹杏雨餘

花門外綠楊風後絮　朝雲信斷知何處應作襄王
春夢去紫騮認得舊游蹤嘶過畫橋東畔路
又
小顰若解愁春暮一笑留春春也住晚紅初減謝池
花新翠已遮瓊苑路　湔裙曲水曾相遇挽斷羅巾
容易去啼珠彈盡又成行畢竟心情無會處
又
小蓮未解論心素狂似鈿箏絃底柱臉邊霞散酒初
醒眉上月殘人欲去　舊時家近章臺住盡日東風
吹柳絮生憎繁杏綠陰時正礙粉牆偷眼覷
又
風簾向曉寒成陣未報東風消息近試從梅蒂紫邊
尋更繞柳枝柔處問　來遲不是春無信開曉卻疑
花有恨又應添得幾分愁二十五絃彈未盡
又
念奴初唱離亭宴會作離聲勾別怨當時垂淚憶西
樓溼盡羅衫歌未徧　難逢最是身強健無定莫如
人聚散已拚歸袖醉相扶更惱香檀珍重勸
又
玉真能唱朱簾靜憶上雙蓮池上聽百分蕉葉醉如

泥卻向斷腸聲裏醒　夜涼水月鋪明鏡更看嬌花
閒弄影曲終人意似流波休問心期何處定

又

阿茸十五腰肢好天與懷春風味早畫眉勻臉不知
愁嚲酒熏香偏稱小　東城楊柳西城草會合花期
如意少思量心事薄輕雲綠鏡臺前還自笑

又　已上舊另刻木蘭花今改調同併入

初心已恨花期晚別後相思長在眼蘭衾猶有舊時
香每到夢回珠淚滿　多應不信人腸斷幾夜夜寒
誰共暖欲將恩愛結來生只恐來生緣又短

又

雕鞍好爲鶯花住占取東城南陌路儘教春思亂如
雲莫管世情輕似絮　古來都被虛名誤寧負虛名
身莫負勸君頻入醉鄉來此是無愁無恨處

又

一尊相遇春風裏詩好似君人有幾吳姬十五語如
弦能唱當時樓下水　良辰易去如彈指金盞十分
須盡意明朝三丈日高時共拚醉頭扶不起

又

瓊酥酒面風吹醒一縷斜紅臨晚鏡小顰微笑盡妖

嬈淺注輕匀長淡淨　手挼梅蕊尋香徑正是佳期
期未定春來還爲箇般愁瘦損宮腰羅帶剩

又

清歌學得秦娥似金屋瑤臺知姓字可憐春恨一生
心長帶粉痕雙袖淚　從來懶話低眉事今日新聲
誰會意坐中應有賞音人試問回腸曾斷未

又

旗亭西畔朝雲住沈水香煙長滿路柳陰分到畫眉
邊花片飛來垂手處　妝成儘任秋娘妒裊裊盈盈
當繡戶臨風一曲醉騰騰陌上行人凝恨去

又

離鸞照罷塵生鏡幾點吳霜侵綠鬢琵琶絃上語無
憑荳蔻梢頭春有信　相思拚損朱顏盡天若多情
終欲問雪窗休記夜來寒桂酒已銷人去恨

又

東風又作無情計豔粉嬌紅吹滿地碧樓簾影不遮
愁還似去年今日意　誰知錯管春殘事到處登臨
曾費淚此時金盞直須深看盡落花能幾醉

又

斑騅路與陽臺近前度無題初借問暖風鞭袖儘閒

垂微月簾櫳曾暗認　梅花未足憑芳信絃語豈堪傳素恨翠眉繞似遠山長寄興此愁顰不盡

又

紅綃學舞腰肢輭旋織舞衣宮樣染織成雲外雁行斜染作江南春水淺　露桃宮裏隨歌管一曲霓裳紅日晚歸來雙袖酒成痕小字香箋無意展

又

當年信道情無價桃葉尊前論别夜臉紅心緒學梅妝眉翠工夫如月畫　來時醉倒旗亭下知是阿誰扶上馬憶曾挑盡五更燈不記臨分多少話

又

採蓮時候慵歌舞永日閑從花裏度暗隨蘋末曉風來直待柳梢斜月去　停橈共說江頭路臨水樓臺蘇小住細思巫峽夢回時不減秦源腸斷處

又

芳年正是香英嫩天與嬌波長入鬢蕊珠宮裏舊承恩夜拂銀屏朝把鏡　雲情去住終難信花意有無休更問醉中同盡一杯歡歸後各成孤枕恨

又

輕風拂柳冰初綻細雨銷塵雲未散紅窗青鏡待妝

梅綠陌高樓催送雁　華羅歌扇金蕉醆記得尋芳
心緒慣鳳城寒盡又飛花歲歲春光常有恨

減字木蘭花

長亭晚送都似綠窗前日夢小字還家恰應紅燈昨
夜花　良時易過半鏡流年春欲破往事難忘一枕
高樓到夕陽

又

留春不住恰似年光無味處滿眼飛英彈指東風太
淺情　箏絃未穩學得新聲難破恨轉枕花前且伴
香紅一夜眠

又

長楊輦路綠滿當年攜手處試逐春風重到宮花花
樹中　芳菲繞徧今日不如前日健酒罷淒涼新恨
猶添舊恨長

洞仙歌

春殘雨過綠暗東池道玉豔藏羞媚赬笑記當時已
恨飛鏡歡疎那至此仍苦題花信少　連環情未已
物是人非月下疎梅似伊好澹秀色黯寒香粲若春
容何心顧閑花凡草但莫使情隨歲華遷便香隔秦
源也須能到

菩薩蠻

來時楊柳東橋路曲中暗有相期處明月好因緣欲圓還未圓　卻尋芳草去畫扇遮微雨飛絮莫無情閑花應笑人

又

箇人輕似低飛燕春來綺陌時相見堪恨兩橫波惱人情緒多　長留青鬢住莫放紅顏去占取豔陽天且教伊少年

又

鶯啼似作留春語花飛鬬學回風舞紅日又平西畫簾遮燕泥　煙花還自老綠境人空好香在去年衣魚箋音信稀

又

春風未放花心吐尊前不擬分明語酒色上來遲綠鬢紅杏枝　今朝眉黛淺暗恨歸時遠前夜月當樓相逢南陌頭

又

嬌香淡染胭脂雪愁春細畫彎彎月花月鏡邊人淺妝勻未成　佳期應有在試倚鞦韆待滿地落英紅萬條楊柳風

又

香蓮燭下勻丹雪妝成笑弄金階月嬌面勝芙蓉臉邊天與紅　玳筵雙揭鼓喚上華茵舞春淺未禁寒暗嫌羅袖寬

又或刻張子野

哀箏一弄湘江曲聲聲寫盡湘波綠纖指十三絃細將幽恨傳　當筵秋水慢玉柱斜飛雁彈到斷腸時春山眉黛低

又

江南未雪梅花白憶梅人是江南客猶記舊相逢淡煙微月中　玉容長有信一笑歸來近懷遠上樓時晚雲和雁低

又

相逢欲話相思苦淺情肯信相思否還恐漫相思淺情人不知　憶曾攜手處月滿窗前路長到月來時不眠猶待伊

阮郎歸

粉痕閒印玉尖纖啼紅傍曉奩舊寒新暖尚相兼梅疎待雪添　春冉冉恨厭厭章臺對卷簾箇人鞭影弄涼蟾樓前側帽簷

又

來時紅日弄窗紗春紅入睡霞去時庭樹欲棲鴉香屏掩月斜 收翠羽整妝華青驪信又差玉笙猶戀碧桃花今宵未憶家

又

舊香殘粉似當初人情恨不如一春猶有數行書秋來書更疎 衾鳳冷枕鸞孤愁腸待酒舒夢魂縱有也成虛那堪和夢無

又

天邊金掌露成霜雲隨雁字長綠杯紅袖趁重陽人情似故鄉 蘭佩紫菊簪黃殷勤理舊狂欲將沈醉換悲涼清歌莫斷腸

又

曉妝長趁景陽鐘雙蛾著意濃舞腰浮動綠雲穠櫻脣半點紅 憐美景惜芳容沈思暗記中春寒簾幕幾重重楊花盡日風

浣溪沙

二月春花厭落梅仙源歸路碧桃催渭城絲雨勸離杯 歡意似雲真薄倖客鞭搖柳正多才鳳樓人待錦書來

又

臥鴨池頭小苑開暄風吹盡北枝梅長莎輭路幾縈回靜選綠陰鶯有意漫隨遊騎絮多才去年今日憶同來

又

二月風和到碧城萬條千縷綠相迎舞煙弄日過清明妝鏡巧眉偷葉樣歌臺妍曲借枝名晚秋霜霰莫無情

又

白紵春衫楊柳鞭碧蹄驕馬杏花韉落英飛絮冶遊天南陌暖風吹舞榭東城涼月照歌筵賞心多是酒中仙

又

牀上銀屛幾點山鴨爐香過鎖窗寒小雲雙枕恨春閑惜別漫成良夜醉解愁時有翠牋還那回分袂月初殘

又

綠柳藏烏靜掩關鴨爐香細瑣窗閑那回分袂月初殘惜別漫成良夜醉解愁時有翠牋還欲尋雙葉寄情難

又

家近旗亭酒易酤花時長得醉工夫伴人歌扇懶妝梳戶外綠楊春繫馬牀頭紅燭夜呼盧相逢還解有情無

又

日日雙眉鬭畫長行雲飛絮共輕狂不將心嫁冶遊郎濺酒滴殘歌扇字弄花熏得舞衣香一春彈淚說淒涼

又 舊失題交卷末

樓上燈深欲閉門夢雲散處不留痕幾年芳草憶王孫白日闌干依舊綠試將前事倚黃昏記曾來處易銷魂

又

午醉西橋夕未醒雨花淒斷不堪聽歸時應減鬢邊青衣化客塵今古道柳含春意短長亭鳳樓爭見路旁情

又

一樣宮妝簇彩舟碧團羅扇自障羞水仙時在鏡中遊腰自細來多態度臉因紅處轉風流年年相遇綠江頭

又

已拆鞦韆不奈閒卻隨蝴蝶到花間旋尋雙葉插雲鬟幾褶湘裙煙縷細一鉤羅襪素蟾彎綠箋紅豆憶前歡

又

閒弄箏弦懶繫裙鉛華銷盡見天真眼波低處事還新悵恨不逢如意酒尋思難值有情人可憐虛度鎖窗春

又

團扇初隨碧簟收畫簾歸燕尚遲留靨朱眉翠喜清秋風意未應迷狹路燈痕猶自記高樓露花煙葉與人愁

又

翠閣朱闌倚處危夜涼閒捻彩簫吹曲中雙鳳已分飛綠酒細傾銷別恨紅箋小寫問歸期月華風意似當時

又

唱得紅梅字字香柳枝桃葉盡深藏遏雲聲裏送雕觴纔聽便拚衣袖溼欲歌先倚黛眉長曲終敲損燕釵梁

又

小杏春聲學淚仙疎梅清唱替哀絃似花如雪繞瓊筵　腮粉月痕妝罷後臉紅蓮豔酒醒前今年新調得人憐

又

銅虎分符領外臺五雲深處彩旌來春隨紅旆過長淮　千里袴襦添舊暖萬家桃李間新栽使星回首是三台

又

浦口蓮香夜不收水邊風裏欲生秋棹歌聲細不驚鷗　涼月送歸思往事落英飄去起新愁可堪題葉寄東樓

又

莫問逢春能幾回能歌能笑是多才露花猶有好枝開　綠鬢舊人皆老大紅梁新燕又歸來盡須珍重掌中杯

六幺令

綠陰春盡飛絮繞香閣晚來翠眉宮樣巧把遠山學一寸狂心未說已向橫波覺畫簾遮匝新翻曲妙暗許閒人帶偷招　前度書多隱語意淺愁難答昨夜

詩有回紋韻險還慵押都待笙歌散了記取留時霎
不消紅蠟閒雲歸後月在庭花舊闌角

又

雪殘風信悠颺春消息天涯倚樓新恨楊柳幾絲碧
還是南雲雁少錦字無端的寶釵瑤席彩絃聲裏拚
作尊前未歸客　遙想疎梅此際月底香英拆別後
誰繞前溪手揀繁枝摘莫道傷高恨遠付與臨風笛
儘堪愁寂花時往事更有多情箇人憶

又

日高春睡喚起嬾裝束年年落花時候慣得嬌眠足
學唱宮梅便好更暖銀笙逐黛蛾低綠堪教人恨卻
似江南舊時曲　常記東樓夜雪翠幕遮紅燭還是
芳酒杯中一醉光陰促曾笑陽臺夢短無計憐香玉
此歡難續乞求歌罷借取歸雲畫堂宿

更漏子

檻花稀地草徧冷落吹笙庭院人去日燕西飛燕歸
人未歸　數書期尋夢意彈指一年春事新悵望舊
悲涼不堪紅日長

又

柳間眠花裏醉不惜繡裙鋪地釵燕重鬢蟬輕一雙

梅子青　粉箋書羅袖淚還有可憐新意遮悶綠掩羞紅晚來團扇風

又

柳絲長桃葉小深院斷無人到紅日淡綠煙晴流鶯三兩聲　雪香濃檀暈少枕上臥枝花好春思重曉妝遲尋思殘夢時

又

露華高風信遠宿醉畫簾低捲梳洗倦冶遊慵綠窗春睡濃　綵條輕金縷重昨日小橋相送芳草恨落花愁去年同倚樓

又

出牆花當路柳借問芳心可否紅解笑綠能顰千般惱亂春　北來人南去客朝暮等閒攀折憐晚秀惜殘陽情知枉斷腸

又

欲論心先掩淚零落去年風味閑臥處不言時愁多只自知　到情深俱是怨惟有夢中相見猶似舊奈人禁偎人說寸心

御街行

年光正似花梢露彈指春還暮翠眉仙子望歸來倚

徧玉城珠樹豈知別後好風涼月往事無尋處　狂
情錯向紅塵住忘了瑤臺路碧桃花蕊已應開欲伴
彩雲飛去回思十載朱顏青鬢枉被浮名誤

又

街南綠樹春饒絮雪滿遊春路樹頭花豔雜嬌雲樹
底人家朱戶北樓閒上疏簾高卷直見街南樹　闌
干倚盡猶慵去幾度黃昏雨晚春盤馬踏青苔曾傍
綠陰深駐落花猶在香屏空掩人面知何處

浪淘沙

高閣對橫塘新燕年光柳花殘夢隔瀟湘綠浦歸帆
看不見還是斜陽　一笑解愁腸人會蛾妝藕絲衫
袖鬱金香曳雪牽雲留客醉且伴春狂

又

小綠間長紅露蕊煙叢花開花落昔年同惟恨花前
攜手處往事成空　山遠水重重一笑難逢已拚長
在別離中霜鬢知他從此去幾度春風

又

麗曲醉思仙十二哀絃穠蛾疊柳臉紅蓮多少雨條
煙葉恨紅淚離筵　行子惜流年鶗鴂枝邊吳隄春
水艤蘭船南去北來今漸老難負尊前

又

翠幕綺筵張淑景難忘陽關聲巧繞雕梁美酒十分誰與共玉指持觴　曉枕夢高唐略話衷腸小山池院竹風涼明夜月圓簾四捲今夜思量

訴衷情

種花人自蕊宮來牽衣問小梅今年芳意無數何似應枝開　憑寄語謝瑤臺客無才粉香傳信玉盞開筵莫待春回

又

淨揩妝臉淺勻眉衫子素梅兒方無心緒梳洗閒淡也相宜　雲態度柳腰肢入相思夜來月底今日尊前未當佳期

又

諸蓮霜曉墜殘紅依約舊秋同玉人團扇恩淺一意恨西風　雲去住月朦朧夜寒濃此時還是淚墨書成未有歸鴻

又

憑觴靜憶去年秋桐落故溪頭詩成自寫紅葉和恨向東流　人脈脈水悠悠幾多愁雁書不到蝶夢無憑漫倚高樓

又

小梅風韻最妖嬈開處雪初消南枝欲附春信長恨隴人遙　閒記憶舊江臯路迢迢暗香浮動疎影橫斜幾處溪橋

又

長因蕙草記羅裙綠腰沈水熏闌干曲處人靜曾共倚黃昏　風有韻月無痕暗消魂擬將幽恨試寫殘花寄與朝雲

又

御紗新製石榴裙沈香慢火熏越羅雙帶宮樣飛鸞碧波紋　隨錦字疊香芸寄文君繫來花下解向尊前誰伴朝雲

又

都人離恨滿歌筵清唱倚危絃星屏別後千里重見是何年　驄騎穩繡衣鮮欲朝天北人歡笑南國悲涼迎送金鞭

碧牡丹

翠袖疎紈扇涼葉催歸燕一夜西風幾處傷高懷遠細菊枝頭開嫩香還徧月痕依舊庭院事何限　悵望秋意晚離人鬢華將換靜憶天涯路比此情猶短

試約鸞箋傳素期良願南雲應有新雁

望僊樓

小春花信日邊來未上江梅先拆今歲東君消息還自南枝得　素衣染盡天香玉酒添成團色一自故溪疎隔腸斷長相憶

行香子

晚綠寒紅芳意匆匆惜年華今與誰同碧雲零落數字征鴻看渚蓮凋宮扇舊怨秋風　流波墜葉佳期何在想天教離恨無窮試將前事閑倚梧桐有銷魂處明月夜粉屏空

點絳脣

花信來時恨無人似花依舊又成春瘦折斷門前柳　天與多情不與長相守分飛後淚痕和酒沾了雙羅袖

又

明月征鞭又將南陌垂楊折自憐輕別拚得音塵絕　杏子枝邊倚徧闌干月依前缺去年時節舊事無人說

又

碧水東流漫題涼華津頭寄謝娘春意臨水顰雙翠

日日驪歌空費行人淚成何計未知濃醉閒掩紅樓睡

又

妝席相逢旋勻紅淚歌金縷意中曾許欲共吹花去長愛荷香柳色殷橋路留人住淡煙微雨好箇雙棲處

又

湖上西風露花啼處秋香老謝家春草唱得清商好笑倚蘭舟轉盡新聲了煙波渺暮雲稀少一點涼蟾小

少年遊

綠勾闌伴黃昏淡月攜手對殘紅紗窗影裏朦朧春睡繫杏小屏風 須愁別後天高海闊何處更相逢幸有花前一杯芳酒歸計莫匆匆

又

西溪丹杏波前媚臉珠露與深勻南橋翠柳煙中愁黛絲雨惱嬌顰 常年此處聞歌殢酒曾對可憐人今夜相思水長山遠閒臥送殘春

又

離多最是東西流水終解兩相逢淺情終似行雲無

定猶到夢魂中　可憐人意薄于雲水佳會更難重
細想從來斷腸多處不與這番同

又

西樓別後風高露冷無奈月分明飛鴻影裏搗衣砧
外總是玉關情　王孫此際山重水遠何處賦西征
金閨魂夢枉叮嚀尋盡短長亭

又

雕梁燕去裁詩寄遠庭院舊風流黃花醉了碧梧題
罷閒臥對高秋　繁雲破後分明素月涼影掛金鉤
有人凝澹倚西樓新樣兩眉愁

虞美人

閒敲玉鐙隨隄路一笑開朱戶素雲凝澹月嬋娟門
外鴨頭春水木蘭船　吹花拾蕊嬉游慣天與相逢
晚一聲長笛倚樓時應恨不題紅葉寄相思

又

飛花自有牽情處不向枝邊墜隨風飄蕩已堪愁更
伴東流流水過秦樓　樓中翠黛含春怨閒倚闌干
偏自彈雙淚惜香紅暗恨玉顏光景與花同

又

曲闌干外天如水昨夜還曾倚初將明月比佳期長

向月圓時候望人歸　羅衣著破前香在舊意誰教
改一春離恨懶調絃猶有兩行閑淚寶箏前

又

疎梅月下歌金縷憶共文君語更誰情淺似春風一
夜滿枝新綠替殘紅　蘋香已有蓮開信兩槳佳期
近採蓮時節定來無醉後滿身花影倩人扶

又

玉簫吹徧煙花路小謝經年去更教誰畫遠山眉又
是陌頭風細惱人時　時光不解年年好葉上秋聲
早可憐蝴蝶易分飛只有杏梁雙燕每來歸

又

秋風不似春風好一夜金英老更誰來凭曲闌干唯
有雁邊斜月照關山　雙星舊約年年在笑盡人情
改有期無定是無期說與小雲新恨也低眉

又

小梅枝上東君信雪後花期近南枝開盡北枝開長
被隴頭遊子寄春來　年年衣袖年年淚堪爲今朝
意問誰同是憶花人賺得小鳴眉黛也低顰

又

溼紅箋紙回紋字多少柔腸事去年雙燕欲歸時還

是碧雲千里錦書遲　南樓風月長依舊別恨無端
有倩誰橫笛倚危闌今夜落梅聲裏怨關山

又

一絃彈盡仙韶樂曾破千金學玉樓銀燭夜深深愁
見曲中雙淚落千金　從來不奈離聲怨幾度朱絃
斷未知誰解賞新音長是好風明月暗知心

採桑子

鞦韆散後朦朧月滿院人閑幾處雕闌一夜風吹杏
粉殘　昭陽殿裏春衣就金縷初乾莫信朝寒明日
花前試舞看

又

花前獨占春風早長愛江梅秀豔清杯芳意先愁鳳
管吹　尋香已落閑人後此恨難裁更晚須來卻恐
初開勝未開

又

蘆鞭墜徧楊花陌晚見珍珍疑是朝雲來作高唐夢
裏人　應憐醉拂樓中帽長帶歌塵試拂香茵留解
金鞭睡過春

又

日高庭院楊花轉閑淡春風昨夜匆匆顰入遙山翠

黛中　金盆水冷菱花淨滿面殘紅欲洗猶慵絃上
啼烏此夜同

又　此闋向刻醜奴兒另編

日高庭院楊花轉閒淡春風鶯語惺惚似笑金屏昨
夜空　嬌慵未洗勻妝手閒印斜紅新恨重重都與
年時舊意同

又

征人去日殷勤囑莫負心期寒雁來時第一傳書慰
別離　輕風織就機中素淚墨題詩欲寄相思日日
高樓看雁飛

又

花時惱得瓊枝瘦半被殘香睡損梅妝紅淚今春第
一行　風流笑伴相逢處白馬遊韁共折垂楊手撚
芳條說夜長

又

春風不負年年信長趁花期小錦堂西紅杏初開第
一枝　碧簫度曲留人醉昨夜歸遲恨短憑誰鶯語
殷勤月落時

又

秋來更覺銷魂苦小字還稀坐想行思怎得相看似

舊時　南樓把手憑肩處風月應知別後除非夢裏時時得見伊

又

誰將一點淒涼意送入低眉畫箔閒垂多是今宵得睡遲　夜痕記盡窗閒月曾誤心期準擬相思還是窗閒記月時

又

宜春苑外樓堪倚雪意方濃雁影冥濛正共銀屏小景同　可無人解相思處昨夜東風梅蕊應紅知在誰家錦字中

又

白蓮池上當時月今夜重圓曲水蘭船憶伴飛瓊看月眠　黃花綠酒分攜後淚溼吟箋舊事年年時節南湖又採蓮

又

高吟爛醉淮西月詩酒相留明日歸舟碧藕花中醉過秋　文姬贈別雙團扇舟寫銀鉤散盡離愁攜得清風到別州

又

前歡幾處笙歌地長負登臨月幌風襟猶憶西樓著

意深　鶯花見盡當時事應笑如今一寸愁心日日寒蟬夜夜砧

又

無端惱破桃源夢明月青樓玉膩花柔不學行雲易去留　應嫌衫袖前香冷重傍金虬歌扇風流遮盡歸時翠黛愁

又

年時此夕東城見歡意匆匆明日還重卻在樓臺縹渺中　垂螺拂黛清歌女曾唱相逢秋月春風醉枕香衾一歲同

又

雙螺未學同心綰已占歌名月白風清長倚昭華笛裏聲　知音敲盡朱顏改寂寞時情一曲離亭借與青樓忍淚聽

又

西樓月下當時見淚粉偷勻歌罷還顰恨隔爐煙看未真　別來樓外垂楊縷幾換青春倦客紅塵長記樓中粉淚人

又

非花非霧前時見滿眼嬌春淺笑微顰恨隔重簾看

未真　殷勤借問家何處不在紅塵若是朝雲宜作今宵夢裏人

又

當時月下分飛處依舊淒涼也會思量不道孤眠夜更長　淚痕揾徧鴛鴦枕重繞迴廊月上東窗長到如今欲斷腸

又

湘妃浦口蓮開盡昨夜紅稀懶過前溪閒艤扁舟看雁飛　去年謝女池邊醉晚雨霏微記得歸時旋折新荷蓋舞衣

又

別來長記西樓事結徧蘭衿遺恨重尋絃斷相如綠綺琴　何時一枕逍遙夜細話初心若問如今也似當年著意深

又

紅窗碧玉新名舊猶綰雙螺一寸秋波一斛明珠覺未多　小來竹馬同遊客慣聽清歌今日蹉跎惱亂工夫暈翠蛾

又此闋舊刻醜奴兒另編亦稍有異同日日作闌道閑倚作方看應從作可憐

昭華鳳管知名久長閉簾櫳日日春慵閒倚庭花暈臉紅 應從金谷無人後此會相逢三弄臨風送得當筵玉醆空

又

金風玉露初涼夜秋草窗前淺醉閑眠一枕江風夢不圓 長情短恨難憑寄枉費紅箋試拂么絃卻恐琴心可倩傳

又

心期昨夜尋思徧猶負殷勤齊斗堆金難買丹誠一寸真 須知枕上尊前意占得長春寄語東鄰似此相看有幾人

踏莎行

柳上煙歸池南雪盡東風漸有繁華信花開花謝蝶應知春來春去鶯能問 夢意猶疑心期欲近雲箋字字縈方寸宿妝曾比杏腮紅憶人細把香英認

又

宿雨收塵朝霞破暝風光暗許花期定玉人呵手試妝時粉香簾幕陰陰靜 斜雁朱絃孤鸞綠鏡傷春誤了尋芳信去年今日杏牆西啼鶯喚得閒愁醒

又

綠徑穿花紅樓壓水尋芳誤到蓬萊地玉顏人是蕊珠仙相逢展盡雙蛾翠　夢草閑眠流觴淺醉一春總見瀛洲事別來雙燕又西飛無端不寄相思字

又

雪盡寒輕月斜煙重清懽猶計前時共迎風朱戶背燈開拂簷花影侵簾動　繡枕雙鴛香苞翠鳳從來往事都如夢傷心最是醉歸時眼前少箇人人送

留春令

畫屏天畔夢回依約十洲雲水手撚紅箋寄人書寫無限傷春事　別浦高樓曾漫倚對江南千里樓下分流水聲中有當日凭高淚

又

採蓮舟上夜來陡覺十分秋意懊惱寒花暫時香與情淺人相似　玉蕊歌清招晚醉戀小橋風細水溼紅裙酒初消又記得南溪事

又

海棠風橫醉中吹落香紅強半小粉多情怨飛絮仔細把殘春看　一抹濃檀秋水畔縷金衣新換鸚鵡杯深豔歌遲更莫放人腸斷

清商怨

庭花香信□尚淺最玉樓先暖夢覺春衾江南依舊
遠 回紋錦字暗剪漫寄與也應歸晚要問相思天
涯猶自短

長相思

長相思長相思若問相思甚了期除非相見時 長
相思長相思欲把相思說似誰淺情人不知

醉落魄

滿街斜月垂鞭自唱陽關徹斷盡柔腸歸思切都為
人人不許多時別 南橋昨夜風吹雪短亭下征塵
歇歸時定有梅堪折欲把離愁細撚花枝說

又

鸞孤月缺兩春惆悵音塵絕如今若負當時節信道
懽緣枉向衣襟結 若問相思何處歇相逢便是相
思徹儘饒別後留心別也待相逢細把相思說

又

天教命薄青樓占得聲名惡對酒當歌尋思著月戶
星窗多少舊期約 相逢細語初心錯兩行紅淚尊
前落霞觴且共深深酌惱亂春宵翠被都閑卻

又

休休莫莫離多還是因緣惡有情無奈思量著月夜

佳期近寫香箋約　心心□□長恨昨分飛容易當
時錯後期休似前歡薄買斷青樓莫放春閒卻

西江月

愁黛顰成月淺啼妝印得花殘只消鴛枕夜來閒曉
鏡心情便懶　醉帽簷頭風細征衫袖口香寒綠江
春水寄書難攜手佳期又晚

又

南苑垂鞭路冷西樓把袂人稀庭花猶有鬢邊枝且
插殘紅自醉　畫幕涼催燕去香屏曉放雲歸依前
青枕夢回時試問閒愁有幾

武陵春

綠蕙紅蘭芳信歇金蕊正風流應爲詩人多怨秋花
意與銷愁　梁王苑路香英密長記舊嬉遊曾看飛
瓊戴滿頭浮動舞梁州

又

九日黃花如有意依舊滿珍叢誰似龍山秋興濃吹
帽落西風　年年歲歲登高節懽事旋成空幾處佳
人此會同今在淚痕中

又

煙柳長隄知幾曲一曲一魂銷秋水無情天共遙愁

送木蘭橈　熏香繡被心情懶期信轉迢迢記得來
時倚畫橋紅淚滿鮫綃

解佩令

玉階秋感年華暗去掩深宮團扇無情緒記得當時
自翦下機中輕素點丹青畫成秦女　涼襟猶在朱
絃未改忍霜紈飄零何處自古悲涼是情事輕如雲
雨倚么絃恨長難訴

泛清波摘遍

催花雨小著柳風柔都似去年時候好露紅煙綠盡
有狂情鬭春早長安道鞦韆影裏絲管聲中誰放豔
陽輕過了倦客登臨暗惜花光陰恨多少　楚天渺
歸思正如亂雲短夢未成芳草空把吳霜鬢華自悲
清曉帝城杳雙鳳舊約漸虛孤鴻後期難到且趁朝
花夜月翠尊頻倒

歸田樂

試把花期數便早有感春情緒看即梅花吐願花更
不謝春且長住只恐去　春去花開還不語此意年
年春會否絳脣青鬢漸少花前語對花又記得舊曾
遊處門外垂楊未飄絮

河滿子

對鏡偷勻玉筯背人學寫銀鉤繫誰紅豆羅帶角心情正著春遊那日楊花陌上多時杏子牆頭　眼底關山無奈夢中雲雨空休問看幾許憐才意兩蛾藏盡離愁難拚此回腸斷終須鎖定紅樓

又

綠綺琴中心事齊紈扇上時光五陵年少渾薄倖輕如曲水飄香夜夜魂銷夢峽年年淚盡啼湘　歸雁行邊遠字驚鸞舞處離腸蕙樓多少鉛華在從來錯倚紅妝可羨鄰姬十五金釵早嫁王昌

于飛樂

曉日當簾睡痕猶占香腮輕盈笑倚鸞臺暈殘紅勻宿翠滿鏡花開嬌蟬鬢畔插一枝淡蕊疎梅　每到春深多愁饒恨妝成懶下香階意中人從別後縈繫情懷良辰好景相思字喚不歸來

愁倚闌令

憑江閣看煙鴻恨春濃還有當年聞笛淚灑東風時候草紅花綠斜陽外遠水溶溶渾似阿蓮雙枕畔畫屏中

又

花陰月柳梢鶯近清明長恨去年今夜雨灑離亭

枕上懷遠詩成紅箋紙小砑吳綾寄與征人教念遠莫無情

又

春羅薄酒醒寒夢初殘攲枕片時雲雨事已關山樓上斜日闌干樓前路曾試雕鞍擕卻一襟懷遠淚倚闌看

破陣子

柳下笙歌庭院花間姊妹鞦韆記得青樓當日事寫向紅窗夜月前憑誰寄小蓮 絳蠟等閑陪淚吳蠶到了纏綿綠鬢能供多少恨未肯無情比斷絃今年老去年

好女兒

綠徧西池梅子青時儘無端盡日東風惡更霏微細雨惱人離恨滿路春泥 應是行雲歸路有閑淚灑相思想旗亭望斷黃昏月又依前誤了紅箋香信翠袖歡期

又

酌酒殷勤儘更留春忍無情便賦餘花落待花前細把一春心事問箇人人 莫似花開還謝願芳意且常新倚嬌紅待得歡期定向水沈煙底金蓮影下睡

過佳辰

兩同心

楚鄉春晚似入仙源拾翠處隨流水踏青路暗惹香塵心心在柳外青帘花下朱門 對景且醉芳尊莫話銷魂好意思曾同明月愁滋味最是黃昏相思處一紙紅箋無限啼痕

滿庭芳

南苑吹花西樓題葉故園歡事重重憑闌秋思閑記舊相逢幾處歌雲夢雨可憐流水各西東別來久淺情未有錦字繫征鴻 年光還少味開殘檻菊落盡溪桐漫留得尊前淡月西風此恨誰堪共說清愁付綠酒杯中佳期在歸時待把香袖看啼紅

風入松

柳陰庭院杏梢牆依舊巫陽鳳簫已遠青樓在水沈難復暖前香臨鏡舞鸞離照倚箏飛雁辭行 墜鞭人意自淒涼淚眼回腸斷雲殘雨當年事到如今幾處難忘兩袖曉風花陌一簾夜月蘭堂

又

心心念念憶相逢別恨誰濃就中懊惱難拚處是擘釵分鈿匆匆卻似桃源路失落花空記前蹤 彩箋

書畫浣溪紅深意難通強懽殢酒圖消遣到醒來愁
悶還重若是初心未改多應此意須同

秋蕊香

池苑清陰欲就還傍送春時候眼中人去歡難偶誰
共一杯芳酒　朱闌碧砌皆如舊記攜手有情不管
別離久情在相逢終有

又

歌徹郎君秋草別恨遠山眉小無情莫把多情惱第
一歸來須早　紅塵自古長安道故人少相思不比
相逢好此別朱顏應老

思遠人

紅葉黃花秋意晚千里念行客飛雲過盡歸鴻無信
何處寄書得　淚彈不盡臨窗滴就硯旋研墨漸寫
到別來此情深處紅箋爲無色

鳳孤飛

一曲畫樓鐘動宛轉歌聲緩綺席飛塵座滿更小待
金蕉暖　細雨輕寒今夜短依前是粉牆別館端的
懽期應未晚奈歸雲難管

慶春時

倚天樓殿昇平風月彩仗春移鸞絲鳳竹長生調裏

迎得翠輿歸　雕鞍遊罷何處還有心期濃熏翠被深停畫燭人約月西時

又

梅梢已有春來音信風意猶寒南樓暮雪無人共賞閑卻玉闌干　殷勤今夜涼月還似眉彎尊前爲把桃根麗曲重倚四絃看

喜團圓

危樓靜鎖窗中遙岫門外垂楊珠簾不禁春風度解偷送餘香　眠思夢想不如雙燕得到蘭房別來只是憑高淚眼感舊離腸

憶悶令

取次臨鸞勻畫淺酒醒遲來晚多情愛惹閑愁長黛眉低斂　月底相逢見有深深良願願期信似月如花須更交長遠

梁州令

莫唱陽關曲淚溼當年金縷離歌自古最消魂于今更在魂銷處　南橋楊柳多情緒不繫行人住人情卻似飛絮悠揚便逐春風去

燕歸來

蓮葉雨蓼花風秋恨幾枝紅遠煙收盡水溶溶飛雁

碧雲中　衷腸事魚箋字情緒年年相似凭高雙袖
晚寒濃人在月橋東

補亡一編補樂府之亡也叔原往者浮沈酒中病世之歌詞不足以析酲解慍試續南部諸賢餘緒作五七字語期以自娛不獨敍其所懷兼寫一時杯酒間聞見所同遊者意中事嘗思感物之情古今不易竊以謂篇中之意昔人所不遺第于今無傳爾故今所製通以補亡名之始時沈十二廉叔陳十君龍家有蓮鴻蘋雲品清謳娛客每得一解卽以草授諸兒吾三人持酒聽之爲一笑樂已而君龍疾廢臥家廉叔下世昔之狂篇醉句遂與兩家歌兒酒使俱流轉于人間自爾郵傳滋多積有竄易七月己巳爲高平公綴緝成編追維往昔過從飲酒之人或壠木已長或病不偶考其篇中所紀悲歡合離之事如幻如電如昨夢前塵但能掩卷憮然感光陰之易遷嘆境緣之無實也

諸名勝詞集删選相半獨小山集直逼花間字字娉娉嫋嫋如攬嬙施之袂恨不能起蓮鴻蘋雲按紅牙板唱和一過晏氏父子具足追配李氏父子云古虞毛晉記

東堂詞

目錄

東堂詞目錄

東堂詞

宋　毛　滂

謁金門　昔遊

燈霰裏老去昔遊不記月似舊時人不似小樓何處是　歸臥晚香翠被玉酒著人小醉欲睡先來都不睡此情那恁地

浣溪沙　宴太守張公內翰作

碧霧朦朧鬱寶熏和風容曳舞簾旌花閒千騎兩朱輪　金馬天材文作錦玉堂仙骨氣如冰湖山何似使君清

又　尉圃觀梅

曾向瑤臺月下逢爲誰回首矮牆東春風吹酒退腮紅　庾嶺毀勤通遠信梅家蕭灑有仙風晚香都在玉杯中

又　新春四夜松齋小飲微雪復止

謝女清吟壓郢樓樓前風轉柳花球學成舞態卻多羞　半落瓊瑤天又惜稍侵桃李蝶應愁酒家先當翠雲裘

又　仲冬朔日猶步花塢中晚酌蕭然見櫻桃有花

小圃韶光不待邀早通消耗與含桃晚來芳意半寒梢　含笑不言春淡淡試妝未偏雨蕭蕭東家小女可憐嬌

又　家人生日

日照遮簷繡鳳凰博山金暖一簾香尊前光景爲君長　不信臘寒雕鬢影漸勻春意上妝光梅花長共占年芳

又　上元遊靜林寺○或刻陸放翁

花市東風捲笑聲柳溪人影亂于雲梅花何處暗香聞　露溼翠雲裘上月燭搖紅錦帳前春瑤臺有路漸無塵

又　詠梅○或刻惜香樂府

月樣嬋娟雪樣清此花強占百花春簾中燭底好精神　多恨肌膚元自瘦半殘妝粉不權勻十分全似那人人

又　初春汎舟時北山積雪盈尺而水南梅林盛開

水北煙寒雪似梅水南梅鬧雪千堆月明南北兩瑤臺　雲近恰如天上坐魂清疑向斗邊來梅花多處載春回

又 寒食初晴東堂對酒

小雨初收蝶做團和風輕拂燕泥乾鞦韆院落落花寒　莫對清尊追往事更催新火續餘歡一春心緒倚闌干

又 寒食初晴桃杏皆已零落獨牡丹欲開

魏紫姚黃欲占春不教桃杏見清明殘紅吹盡恰纔晴　芳草池塘新漲綠官橋楊柳半拖青鞦韆院落管絃聲

又 八月十八夜東堂作

晚色寒清入四簷梧桐冷碧到疏簾小花未了燭花偏　瑤甕字堆春這裏錦屏屈曲夢誰邊熏籠香暖槖衣添

又 九月十二夜務亭作

碧浸澄沙上下天曲隄疏柳短長煙月明不待十分圓　鑿落未空牙板鬧闌干久凭夾衣寒嬋娟薄倖冷相看

又 武康社日

碧戶朱窗小洞房玉醅新壓嫩鵝黃半青橙子可憐香　風露滿簾清似水笙簫一片醉爲鄉芙蓉繡冷夜初長

又

松菊秋來好在無寄聲猿鶴莫情疎淵明不老久踟躕打鼓楓林誰作社枕溪茆屋憶吾廬去年醉倒倩人扶

又

本是青門學灌園生涯渾在亂山前一犂春雨種瓜田別後倩雲遮鶴帳來時和月寄漁船旁人莫做長官看

又泊望仙橋月夜舟中留客

晚色輕涼入畫船雲峯飛盡玉爲天疎颸自爲月褰簾細酌流霞君且住更深風月更清妍爲誰淒斷小橋邊

又訪吳中朋友

錦里無端無素書長安秋晚憶家無故人來此尚踟躕舊事殷勤休忘了老來淒斷惡消除小樓雪夜記當初

又松齋夜雨留客戲追往事

記得山翁往少年青樓一笑萬錢錢寶鞍逐月玉鞭寒老對凍醪留客話醉爬短髮枕書眠伴人松雨隔疎簾

又　泛舟還餘英館

煙柳風蒲冉冉斜小窗不用著簾遮載將山影轉灣沙　略彴斷時分岸色蜻蜓立處過汀花此情此水共天涯

又　送湯詞

蕙炷猶熏百和穠蘭膏正爛五枝紅風流雲散太匆匆　仙草已添君勝爽醉鄉肯爲我從容賸風殘月小庭空

又　泛舟

銀字笙簫小小童梁州吹過柳橋風阿誰勸我玉杯空　小醉徑須眠錦瑟夜歸不用照紗籠畫船簾卷月明中

又

灩灩金波暖做春疎疎煙柳瘦于人柳邊半醉不勝情　未解畫船留待月緩歌金縷細留雲將雲帶月入東門

又　月夜對梅花小酌

蠟燭花中月滿窗楚梅初試壽陽妝麒麟爲脯玉爲漿　花影燭光相動蕩抱持春色入金觴鴨爐從冷醉魂香

又

竹送秋聲入小窗香迷夜色暗牙牀小屏風掩燭花長　雁過故人無信息酒醒殘夢寄淒涼畫橋露月冷鴛鴦

清平樂千葉芝

九重寒少煙暖豐瑤草金井碧梧離鳳犄南極人來最老　衣冠遠換裘氈德隨和氣蟬連萬里同開壽域一年三秀芝田

又

重芳疊秀風約仙雲綯椿不爭年松與壽共出皇家忠孝　仁深枯冷皆蒙托根不倚東風日照恩光萬里暖生塞草叢中

又

鏤煙翦霧靳鞢無層數苜蓿青深煩雪兎引到祥華開處　仙人手翳朝陽清都絳闕相將來覆東封翠輦好遮化日舒長

又

九金爲壽千葉前無有葉葉年年看不朽天與君王意厚　君恩雨露無邊玉筵暖接非煙馬向華山烽冷人安草亦千年

又絳河清

絳河千歲一照昇平事萬里青銅開碧霽俯見南山曉翠　紺寒不翅湘酃清于練靜江澄流向萬年觴裏玉波可但如澠

又

銀河秋浪遙出崑崙上忽變澄瀾添碧漲可道昇平無象　黃雲濁霧初開榮光休氣徘徊試覓當時五老金泥玉檢將來

又

天連翠瀲九折玻瓈輭回挽金隄清宛轉疑共蓬萊清淺　吾君欲濟如何唐虞風順無多自有松舟檜楫一帆三代同波

又太師相公生辰

娟娟月滿冉冉梅花暖春意初長寒力淺漸擬芳菲滿眼　當時吉夢重重閒生天子三公付與人間桃李年年管領春風

又

瀛洲春酒滿酌公眉壽日照沙隄春傍柳恩暖朝天袞繡　東君著意叮嚀芳醆先許梅英要就昇平滋味待公來進君羹

又
雪餘寒退唯有青松在春不加榮寒不悴用捨如公
都耐　流肪磊砢龜蚍會留紅日西斜欲助我公壽
骨蟠桃等見開花
又己卯長至作
流光電急又過書雲日舊是天津花下客老對山青
水碧　而今轉惜年華遲陽爲緩西斜試問東君音
信曉寒猶壓梅花
又東堂月夕小酌時寒秀亭下娑羅花盛開
雲峯秀疊露冷瑠璃葉北畔娑羅花弄雪香度小橋
淡月　與君踏月尋花玉人雙捧流霞吸盡杯中花
月仙風相送還家
又元夕
東風桂影低拂姮娥鏡鏡裏妝寒酥粉瑩越恁十分
端正　素光行處隨人柳邊照見青春一片笙簫何
處花陰定有遺簪
又春蘭用殊老韻
曲房青鎖淺笑櫻桃破睡起三竿紅日過冷了沈香
殘火　東風偏管伊家剩教那與穠華誰送一懷春
思玉臺燕拂菱花

又 送賈耘老盛德常還郡時飲官酒於東堂二君許復過此

杏花時候庭下雙梅瘦天上流霞凝碧袖起舞與君爲壽 兩橋風月同來東堂且沒塵埃煙艇何時重理更憑風月相催

又 春夜曲

蘭堂燈炧春入流蘇夜衣褪輕紅聞水麝雲重寶釵未卸 知君不奈情何時時慢轉橫波一餉花柔柳困枕前特地春多

又 與諸君小酌燭下見花戲作

風搖灺燼吹下桃花影醉倒碧鋪眠碎錦誰伴香迷酒凝 少年不解辜春年來減盡春心猶下繡簾遮定不教風雨侵淩

又

桃夭杏好似箇人人好淡抹胭脂眉不掃笑裏知春占了 此情沒箇人知燈前仔細看伊恰似雲屏半醉不言不語多時

又 春晚與諸君飲

杯深莫厭強看桃花面記約陽和初一線便恁芳菲滿眼 明年春色重來東堂花爲誰開我在蘆花深

處釣磯雨綠梅苔

又

錦屏夜夜繡被熏蘭麝帳捲芙蓉長不下垂盡銀臺蠟灺　臉痕微著流霞膩騰越恁穠華破睡半殘妝粉月隨雪到梅花

水調歌頭　擬饒州法曹掾作

金馬空故事方朔漫多端三千牘在玉殿何日賜清閑難戀長安鐘漏誰借青雲咳唾拂袖且東還笑殺長纓使復轉出秦關　吾道在雖不遇面何慚維陽年少高論難與絳侯談富貴韙饒先手睎盡草頭秋露掩鼻出東山且飽鯨魚膾風月過江南

又　登衢州雙石堂呈孫八太守公素

謝安涵雅量叔夜賦剛腸清宵假寐應笑長孺臥淮陽盡徹東平屏障不廢南樓談詠宴寢自凝香庭下一抔土須避赤帷裳　雙石健含古色照新堂百年喬木陰下偃立兩蛟蒼目送千山爽氣簾捲一城風月杖屨合彷徉他日峨眉秀相望隔明光　孫發廳事前古冢得雙石因以爲堂名石上有昔人題識云疊峨眉山于文會堂前

又　元會曲

九金增宋重八玉變秦餘上手詔在廷云六重之用尚循秦舊千年清浸先淨河洛出圖書一段昇平光景不但五星循軌萬點共連珠崇寧大觀之間太史數奏五星循軌衆星順鄉靡有碎亂□□□□□□□□□□朝元去鏘環佩冷雲衢芝房雅奏儀鳳矯首聽笙竽天近黃麾仗曉春早紅鸞扇暖遲日上金鋪萬歲南山色不老對唐虞

小重山 宴太守張公內翰作

碧瓦朱甍紫翠深玻璃屏帳裏錦爲城子胥英爽海濤橫玉堂人於此勸春耕　五月政當成巖廊將去路肯留行江山雄勝爲公傾公惜醉風月若爲情

又 立春日欲雪

誰勸東風臘裏來不知天待雪惱江梅東郊寒色尚徘徊雙彩燕飛傍鬢雲堆　玉冷曉妝臺宜春金縷字拂香腮紅羅先繡踏青鞵春猶淺花信更須催

又 春雪小醉

門外東風糝玉塵曲房花氣藹博山春小槽珠滴桂椒芬臘梅藥誰共醉中聞　睡起靜無人曲屏橫遠翠錦爲鄰十年舊事夢如新紅裝枕猶暖楚峯雲

又 家人生日

鷁舞青青雪裏松冰開龜在藻綠蒙茸一成不記蘂
珠宮蟠桃熟應待幾東風　玉酒紫金鍾非煙羅幕
暖寶熏穠贈君春色臘寒中君留取長伴臉邊紅

踏莎行 陳與宗夜集俾愛姬出幕

天質嬋娟妝光蕩漾御酥做出花模樣夭桃繁杏本
妖妍文鴛彩鳳能偎傍　艾綠濃香鵝黃新釀綠雲
清切歌聲上夜寒不近繡芙蓉醉中衹覺春相向

又 會寶園初見梅花

映竹幽妍臨池娟靚芳苞先暖香初娠南枝微弄雪
精神東君早寄春音信　奔月仙標乘煙遠韻玉臺
粉點和酥凝從來清瘦可禁寒爲誰早把霞衣褪

又 臘梅

粟玉玲瓏雍酥浮動芳姿染得胭脂重風前蘭麝作
香寒枝頭煙雪和春凍　蜂翅初開蜜房香弄佳人
寒睡愁如夢鵝黃衫子茜羅裙風流不與江梅共

又 正月五日定空寺觀梅

景泮冰簷情回瑤草副能守得春來到管曾獨自索
春憐而今覷著東風笑　粉凝酥寒雲房睡覺胭脂
也不添些小天貞要與此花爭是伊占得春多少

又 元夕

撥雪尋春燒燈續晝暗香院落梅開後無端夜色欲遮春天教月上宮橋柳　花市無塵朱門如繡嬌雲瑞霧籠星斗沈香火冷小妝殘半衾輕夢濃如酒

又　早春即事

階影紅遲柳苞黃徧纖雲弄日陰晴半重簾不捲篆香橫小花初破春叢淺　鳳繡猶重鴨爐長暖屏山翠入江南遠醉輕夢短枕閒欹綠窗窈窕風光轉

又　追往事

芳氣霏微薄衣料峭何人正倚桃花笑流紅不出武陵溪這回空與春風到　尊俎全稀風情終較安仁老也誰知道碧雲無信失秦樓舊時明月猶相照

又　中秋翫月

碧樹陰圓綠階露滿金波瀲灩堆瑤盞行雲會事不飛來長空一片瑠璃淺　玉燕釵寒藕絲袖冷只應未倚闌干徧隨人全不似嬋娟桂花影裏年年見

玉樓春　戊寅重陽病中不飲惟煎小雲團一杯薦以菊花

西風吹冷沈香篆門掩小窗紅葉院臥看黃菊送重陽露重煙寒花未徧　衰翁病怯琉璃盞日日愁侵霜鬢短一杯菊葉小雲團滿眼蕭蕭松竹晚

又僕前年當重九微疾不飲但撥菊葉煎水雲
團用酬節物戲作短句以侑茗飲逮去年曾
登山高會今年客東都依逆旅主人舍無游
從不復出門不知時節之變或云今日重九
起坐空庭月下復取雲團酌一杯蓋用僕故
事以送佳節又作侑茶一首以和韻

泥銀四壁盤蝸篆明月一庭秋滿院不知陶菊總開無但見杜茗新雨徧　去年醉倒雲爲尊未盡百壺驚日短小雲今夜伴牢愁好在鳳凰春未晚

又贈孫宗公素

三衢太守文章伯七月政成如戲劇坐中咳唾落珠璣筆下神明飛霹靂　才高莫恨溪山窄且與燕公添秀發風流前輩漸無多好在魏公門下客

又己卯歲元日

一年滴盡蓮花漏碧井酴酥沈凍酒曉寒料峭尚欺人春態苗條先到柳　佳人重勸千長壽柏葉椒花芬翠袖醉鄉深處少相知祇與東君偏故舊

又定空寺賞梅

蘂珠宮裏三千女滴粉爲春塵不住月華冷處欲迎人七里香風生滿路　一枝誰寄長安去想得韶光

能幾許醉翁滿眼玉玲瓏直到煙空雲盡處

又 立春日

小園半夜東風轉吹皺冰池雲母面曉披閶闔見朝陽知向碧階添幾線 小煙弄柳晴先暖殘雪禁梅香尚淺殷勤洗拂舊東君多少韶華聊借看

又 至盱眙作

長安回首空雲霧春夢覺來無覓處冷煙寒雨又黃昏數盡一隄楊柳樹 楚山照眼青無數淮口潮生催曉渡西風吹面立蒼茫欲寄此情無雁去

又 三月三日雨夜觴客

一春花事今宵了點檢落紅都已少阿誰追路問東君祗有青青河畔草 尊前不信韶華老酒意韶光相借好簷前暮雨亦多情未做朝雲容易曉

又

今朝何以爲公壽極貴長年公素有庭階不乏長芝蘭少翁又是廷臣右 三能粲粲依魁秀八柱巍巍蟠地厚皇家卜冊萬斯年年光長轉洪鈞手

又

我公兩器兼文武談笑巖廊無治古紅顏綠髮已官高赤舄繡裳今仲父 我欲形容無妙語頌穆清風

須吉甫望公聊比泰山雲歲歲年年天下雨

又

壓玉爲漿麟作脯珠樹瓊葩長不謝翠簾繡暖燕歸來寶鴨花香蜂上下　沙隄珮馬催公駕月白風清天不夜重來赫赫照巖廊不動堂堂凝太華

又紅梅

當日嶺頭相見處玉骨氷肌元淡素近來因甚要穠妝不管滿城桃杏妒　酒暈臉霞春暗度認是東君偏管顧□生羅□□羞香冷燻燻都不覷

山花子天雨新晴孫使君宴客雙石堂遣官奴試小龍茶

日照門前千萬峯晴颸先掃凍雲空誰作素濤翻玉手小團龍　定國精明過少壯次公煩碎本雍容聽訟陰中苔自綠舞衣紅

又冬至日天氣晏溫從使君步至雙石堂北望山中微雪因開窗倚且適二柳當前使君命伐之霍然遂得衆山之妙

日轉堂陰一線添使君和氣作春妍祇有北山輕帶雪見豐年　殘月夜來收不盡行雲早起更留連急翦垂楊迎秀色到窗前

又吳興僧舍竹下與王明之飲

雨色流香繞坐中映階疎竹一叢叢不奈晚來蕭瑟意子猷風　瀲灩滿傾金鑿落淋漓從溼繡芙蓉吸盡百川天上去看長虹

南歌子正月二十八日定空寺賞梅

暮靄寒依樹嬌雲冷傍人江南誰寄一枝春何似瓏璁十里更無塵　雨萼胭脂淡香鬚蝶子輕碧山歸路小橋橫誰見暗香今夜月朧明

又東堂小酌賦秋月

庭下新生月憑君把酒看不須直待素團團恰似那人眉樣秀彎環　冷射鴛鴦瓦清欺翡翠簾數枝煙竹小橋寒漸見風吹疎影過闌干

又席上和衢守李飾文

綠暗藏城市清香撲酒尊淡煙疎雨冷黃昏零落酴醿花片損春痕　潤入笙簫膩春餘笑語溫更深不鎖醉鄉門先遣歌聲留住欲歸雲

臨江仙宿僧舍

古寺長廊清夜美風松煙檜蕭然石闌干外上疎簾過雲閑窈窕斜月靜嬋娟　獨自徘徊無個事瑤琴試奏流泉曲終誰見枕琴眠香殘虬尾細燈燼玉蟲

偏

又客有逢故人者代書其情

莫恨那回容易別不妨久遠情腸爲人留下舊風光花枝長自好馥馥十年香　便是日時簾外月卻來小檻低窗朦朧影裏淡梳妝相看如夢寐回首乍思量

又都城元夕

聞道長安燈夜好雕輪寶馬如雲蓬萊清淺對觚稜玉皇開碧落銀界失黃昏　誰見江南憔悴客端憂懶步芳塵小屏風畔冷香凝酒濃春入夢窗破月尋人

剔銀燈同公素賦侑歌者以七急拍七拜勸酒

簾下風光自足春忽到席間屏曲瑤甕酥融羽觴蟻鬧花映鄂湖寒綠汨羅愁獨又何似紅圍翠簇　聚散悲歡箭速不易一杯相屬頻剔銀燈別聽牙板尚有龍膏堪續羅熏繡馥錦瑟畔低迷醉玉

武陵春

維嶽分公英特氣方丈拂長虹丙魏蕭曹總下風千載友夔龍　寶熏裊翠昏簾繡嘉頌珮紳同不用黃精掃鬢中元是黑頭翁

又

迎得春來聞好語賀燕立簾鉤轉蕙風光柳弄柔喜氣與春游　萬錢珍鼎期公飯天自壽留侯文物昇平速置郵江左屬風流王儉云江左風流宰相唯有謝安

又

銀浦流雲初度月空碧掛團團照夜珠胎貝闕寒光彩滿長安　春風爲拂新沙路珂馬款天闕篆印金窠紅屈盤嵬嵓押千官

又正月二日天寒欲雪孫使君置酒作樂賓客插花劇飲明日當立春

城上落梅風料峭寒馥逼清尊爽與天教屬使君雪意壓歌雲　插帽殷羅金縷細燕燕早隨人留取笙歌直到明蓮漏已催春

又正月十四夜孫使君席上觀雪纔而月復明

風過冰簷環珮響宿霧在華茵賸落瑤花襯月明嫌怕有纖塵　鳳口銜燈金炫轉人醉覺寒輕但得清光解照人不負五更春

又正月七日成都雪霽立春

春在前村梅雪裏一夜到千門玉珮瓊琚下冷雲銀

界見東君　桃花髻暖雙飛燕金字巧宜春寂寞溪橋柳弄晴老也探花人

秦樓月　月下觀花

薔薇折一懷秀影花和月花和月著人濃似粉香酥色綠陰垂幕簾波疊微風過竹涼吹髮涼吹髮無人分付這些時節

訴衷情　三月八日仲存席上見吳家歌舞

花陰柳影映簾櫳羅幕繡重重行雲自隨語燕回雪趁驚鴻　銀字歇玉杯空蕙煙中桃花髻暖杏葉眉彎一片春風

又　七夕

短疎縈綠象牀低玉鴨度香遲微雲淡暑河漢涼過碧梧枝　秋韻起月陰移下簾時人間天上一樣風光我與君知

減字木蘭花　正月十七日孫守約觀殘燈是夕燈火甚盛而雪消雨作

暖風吹雪洗盡碧階今夜月試覓雲英更就藍橋借月明　從教不惜自有使君家不夜誰道由天光景隨人特地妍

又　留賈耘老

曾教風月催促花邊煙棹發不管花開月白風清始肯來　既來且住風月閑尋秋好處收取淒清暖日闌干助夢吟 耘老夢中嘗作詩

又 李家出歌人

小橋秀絶露溼芙蕖花上月月下人人花樣精神月樣清　誰言見慣到了司空情不慢丞相嗔無若不嗔時醉倩扶

惜分飛 富陽水寺秋夕望月

山轉沙回江聲小望盡冷煙衰草夢斷瑤臺曉楚雲何處英英好　古寺黃昏人悄悄簾捲寒堂月到不會思量了素光看盡桐陰少

又 富陽僧舍作別語贈妓瓊芳

淚溼闌干花著露愁到眉峯碧聚此恨平分取更無言語空相覷　短雨殘雲無意緒寂寞朝朝暮暮今夜山深處斷魂分付潮回去

又 酒家樓望其商有佳客投之不至

花影低徊簾幕捲慣了雙來燕燕驚散雕闌晚雨昏煙重垂楊院　雲斷月斜紅燭短望斷真個望斷情寄梅花點趁風吹過樓南畔

又

恰則心頭托托地放下了日多縈係別恨還容易袖痕猶有年時淚　滿滿頻斟乞求醉且要時閒忘記明日劉郎起馬蹄去便三千里

蝶戀花 聽周生鼓琵琶

聞說君家傳窈窕秀色天真更奪丹青妙細意端相都總好春愁春媚生顰笑　瓊玉胸前金鳳小那事殷勤總託琵琶道十二峯雲遮醉倒華燈翠帳花相照

又 秋晚東歸留吳會甚久無一人往還

江接寒溪溪家已近想見秋來松菊荒三徑自送吳山秋色盡星星卻入雙蓬鬢　鳧短鶴長真個定勳業未遲不用頻看鏡懶出問人人不問綠尊倒盡橫書枕

又 戊寅秋寒秀亭觀梅

相見江南情不少爾許多時怪得無消耗淡日暖雲勾引到闌干寂寞憐春小　宮面可懽勻畫了粉瘦酥寒一段天真好喚起玉兒嬌睡覺半山殘月南枝曉

又 寒食

紅杏梢頭寒食雨燕子泥新不住飛來去行傍柳陰

聞好語鶯兒穿過黃金縷　桑落酒寒杯懶舉總被
多情做得無情緒春過二分能幾許銀臺新火重簾
幕

又　東堂下牡丹僕所栽者清明後見花

三疊闌干鋪碧甃小雨新晴纔過清明後初見花王
披衮繡嬌雲瑞日明春晝　彩女朝眞天質秀寶髻
微偏風捲霞衣皺莫道東君情最厚韶光半在東堂
手

又　春夜不寐

紅影班班吹錦片露葉煙梢寒月娟娟滿更起繞庭
行百徧無人祇有棲鶯見　覓箇薄情心對換愁緒
偏長不信春宵短正是碧雲音信斷半衾猶賴熏熏
暖

又　席上和孫使君孫暮春當受代

城上春雲低閣雨漸覺春隨一片花飛去素頸圓吭
鶯燕語不妨緩緩歌金縷　墮紀頹綱公已舉但見
清風蕭瑟隨談緒借寇假饒天不許未須忙遣韶華
暮

又　送茶

花裏傳觴飛羽過漸覺金槽月缺圓龍破素手轉羅

酥作顆鵝溪雪絹雲腴墮　七盞能醒千日臥扶起瑤山嫌怕香塵涴醉色輕鬆留不可清風停待些時過

又 欹枕

不雨不晴秋氣味酒病秋懷不做醒鬆地初換夾衣圍翠被薔薇水潤衙香膩　旋折秋英餐露蘂金縷虬團更試康王水幽夢不來尋小睡無言劃盡屏山翠

更漏子 熏香曲

玉猊金葉暖馥馥香雲不斷長下著繡簾重怕隨花信風　傍薔薇搖露點衣潤得香長遠雙枕鳳一衾鸞柳煙花霧間

又 初秋雨後聞鶴唳

綠窗寒清漏短帳底沈香火暖殘燭暗小屏彎雲峯遮夢還　那些愁推不去分付一簷寒雨簷外竹試秋聲空庭鶴喚人

又 和孫公素泛舟觀競渡

柳藏煙雲漏日寒滿雕盤玉食風風捲旆水遙天魚龍挾彩船　水遠人波面樂太守與民同樂春好處總隨軒花中誰狀元京妓以色勝者爲狀元紅

西江月　交韻孫使君賞花見寄時僕武康待交

花下春藏五馬松間風落雙鳧兵廚玉帳捲鄙湖人醉碧雲欲暮　歸去聊登文石翱翔便是天衢雅歌誰解繼投壺桃李無言滿路

又　縣圃小酌

煙雨半藏楊柳風光初到桃花玉人細細酌流霞醉裏將春留下　柳畔鴛鴦作伴花邊蝴蝶爲家醉翁醉裏也隨他月在柳橋花榭

又　長安秋夜與諸君飲分題作

雨後夾衣初冷霜前細菊渾班孤稜清月繡團環萬里長安秋晚　槽下內家玉滴盤中江國金丸春容著面作微殷燭影紅搖醉眼

又　侑茶詞

席上芙蓉待暖花間騕褭還嘶勸君不醉且無歸歸去誰人惜醉　湯點鉼心未洗乳堆盞面初肥留連能得幾多時兩腋清風喚起

青玉案　新涼

芙蕖花上濛濛雨又冷落池塘暮何處風來搖碧戶捲簾凝望淡煙疎柳翡翠穿花去　玉京人去無由駐恁獨坐憑闌處試問綠窗秋到否可人今夜新涼

一枕無計相分付

又 竹間戲作

玉嬰初有排雲分向晚色娟娟靜秋入風枝清不盡月和粉露徘徊孤映獨夜扶疎影 子猷風調全相稱是彼此無凡韻玉勒前頭花柳近水邊石上冷依煙雨時有幽人問

又 戲贈醉妓

玉人爲我殷勤醉向醉裏添姿媚偏著冠兒欲墜桃花氣暖露濃煙重不自禁春意 綠楡陰下東行水漸漸近凄涼地明月侵牀愁不睡眉兒吃皺爲誰無語闌住陽關淚

又

今宵月好來同看月未落人還散把手留連簾兒畔含羞和恨轉添凝盼花映清風面 相思不用寬金釧也不用多情似玉燕問取嬋娟學長遠不必清光夜夜見但莫負團圓願

雨中花下汴月夜

寒浸東傾不定更奈櫓聲催緊隄樹朧明孤月上暗淡淡移船影 舊事十年愁未醒漸老可奈離恨今夜有誰知風中露裏目斷雲空盡

又 武康秋雨池上

池上小寒欲霧竹暗小窗低戶數點秋聲來侵短夢簷下芭蕉雨　白酒浮蛆雞啄黍問陶令幾時歸去溪月嶺雲蘋汀蓼岸總是思量處

鵲橋仙 春院

紅摧綠剉鶯愁蝶怨滿院落花風緊醉鄉好夢恰懵騰又冷落一成吹醒　柔紅不耐暗香猶好覷著翻成不忍春心減盡眼長閒更肯被游絲牽引

又 燭下看花

水精簾外沈香闌畔新下紅油畫幕百花何處避芳塵便獨自將春占卻　月華淡淡夜寒森森猶把紅燈照著醉時從醉不歸家賢守定不教冷落

點絳脣 月波樓中秋作

高柳橫斜冷光淩亂搖疎翠露荷珠綴照見鴛鴦睡
□□□□□□□□□□□□□□□□□□□
□□

又 家人生日

柏葉春醅爲君競酌玻璃盞玉簫牙管人意如春暖髮綠長留不使韶華晚春無限碧桃花畔笑看蓬萊淺

又 月波樓重九作

手撫歸鴻坐臨煙雨簾旌潤氣清天近雲日温闌楯壓玉浮金一醉留青鬢風光勝淡妝人貌眉黛生秋暈

又 家人生日

何處君家蟠桃花下瑤池畔日遲煙暖日得春長遠幾見花開一任年光換今年見明年重見春色如人面

又 武都靜林寺妙峯亭席上作假山前引水激起數尺

秀嶺寒青冷泉淩亂催秋意珮環聲裏無限真珠碎難我平生識盡閒滋味來閒地爲君一醉萬事溪雲外

又 醉中記遊一處復尋不果

小院重簾那回來處花相向遲遲一餉記得春模樣昨夜月明應照芙蓉帳空凝望蜂勞蝶攘誰在花枝上

又 惠山夜月贈鼓琴者時作流水弄

繡嶺横秋玉蟾吹暑迎涼氣碧崖流水流入春蔥指半倚朱絃微彈連環珥通深意月明風細分付知

音耳

如夢令

深苑重調絃管不覺銀臺燭短相對有金波天畔樓中都滿人遠人遠醉倚闌干玉冷

生查子 登高調詞

鱸蟹正肥時煙雨新涼日露蘂鬱金黃雲液蒲萄碧此日古爲佳此醉君寧惜高挂水晶簾盡放秋光入

又 春日

日照小窗紗風動重簾繡寶炷暮雲迷曲沼晴漪綠煙暖柳醒鬆雪盡梅清瘦恰是可憐時好似花穠後

又

釵上燕猶寒勝裏紅偏小恰有爾多春不許羣花笑酒面粉酥融香袖金泥罩芳意已潛通殘雪猶相照

又 富陽道中

春晚出山城落日行江岸人不共潮來香亦臨風散花謝小妝殘鶯困清歌斷行雨夢魂消飛絮心情亂

又

花地錦斑殘月箔波淩亂鬬鴨玉闌旁撲獸金爐畔
小醉奈春何輕夢催雲散卻步蕙蘭中應被鴛鴦
見

浪淘沙 生日

深院繡簾垂前日春歸畫橋楊柳弄煙霏池面東風
先解凍龜上漣漪 酒瀲玉東西香暖狻猊遠山鬱
秀入雙眉待看碧桃花爛熳春日遲遲

菩薩鬘 次韻送別

玉巵細酌流霞灩金釵翠袖勸留客行色小梅殘官
橋楊柳寒 賜環宣室夜看落金蓮灺人記海南康
流風秀水旁

又 代贈

端端正正人如月孜孜媚媚花如頰花月不如人眉
眉眼眼青 沈香添小炷共把熏爐語香解著人衣
君心蝴蝶飛

又 定空賞

含章簷下眉如月擁酥和粉描疎雪桃杏莫爭春淩
風臺畔人 如今千萬樹零亂孤村雨和雨滴瑤觴
歸來肌骨香

又　重陽

淡煙疎雨東籬曉菊團凄露真珠小青蘂把寒枝因誰特故遲　曾是騷人盼羞做茱萸伴揉破鬱金黃與君些子香

又

溪山不盡知多少遙峯秀疊寒波渺攜酒上高臺與君開壯懷　枉做悲愁秋賦醉後悲何處白髮幾黃花官裘付酒家

又　富陽道中

春潮曾送離魂去春山曾見傷離處老去不堪愁憑闌看水流　東風留不住一夜簷前雨明日覓春痕紅疎桃杏村

又　新城山中雨

雲山泬綠殘眉淺垂楊睡起腰肢輭不見玉妝臺飛花將恨來　行雲何事惡雨透羅衣薄不忍溼殘春黃鶯啼向人

又　贈舞侶

當時學舞鈞天部驚鴻吹下江湖去家住百花橋何郎偏與嬌　杏梁塵拂面牙板聞鶯燕勸客玉梨花月侵釵燕斜

漁家傲戊寅冬以病告臥濳玉時時策杖寒秀亭下作漁家傲三首

年少莫尋濳玉老無才無藝煩君笑暖過茆簷霜日曉休起早竹間盡日無人到　別逕小峯孤碧峭曲溝淺浸寒清繞此老相看情不少渾忘了渾然忘了長安道

又

恰則小庵貪睡著不知風撼梅花落一點兒春吹去卻香約略黃蜂猶抱紅酥蕚　繞偏寒枝添索寞卻穿竹徑隨孤鶴守定微官真箇錯從今莫從今莫負雲山約

又

鬢底青春留不住功名薄似風前絮何似甕頭春沒數都占取秖消一紙長門賦　寒日半窗桑柘暮倚闌目送繁雲去卻欲載書尋舊路煙深處杏花菖葉耕春雨

阮郎歸惜春

映階芳草淨無塵新晴隔柳陰綠絲步帳碧茸茵遮藏欲盡春　□□□□□□□□□□□□□□□□□□□閒愁漸不禁

又

雨餘煙草弄春柔芳郊翠欲流暖風時轉柳花毬晴光爛不收　紅盡處綠新稠穠華只暫留卻應留下等閒愁令人雙鬢秋

絳都春 太師生辰

餘寒尚峭早鳳沼凍開芝田春到茂對誕期天與公春向廊廟元功開物爭春妙付與穠華多少召還和氣拂開霽色未妨談笑　縹緲五雲亂處種彫菰向熟碧桃猶小雨露在門光彩充閭烏亦好寶熏鬱霧城南道天錫公任安危二十四考

天香 宴錢塘太守內翰張公作

進止詳華文章爾雅金鑾恩異羣顏塵斷銀臺天低鼇禁最是玉皇香案燕公視草星斗動昭回雲漢對罷龍宵分又金蓮燭引歸院　年來偃藩江畔賴湖山慰公心眼碧瓦千家借誇穠餘暖黃氣珠庭漸滿望紅日長安殊不遠緩轡端門青春未晚

滿庭芳 夏曲

爍石炎曦迷雲急雨院落槐午陰清藕花開偏綠細一池萍槽下真珠溜溜龍團破河朔餘醒闌干外梧桐葉底金井轆轤聲　盈盈開霧帳珊瑚連枕雲母

圍屏對肌膚冰雪自有涼生翠袖風回畫扇拂香篆
虬尾斜横北窗晚娟娟靜色竹影上簾旌

又西園月夜賞花

馬絡青絲幛開紅錦小晴初斷香塵芳醪持燭別有
箇佳人飛蓋西園午夜花梢冷雲月朧明應還惜留
花伴月占定可憐春　佳人爭插帽已殘芳樹猶綴
餘英任紅辭香散蝶恨蜂嗔醉也和春戴去深院落
初馥爐熏玉臺畔未教卸了留映晚妝新

八節長歡送孫守公素

名滿人間記黄金殿舊賜清閒才高鸚鵡賦風凜惠
文冠濤波何處試蛟鱷到白頭猶守溪山且傚龔黄
樣度留與人看　桃溪柳曲陰圓離唱斷旌旗卻捲
春還襦袴寄餘温雙石畔唯聞吏膽長寒詩翁去誰
細繞屈曲闌干從今後南來幽夢應隨月度雲端

又登高詞

澤國秋深繡楹天近坐久魂清溪山繞尊酒雲霧浥
衣襟餘霞孤雁送鄉愁寄寒閨一點離心杜老雨峯
秀處短髮疎巾　佳人爲折寒英羅袖溼真珠露冷
鈿金幽豔爲誰妍東籬下卻教醉倒淵明君但飲莫
覷他落日蕪城從教夜龍山清月端的便解留人

驀山溪東堂武康縣令舍盡心堂也僕改名東堂治平中越人王震所作自吳興刺史府與五縣令舍無得與東堂爭廣麗者去年僕來見其突兀出蘙薈間而菌生梁上鼠走戶內東西兩便室蛛網粘塵蒙絡窗戶守舍無有丈夫履聲姑以告云前大夫憂民勞苦眠飯于簿書獄訟間是堂也向十餘間傾撓于萬艾中鵲嘯其上徑經其下磨鎌澤斧以十夫日往刈之纔可入欲以居人則有覆壓之患取以為薪則又可憐試擇其螻蟻之全加以斧斤乃能為亭二為庵為齋為樓各一雖卑隘僅可容膝然清泉修竹便有遠韻又伐惡木十許根而好山不約自至矣乃以生遠名樓畫舫名齋潛玉名庵寒秀陽春名亭花名塢蝶名徑而壘石為漁磯編竹為鶴巢皆在北池上獨陽春西窗高山最多又有酴醾一架僕頭少時喜筆硯淺事徒能誦古人紙上語未嘗與天下史師游以故邑人甚愚其令不以寄枉直雖有疾苦曾不以告也庭院蕭然鳥雀相呼僕乃得饒食晏眠無所用心於

東堂之上戲作長短句一首托其聲于蓦山溪云

東堂先曉簾挂扶桑暖畫舫寄江湖倚小樓心隨望遠水邊竹畔石瘦蘚花寒秀陰遮潛玉夢鶴下漁磯晚　藏花小塢蝶徑深深見彩筆賦陽春看藻思飄飄雲半煙拖山翠和月冷西窗玻璃盞蒲萄酒旋落酴醿片

又上元詞

嬋娟不老依舊東風面華燭下珠輧盛寒裏春光一片不教暮景也似每常來水精宮銀色界今夜分明見　碧街如水人影花淩亂誰在柳陰中小妝寒落梅數點詩翁獨倚十二玉闌干露濛濛雲冉冉千嶂琉璃淺

又元夕詞

梅花初謝雪後寒微峭誰送一城春綺羅香風光窈窕插花走馬天近寶鞭寒金波上玉輪邊不是紅塵道　玻璃山畔夜色無由到深下水晶簾擁嚴妝鉛華相照珠樓縹緲人月兩嬋娟尊前月月中人相見年年好

又楊花

雪空壇徑樸樸憐飛絮柔弱不勝春任東風吹來吹去牆陰花外一片落誰家葉依依煙鬱鬱依舊如張緒　那人拈得吹向釵頭住不定卻飛揚滿眼前攪人情愫蜂兒蝶子教得越輕狂隔斜陽點芳草斷送青春暮

洞仙歌　中秋

綠煙深處碧海飛金鏡午夜玉階臥桂影相看露涼時零落瓊漿神京遠唯有藍橋最近　水精簾不下雲母屏開冷射佳人淡脂粉便總把許多明付與清尊投曉共流霞傾盡更移取胡牀上南樓看玉做人間素秋千頃

偏地花　孫守席上詠牡丹

白玉闌邊自凝佇滿枝頭新彩雲雕霧甚芳菲繡得成團砌合出韶華好處　暖風前一笑盈盈吐檀心向誰分付莫與他西子精神不枉了東君雨露

夜遊宮　僕養一鶴逸去因問時以屬鄭德儒家今縣齋新作陽春亭旁見近山數峯因德儒歸以此語鶴便知僕居此不落寞也

長記勞君送遠柳煙重桃花波暖花外溪城望不見古槐邊故人稀秋鬢晚　我有淩霄伴在何處山寒

雲亂何不隨君弄清淺見伊時話陽春山數點

醉花陰

檀板一聲鶯起速山影穿疎木人在翠陰中欲覓殘春春在屏風曲　勸君對客杯須覆燈照瀛州綠西去玉堂深魄冷魂清獨引金蓮燭

又

金葉猶溫香未歇塵定歌初徹暖透薄羅衣一霎清風人映團團月　持杯試聽留春闋此箇情腸別分付與鶯鶯勸取東君停待芳菲節

上林春令十一月三十日見雪

蝴蝶初翻簾繡萬玉女齊回舞袖落花飛絮濛濛長憶著灞橋別後　濃香斗帳自永漏任滿地月深雲厚夜寒不近流蘇祇憐他後庭梅瘦

殢人嬌

雪做屏風花爲行帳屏帳裏見春模樣小晴未了輕陰一餉酒到處恰如把春拈上　官柳黃輕河隄綠潑花多處少停蘭槳雪邊花際平蕪疊巘這一段淒涼爲誰悵望

又約歸期偶參差戲作寄內

短棹猶停寸心先往說歸期喚做的當夕陽下地重

城遠樣風露冷高樓誤伊等望　今夜孤村月明怎向依還是夢回繡幌還山想像秋波蕩漾明夜裏與伊畫著眉上

河滿子　夏曲

急雨初收珠點雲峯巉絶天半轆轤金井卷紺冽簾外翠陰遮徧波翻水精重簾秋在琉璃雙簟　漏永流花緩緩未放晻靉晼晚紅荷綠芰暮天好小宴水亭風館雲亂香噴寶鴨月冷釵橫玉燕

七娘子　舟中早秋

山屏霧帳玲瓏碧更綺窗臨水新涼入雨短煙長柳橋蕭瑟這番一日涼一日　離多綠鬢多時白這離情不似而今惜雲外長安斜暉脈脈西風吹夢來無跡

又　和賀方回登月波樓

月光波影寒相向借團團與做長壕樣此老南樓風流可想殷勤冰彩隨人上　欲同次道傾家釀有兵廚玉盎金波漲雲外歸鴻煙中飛槳五湖秋興心無往

夜行船　雨夜泊吳江明日過垂虹亭

寒滿一衾誰共夜沈沈醉魂朦鬆雨呼煙喚付凄涼

又不成那些好夢　忽明日煙江暝曚扁舟係一行蝃蝀季膺生事水瀰漫過鱸船再三目送

又 餘英谿汎舟

弄水餘英谿畔綺羅香日遲風慢桃花春浸一篙深畫橋東柳低煙遠　漲綠流紅空滿眼倚蘭橈恍舊愁無限莫把鴛鴦驚飛去要歌時少低檀板

燭影搖紅 松窗午夢初覺

一畝清陰半天瀟灑松窗午牀頭秋色小屏山碧長垂煙縷　枕畔風搖綠戶喚人醒不教夢去可憐恰到瘦石寒泉冷雲出處

又 送會宗

老景蕭條送君歸去添淒斷贈君明月滿前谿直到西湖畔　門掩綠苔應徧爲黃花頻開醉眼橘奴無恙蝶子相迎寒窗日短 會宗小齋名夢蝶前植橘東偏甚廣

又 歸去曲

鬢綠飄蕭漫郎已是青雲晚古槐陰外小闌干不負看山眼　此意悠悠無限有雲山知人醉懶他年尋我水邊月底一蓑煙短

憶秦娥 冬夜宴東堂

醉醉醉擊珊瑚碎花花先借春光與酒家　夜寒我醉誰扶我應抱瑤琴臥清清攬月吟風不用人

又二月二十三夜松軒作

夜夜夜了花朝也連忙指點銀瓶索酒嘗　明朝花落知多少莫把殘紅掃愁人一片花飛減卻春

于飛樂 和太守曹子方

水邊山雲畔水新出煙林送秋來雙檜寒陰檜堂寒香霧碧簾箔清深放衙隱几誰知共雲水無心　望西園飛蓋夜月到清尊爲詩翁露冷風清退紅裙去碧袖花草爭春勸翁強飲莫辜負風月留人

又代人作別淩曲

記朦騰濃睡裏一片行雲未多時夢破雲驚聽轆轤聲斷也井底銀瓶不如羅帶等閒便結得同心　繫畫船楊柳岸曉月亭亭記陽關斷韻殘聲破西風吹玉枕酒醒還清有些言語獨自個說與誰譍

又別贈筵歌妓姊妹

並梅兄雙蝶子煙縷衫輕鳳凰釵繚繞香雲淡淡梳妝得恁雪膩酥勻揉春撚就更是他花與精神　黛尖低桃萼破微笑輕顰早做成役夢勞魂好風前佳月下莫忘行人扁舟去也沒箇事多樣離情

虞美人 東園賞春見柳目照杏花甚可愛

游人莫笑東園小莫問花多少一枝半朵惱人腸無限姿姿媚媚倚斜陽　二分春去知何處賴是無風雨更將繡幕密遮花任是東風急性不由他

又

百花趕定東君去知與花何處陽春但更買花栽留住蜂兒蝶子等君來　翠輕綠嫩庭陰好醉便眠芳草春波如酒不曾空誰見東堂日日自春風

又 官妓有名小者坐中乞詞

柳枝卻學腰肢裊好似江東小春風吹綠上眉峯秀色欲流不斷眼波融　簷前月上燈花墮風遞餘香過小歡雲散已難收到處冷煙寒雨為君愁

洛陽春 東歸代同舟寄遠

月下風前花畔此情不淺欲留風月守花枝卻不道而今遠　檣外鷺飛沙晚煙斜雨短青山祇管一重重向東下遮人眼

散餘霞

牆頭花口寒猶禁放繡簾晝靜簾外時有蜂兒趁楊花不定　闌干又還獨凭念翠低眉暈春夢枉惱人腸更厭厭酒病

最高樓 散後

微雨過深院芰荷中香冉冉繡重重玉人共倚闌干角月華猶在小池東入人懷吹鬢影可憐風 分散去輕如雲與夢剩下了許多風與月侵枕簟冷簾櫳剛能小睡還驚覺略成輕醉早醒鬆仗行雲將此恨到眉峯

又 春恨

新睡起熏過繡羅衣梳洗了百般宜東風淡蕩垂楊院一春心事有誰知苦留人嬌不盡曲眉低 漫良夜月圓空好意恐落花流水終寄恨悲懽往往相隨鳳臺凝望雙雙羽高唐愁著夢回時又爭如遵大路合逢伊

少年遊 長至日席上作

遙山雪氣入疎簾羅幕曉寒添愛日騰波朝霞入戶一線過冰簷 綠尊香嫩蒲萄暖滿酌破冬嚴庭下早梅已含芳意春近瘦枝南

粉蝶兒

雪遍梅花素光都共奇絕到窗前認君時節下重幃香篆冷蘭膏明滅夢悠揚空繞斷雲殘月 沈郎帶寬同心放開重結褪羅衣楚腰一捻正春風新著摸

花花葉葉粉蝶兒這回共花同活

調笑令

竊以綠雲之音不羞春燕結風之袖若翻秋鴻勿謂花月之無情長寄綺羅之遺恨試爲調笑戲追風流少延重客之餘歡聊發清尊之雅興

珠樹陰中翡翠兒莫論生小被雞欺鸛鵲樓高蕩春思秋瓶盼碧雙琉璃御酥寫肌花作骨燕釵横玉雲堆髮使梁年少斷腸人淩波襪冷重城月城月冷羅襪郎睡不知鸞帳揭香凄翠被燈明滅花困釵横時節河橋楊柳催行色愁黛有人描得

右崔徽

隼旟珮馬昌門西泰娘紺幰爲追隨河橋春風弄鬢影桃花髻暖黄蜂飛繡茵錦薦承回雪水犀梳斜抱明月銅駝夢斷江水長雲中月墮寒香歇香歇袂紅黯記立河橋花自折隼旟紺幰城西闕教妾驚鴻回雪銅駝春夢空愁絕雲破碧江流月

右泰娘

武寧節度客最賢後車摛藻爭春妍曲眉豐頰亦能賦惠中秀外誰取憐花嬌葉困春相逼燕子樓

頭作寒食月明空照合歡牀霓裳罷舞猶無力
無力倚瑤瑟罷舞霓裳今幾日樓空雨小春寒逼鈿
暈羅衫煙色簾前歸燕看人立卻趁落花飛入

右盼盼

臨邛重客蜀相如被服容冶人間都上宮煙娥笑
迎客繡犀六曲紅氍毹霞散珠穿簾洞房晚歌倚瑤
琴半羞懶天寒日暮可奈何挂客冠纓玉釵冷
釵冷鬢雲晚羅袖拂人花氣暖風流公子來應遠半
倚瑤琴羞懶雲寒日暮天微霰散無處不堪腸斷

右美人賦

寒雲夜捲霜倒飛一聲水調凝秋悲錦靴玉帶舞
回雪丞相筵前看柘枝河東詞客今何地密寄輭
綃三尺淚錦城春色隔瞿唐故華灼灼今憔悴
憔悴何郎地密寄輭綃三尺淚傳心語眼郎應記翠
袖猶芬仙桂願郎學做蝴蝶子去去來來花裏

右灼灼

春風戶外花蕭蕭綠窗繡屏阿母嬌白玉郎君恃
恩力尊前心醉雙翠翹西廂月冷濛花霧落霞零
亂牆東樹此夜靈犀已暗通玉環寄恨人何處
何處長安路不記牆東花拂樹瑤琴理罷霓裳譜依

舊月窗風戶薄情年少如飛絮夢逐玉環西去

右鶯鶯

白蘋溪邊張水嬉紅蓮上客心在誰丹山鸞雛雜鷓鷺暮雲晚淚相逶迤十年東風未應老斗暈明珠結里媼花房著子青春深朱輪來時但芳草

芳草恨春老自是尋春來不早落花風起紅多少記得一枝春小綠陰青子空相惱此恨平生懷抱

右茗子

半天高閣倚晴江使君燕客羅紈香一聲離鳳破凝碧洞房十三春未央□□□□□□□□□□□□□□珮瑤棄置洛城東風流雲散空相望

相望楚江上縈水繚雲閒妙唱龍沙醉眼看花淚正要風將月傍雲車瑤珮成惆悵衰柳白鬢相響

右張好好

破子

酒美從酒貴濯錦江邊花滿地鸝鶵換得文君醉暖和一團春意怕將醒眼看浮世不換雲芽雪水

又

花好怕花老暖日和風將養到東君須願長年少圖不看花草草西園一點紅猶小早被蜂兒知道

遣隊

歌長漸落杏梁塵舞罷香風捲繡絪更擬綠雲弄清切尊前恐有斷腸人

感皇恩

爾歲撫邦人曾無恩意別後何人更相記顯輿玉樹愧與蒹葭相倚殷勤猶念我同吟醉　畫舸相追孤城已閉不道扁舟雲外住夜分月冷一段波平風細憶君清與滿無由寄

又　鎮江待闈

綠水小河亭朱闌碧甃江月娟娟上高柳畫樓縹緲盡挂窗紗簾繡月明知我意來相就　銀字吹笙金貂取酒小小微風弄襟袖寶熏濃炷人共博山煙瘦露涼釵燕冷更深後

又　晚酌

多病酒尊疎飲少輒醉年少銜杯可追記無多酌我醉倒阿誰扶起滿懷明月冷爐煙細　雲漠雖高風波無際何似歸來醉鄉裏玻璃紅上滿載春光花氣蒲萄仙浪輭迷紅翠

東堂詞

澤民自敘少時喜筆硯淺事徒能誦古人紙上語嘗知武康縣改盡心堂爲東堂簿書獄訟之暇輒觴詠自娛托其聲於驀山溪如圖畫然凡詩文畫簡樂府總名東堂集盛行于世昔人謂因贈瓊芳一詞見賞東坡得名果爾爾耶古虞毛晉記

放翁詞

目錄

放翁詞目錄

放翁詞

宋　陸游

念奴嬌　招韓无咎遊金山

禁門鐘曉憶君來朝露初翔鸞鵠西府中臺推獨步行對金蓮宮燭蹙繡華韉僊葩寶帶看即飛騰速人生難料一尊此地相屬　回首紫陌青門西湖閒院鎖千梢脩竹素壁棲鴉應好在殘夢不堪重續歲月驚心功名看鏡短鬢無多綠一歡休惜與君同醉浮玉

浣溪沙　和无咎韻

漫向寒爐醉玉瓶喚君同賞小窗明夕陽吹角最關情　忙日苦多閒日少新愁常續舊愁生客中無伴怕君行

又　南鄭席上

浴罷華清第二湯紅綿撲粉玉肌涼娉婷初試藕絲裳　鳳尺裁成猩血色螭奩熏透麝臍香水亭幽處捧霞觴

青玉案　與朱景參會北嶺

西風挾雨聲翻浪恰洗盡黃茆瘴老慣人間齊得喪千巖高臥五湖歸棹替卻凌煙像　故人小駐平戎

帳白羽腰間氣何壯我老漁樵君將相小槽紅酒晚香丹荔記取蠻江上

水調歌頭 多景樓

江右占形勝最數古徐州連山如畫佳處縹渺著危樓鼓角臨風悲壯烽火連空明滅往事憶孫劉千里曜戈甲萬竈宿貔貅 露霑草風落木歲方秋使君宏放談笑洗盡古今愁不見襄陽登覽磨滅遊人無數遺恨黯難收叔子獨千載名與漢江流

浪淘沙 丹陽浮玉亭席上作

綠樹暗長亭幾把離尊陽關常恨不堪聞何況今朝秋色裏身是行人 清淚浥羅巾各自消魂一江離恨恰平分安得千尋橫鐵鎖截斷煙津

定風波 進賢道上見梅贈王伯壽

欹帽垂鞭送客回小橋流水一枝梅衰病逢春都不記誰謂幽香卻解逐人來 安得身閒頻置酒攜手與君看到十分開少壯相從今雪鬢因甚流年羇恨兩相催

南鄉子

歸夢寄吳檣水驛江程去路長想見芳洲初繫纜斜陽煙樹參差認武昌 愁鬢點新霜曾是朝衣染御

香重到故鄉交舊少淒涼卻恐他鄉勝故鄉

又

早歲入皇州尊酒相逢盡勝流三十年來真一夢堪愁客路蕭蕭兩鬢秋　蓬嶠偶重遊不待人嘲我自羞看鏡倚樓俱已矣扁舟月笛煙蓑萬事休

滿江紅

危堞朱闌登覽處一江秋色人正似征鴻社燕幾番輕別繾綣難忘當日語淒涼又作他鄉客問鬢邊都有幾多絲真堪織　楊柳院鞦韆陌無限事成虛擲如今何處也夢魂難覓金鴨微溫香縹渺錦茵初展情蕭瑟料也應紅淚伴秋霖燈前滴

又　夔州催王伯禮侍御尋梅之集

疏蕊幽香禁不過晚寒愁絕那更是巴東江上楚山千疊欹帽閒尋西瀼路嚲鞭笑向南枝說恐使君歸去上鑾坡孤風月　清鏡裏悲華髮山驛外溪橋側悽然回首處鳳皇城闕憔悴如今誰領略飄零已是無顏色問行廚何日喚賓僚猶堪折

感皇恩　伯禮立春日生日

春色到人間綵旛初戴正好春盤細生菜一般日月只有僊家偏耐雪霜從點鬢朱顏在　溫詔鼎來延

英儁對鳳閣鸞臺看除拜對衣裁穩恰稱毬紋新帶
箇時方旋了功名債

又

小閣倚秋空下臨江渚漠漠孤雲未成雨數聲新雁
回首杜陵何處壯心空萬里人誰許　黃閣紫樞築
壇開府莫怕功名欠人做如今熟計只有故鄉歸路
石帆山脚下菱三畝

好事近　寄張真甫

羈雁未成歸腸斷寶箏零落那更凍醪無力似故人
情薄　瘴雲蠻雨暗孤城身在楚山角煩問劍南消
息怕還成疎索

又

風露九霄寒侍宴玉華宮闕親向紫皇香案見金芝
千葉　碧壺僊露醖初成香味兩奇絕醉後却騎丹
鳳看蓬萊春色

又　次宇文卷目韻

客路苦思歸愁似繭絲千緒夢裏鏡湖煙雨看山無
重數　尊前消盡少年狂慵著送春語花落燕飛庭
戶數年光如許

又

歲晚喜東歸掃盡市朝陳迹揀得亂山環處釣一潭澄碧　賣魚沽酒醉還醒心事付橫笛家在萬重雲外有沙鷗相識

又

華表又千年誰記駕雲孤鶴回首舊曾遊處但山川城郭　紛紛車馬滿人間塵土汙芒屩且訪葛仙丹井看巖花開落

又

揮袖別人間飛躡峭崖蒼壁尋見古僊丹竈有白雲成積　心如潭水靜無風一坐數千息夜半忽驚奇事看鯨波暾日

又

溢口放船歸薄暮散花洲宿兩岸白蘋紅蓼映一蓑新綠　有沽酒處便爲家菱芡四時足明日又乘風去任江南江北

又　登梅仙山絕頂望海

揮袖上西峯孤絕去天無尺拄杖下臨鯨海數煙帆歷歷　貪看雲氣舞青鸞歸路已將夕多謝半山松吹解殷勤留客

又

小倦帶餘酲澹澹數櫺斜日驅退睡魔十萬有雙龍
蒼壁少年莫笑老人衰風味似平昔扶杖凍雲深
處探溪梅消息
又
覓箇有緣人分付玉壺靈藥誰向市塵深處識遼天
孤鶴月中吹笛下巴陵條華赴前約今古廢興何
限歎山川如昨
又
平日出秦關雪色駕車雙鹿借問此行安往賞清伊
脩竹漢家宮殿劫灰中春草幾回綠君看變遷如
許況紛紛榮辱
又
秋曉上蓮峯高躡倚天青壁誰與放翁爲伴有天壇
輕策鏗然忽變赤龍飛雷雨四山黑談笑做成豐
歲笑禪龕櫛栗
又
混迹寄人間夜夜畫樓銀燭誰見五雲丹竈養黃芽
初熟春風歸從紫皇遊東海宴暘谷進罷碧桃花
賦賜玉塵千斛
玉蝴蝶王忠州家席上作

倦客平生行處墜鞭京洛解佩瀟湘此夕何年來賦宋玉高唐繡簾開香塵乍起蓮步穩銀燭分行暗端相燕羞鶯妒蝶擾蜂忙　難忘芳尊頻勸峭寒新退玉漏猶長幾許幽情只愁歌罷月侵廊欲歸時司空笑問微近處丞相嗔狂斷人腸假饒相送上馬何妨

鷓鴣天

杖屨尋春苦未遲洛城櫻筍正當時三千界外歸初到五百年前事總知　吹玉笛渡清伊相逢休問姓名誰小車處士深衣叟曾是天津共賦詩

又

家住東吳近帝鄉平生豪舉少年場十千沽酒青樓上百萬呼盧錦瑟旁　身易老恨難忘尊前贏得是淒涼君歸爲報京華舊一事無成兩鬢霜

又　葭萌驛作

看盡巴山看蜀山子規江上過春殘慣眠古驛常安枕熟聽陽關不慘顏　慵服氣懶燒丹不妨青鬢戲人間祕傳一字神仙訣說與君知只是頑

又

梳髮金盤剩一窩畫眉鸞鏡暈雙蛾人間何處無春到只有伊家獨占多　微步處奈嬌何春衫初換麴

塵羅東鄰鬭草歸來晚忘卻新傳子夜歌

又

家住蒼煙落照閒絲毫塵事不相關斟殘玉瀣行穿竹卷罷黃庭臥看山　貪嘯傲任衰殘不妨隨處一開顏元知造物心腸別老卻英雄似等閒

又

插脚紅塵已是顛更求平地上青天新來有箇生涯別買斷煙波不用錢　沽酒市採菱船醉聽風雨擁蓑眠三山老子真堪笑見事遲來四十年

又

懶向青門學種瓜只將漁釣送年華雙雙新燕飛春岸片片輕鷗落晚沙　歌縹緲艫嘔啞酒如清露鮓如花逢人問道歸何處笑指船兒此是家

又 薛公肅家席上作

南浦舟中兩玉人誰知重見楚江濱憑教後苑紅牙版引上西川緑錦茵　纔淺笑卻輕嚬淡黃楊柳又催春情知言語難傳恨不似琵琶道得真

驀山溪 送伯禮

元戎十乘出次高唐館歸去舊鵷行更何人齊飛霄漢瞿唐水落惟是淚波深催疊鼓起牙檣難鎖長江

斷　春深鼇禁紅日宮甎暖何處望音塵黯消魂層城飛觀人情見慣不敢恨相忘梅驛外蓼灘邊只待除書看

又 遊三榮龍洞

窮山孤壘臘盡春初破寂寞掩空齋好一箇無聊底我嘯臺龍岫隨分有雲山臨淺瀨蔭長松閑據胡牀坐　三杯徑醉不覺紗巾墮畫角喚人歸落梅村籃輿夜過城門漸近幾點妓衣紅官驛外酒壚前也有閑燈火

玉樓春 立春日作

三年流落巴山道破盡青山塵滿帽身如西瀼渡頭雲愁抵瞿唐關上草　春盤春酒年年好試戴銀旛判醉倒今朝一歲大家添不是人間偏我老

朝中措 梅

幽姿不入少年場無語只淒涼一箇飄零身世十分冷淡心腸　江頭月底新詩舊夢孤恨清香任是春風不管也曾先識東皇

又 代譚德稱作

怕歌愁舞懶逢迎妝晚託春酲總是向人深處當時枉道無情　關心近日啼紅密訴翦綠深盟杏館花

陰恨淺畫堂銀燭嫌明

又

鼕鼕儺鼓餞流年燭焰動金船綵燕難尋前夢酥花空點春妍　文園謝病蘭城久旅回首凄然明月梅山笛夜和風禹廟鶯天

臨江仙　離果州作

鳩雨催成新綠燕泥收盡殘紅春光還與美人同論心空眷眷分袂卻匆匆　只道真情易寫那知怨句難工水流雲散各西東半廊花院月一帽柳橋風

蝶戀花　離小益作

陌上簫聲寒食近雨過園林花氣浮芳潤千里斜陽鐘欲暝憑高望斷南樓信　海角天涯行略盡三十年間無處無遺恨天若有情終欲問忍教霜點相思鬢

又

桐葉晨飄蛩夜語旅思秋光黯黯長安路忽記橫戈盤馬處散關清渭應如故　江海輕舟今已具一卷兵書歎息無人付早信此生終不遇當年悔草長楊賦

又

水漾萍根風捲絮倩笑嬌顰忍記逢迎處只有夢魂能再過堪嗟夢不由人做　夢若由人何處去短帽輕衫夜夜眉州路不怕銀釭深繡戶只愁風斷青衣渡

又

禹廟蘭亭今古路一夜清霜染盡湖邊樹鸚鵡杯深君莫訴他時相遇知何處　冉冉年華留不住鏡裏朱顏畢竟消磨去一句丁寧君記取神僊須是閒人做

釵頭鳳

紅酥手黃縢酒滿城春色宮牆柳東風惡歡情薄一懷愁緒幾年離索錯錯錯　春如舊人空瘦淚痕紅浥蛟綃透桃花落閒池閣山盟雖在錦書難託莫莫莫

清商怨　葭萌驛作

江頭日暮痛飲乍雪晴猶凜山驛淒涼燈昏人獨寢鴛機新寄斷錦歎往事不堪重省夢破南樓綠雲堆一枕

水龍吟　榮南作

尊前花底尋春處堪歎心情全減一身萍寄酒徒雲

散佳人天遠那更今年瘴煙蠻雨夜郎江畔漫倚樓
橫笛臨窗看鏡時揮涕驚流轉　花落月明庭院悄
無言魂消腸斷憑肩攜手當時曾效畫梁棲燕見說
新來網縈塵暗舞衫歌扇料也羞憔悴慵行芳徑怕
啼鶯見

又 集中逸

摩訶池上追遊客紅綠參差春晚韶光妍媚海棠如
醉桃花欲暖挑菜初閑禁煙將近一城絲管看金鞍
爭道香車飛蓋爭先占新亭館　惆悵年華暗換黯
銷魂雨收雲散鏡奩掩月釵梁折鳳秦箏斜雁身在
天涯亂山孤壘危樓飛觀歎春來只有楊花和恨向
東風滿

秋波媚 七月十六日晚登高興亭望長安南山

秋到邊城角聲哀烽火照高臺悲歌擊筑憑高酹酒
此興悠哉　多情誰似南山月特地暮雲開灞橋煙
柳曲江池館應待人來

又

曾散天花蘂珠宮一念墮塵中鉛華洗盡珠璣不御
道骨僊風　東遊我醉騎鯨去君駕素鸞從垂虹看
月天台采藥更與誰同

采桑子

寶釵樓上妝梳晚，嬾上鞦韆，閒撥沈煙，金縷衣寬睡髻偏　鱗鴻不寄遼東信，又是經年，彈淚花前，愁入春風十四弦

卜算子　詠梅

驛外斷橋邊，寂寞開無主，已是黃昏獨自愁，更著風和雨　無意苦爭春，一任羣芳妒，零落成泥碾作塵，只有香如故

沁園春　三榮橫谿閣小宴

粉破梅梢，綠動萱叢，春意已深，漸珠簾低卷，筇枝微步，冰開躍鯉，林暖鳴禽，荔子扶疏，竹枝哀怨，濁酒一尊和淚斟，憑闌久，歎山川冉冉，歲月駸駸　當時豈料如今，漫一事無成霜鬢侵，看故人強半，沙隄黃閣，魚懸帶玉，貂映蟬金，許國雖堅，朝天無路，萬里淒涼誰寄音，東風裏，有灞橋煙柳，知我歸心

又

一別秦樓，轉眼新春，又近放燈，憶盈盈倩笑，纖纖柔握，玉香花語，雪暖酥凝，念遠愁腸，傷春病思，自怪平生殊未曾，君知否，漸香消蜀錦，淚漬吳綾　難求繫日長繩，況倦客飄零少舊朋，但江郊雁起，漁村笛怨

寒釭委燼孤硯生冰水繞山圍煙昏雲慘縱有高臺常怯登消魂處是魚牋不到蘭夢無憑

又

孤鶴歸飛再過遼天換盡舊人念纍纍枯冢茫茫夢境王侯螻蟻畢竟成塵載酒園林尋花巷陌當日何曾輕負春流年改歎圍腰帶剩點鬢霜新　交親散落如雲又豈料如今餘此身幸眼明身健茶甘飯軟非惟我老更有人貧躲盡危機消殘壯志短艇湖中閑采蓴吾何恨有漁翁共醉谿友爲鄰

秦樓月

玉花驄晚街金轡聲璁瓏聲璁瓏閒敧烏帽又過城東　富春巷陌花重重千金沽酒酬春風酬春風笙歌園裏錦繡叢中

漢宮春 張園賞海棠作園故蜀燕王宮也

浪迹人間喜聞猿楚峽學劍秦川虛舟汎然不繫萬里江天朱顏綠鬢作紅塵無事神僊何妨在鶯花海裏行歌閒送流年　休笑放慵狂眼看閒坊深院多少嬋娟燕宮海棠夜宴花覆金船如椽畫燭酒闌時百炬吹煙憑寄語京華舊侶幅巾莫換貂蟬

又 初自南鄭來成都作

羽箭雕弓憶呼鷹古壘截虎平川吹笳暮歸野帳雪壓青氈淋漓醉墨看龍蛇飛落蠻牋人誤許詩情將略一時才氣超然　何事又作南來看重陽藥市元夕燈山花時萬人樂處欹帽垂鞭聞歌感舊尚時時流涕尊前君記取封侯事在功名不信由天

月上海棠

成都城南有蜀王舊苑多梅皆二百餘年古木

斜陽廢苑朱門閉弔興亡遺恨淚痕裏淡淡宮梅也依然點酥翦水凝愁處似憶宣華舊事　行人別有淒涼意折幽香誰與寄千里佇立江皋杳難逢隴頭歸騎音塵遠楚天危樓獨倚宣華故蜀苑名

又

蘭房繡戶厭厭病歎春酲和悶甚時醒燕子空歸幾曾傳玉關邊信傷心處獨展團窠瑞錦　熏籠消歇沈煙冷淚痕深展轉看花影漫擁餘香怎禁他峭寒孤枕西窗曉幾聲銀瓶玉井

烏夜啼

金鴨餘香尚暖綠窗斜日偏明蘭膏香染雲鬟膩釵墜滑無聲　冷落鞦韆伴侶闌珊打馬心情繡屏驚斷瀟湘夢花外一聲鶯

又
簷角楠陰轉日樓前荔子吹花鷓鴣聲裏霜天晚疊鼓已催衙鄉夢時來枕上京書不到天涯邦人訟少文移省閒院自煎茶

又
我挍丹臺玉字君書蕊殿雲篇錦官城裏重相遇心事兩依然攜酒何方處處尋梅共約年年細思上界多官府且作地行僊

又
世事從來慣見吾生更欲何之鏡湖西畔秋千頃鷗鷺共忘機一枕蘋風午醉二升菰米晨炊故人莫訝音書絕釣侶是新知

又
素意幽棲物外塵緣浪走天涯歸來猶幸身強健隨分作山家已趁餘寒泥酒還乘小雨移花柴門盡日無人到一徑傍谿斜

又
園館青林翠樾衣巾細葛輕紈好風吹散霏微雨沙路喜新乾小燕雙飛水際流鶯百囀林端投壺聲斷彈棊罷閒展道書看

珍倣宋版印

又

從宦元知漫浪還家更覺清真蘭亭道上多脩竹隨處岸綸巾　泉冽偏宜雪茗秔香雅稱絲蓴脩然一飽西窗下天地有閒人

又

紈扇嬋娟素月紗巾縹紗輕煙高槐葉長陰初合清潤雨餘天　弄筆斜行小草鉤簾淺醉閒眠更無一點塵埃到枕上聽新蟬

真珠簾

山村水館參差路感羈遊正似殘春風絮掠地穿簾知是竟歸何處鏡裏新霜空自憫問幾時鸞臺鼇署遲暮漫憑高懷遠書空獨語　自古儒冠多誤悔當年早不扁舟歸去醉下白蘋洲看夕陽鷗鷺菰菜鱸魚都棄了只換得青衫塵土休顧早收身江上一蓑煙雨

又

燈前月下嬉遊處向笙歌錦繡叢中相遇彼此知名纔見便論心素淺黛嬌蟬風調別最動人時時偷顧歸去想閒窗深院調弦促柱　樂府初翻新譜漫裁紅點翠閒題金縷燕子入簾時又一番春暮側帽燕

脂坡下過料也計前年崔護休訴待從今須與好花
爲主

柳梢青 故蜀燕王宮海棠之盛爲成都第一今
屬張氏

錦里繁華環宮故邸疊蕚奇花俊客妖姬爭飛金勒
齊駐香車 何須幕障幃遮寶杯浸紅雲瑞霞銀燭
光中清歌聲裏休恨天涯

又 乙巳二月西典贈別

十載江湖行歌沽酒不到京華底事翩然長亭煙草
衰鬢風沙 憑高目斷天涯細雨外樓臺萬家只恐
明朝一時不見人共梅花

夜遊宮 記夢寄師伯渾

雪曉清笳亂起夢遊處不知何地鐵騎無聲望似水
想關河雁門西青海際 睡覺寒燈裏漏聲斷月斜
窗紙自許封侯在萬里有誰知鬢雖殘心未死

又 宮詞

獨夜寒侵翠被奈幽夢不成還起欲寫新愁淚濺紙
憶承恩歎餘生今至此 蔌蔌燈花墜問此際報人
何事咫尺長門過萬里恨君心似危闌難久倚

安公子

風雨初經社子規聲裏春光謝最是無情零落盡薔薇一架況我今年憔悴幽窗下人盡怪詩酒消聲價向藥爐經卷忘卻鶯窗柳榭　萬事收心也粉痕猶在香羅帕恨月愁花爭信道如今都罷空憶前身便面章臺馬因自來禁得心腸怕縱遇歌逢酒但說京都舊話

木蘭花慢　夜登青城山玉華樓

閱邯鄲夢境歎綠鬢早霜侵奈華嶽燒丹青谿看鶴尚負初心年來向濁世裏悟真詮祕訣絕幽深養就金芝九畹種成琪樹千林　星壇夜學步虛吟露冷透瑤簪對翠鳳披雲青鸞遡月宮闕蕭森琅函一封奏罷自鈞天帝所有知音卻遇蓬壺嘯傲世間歲月駸駸

蘇武慢　唐西安湖

澹靄空濛輕陰清潤綺陌細塵初靜平橋繫馬畫閣移舟湖水倒空如鏡掠岸飛花傍簷新燕都是學人無定歎連年戎帳經春邊壘暗凋顏鬢　空記憶杜曲池臺新豐歌管怎得故人音信羈懷易感老伴無多談麈久閒犀柄惟有翛然筆牀茶竈自適筍輿煙艇待綠荷遮岸紅蕖浮水更乘幽興

齊天樂 左綿道中

角殘鐘晚關山路行人乍依孤店塞月征塵鞭絲帽影常把流年虛占藏鴉柳暗歎輕負鶯花漫勞書劍事往關情悄然頻動壯遊念　孤懷誰與強遣市壚沽酒酒薄怎當愁釅倚琵妍詞調鉛妙筆那寫柔情芳豔征途自厭況煙斂蕪痕雨稀萍點最是眠時枕寒門半掩

又 三槃人日作

客中隨處閒消悶來尋嘯臺龍岫路斂春泥山開翠霧行樂年年依舊天工妙手放輕綠萱芽淡黃楊柳笑問東君爲人能染鬢絲否　西州催去近也帽簷風輭且看市樓沽酒宛轉巴歌淒涼塞管攜客何妨頻奏征塵暗袖漫禁得梅花伴人疎瘦幾日東歸畫船平放溜

望梅

壽非金石恨天教老向水程山驛似夢裏來到南柯這些子光陰更甚輕擲戍火邊城又過了一年春色歎名姬駿馬盡付杜陵苑路豪客　長繩漫勞繫日看人間俛仰俱是陳迹縱自倚英氣淩雲奈回盡鵬程鎩殘鸞翮終日憑高詣不見江東消息算沙邊也

有斷鴻情誰問得

洞庭春色

壯歲文章暮年勳業自昔誤人算英雄成敗軒裳得失難如人意空喪天真請看邯鄲當日夢待炊罷黃粱徐欠伸方知道許多時富貴何處關身 人間定無可意怎換得玉鱠絲蓴且釣竿漁艇筆牀茶竈閒聽荷雨一洗衣塵洛水情關千古後尚棘暗銅駝空愴神何須更慕封侯定遠圖像麒麟

漁家傲 寄仲高

東望山陰何處是往來一萬三千里寫得家書空滿紙流清淚書回已是明年事 寄語紅橋橋下水扁舟何日尋兄弟行徧天涯真老矣愁無寐鬢絲幾縷茶煙裏

繡停針

歎半紀跨萬里秦吳頓覺衰謝回首鵷行英俊並遊咫尺玉堂金馬氣凌嵩華負壯略縱橫王霸夢經洛浦梁園覺來淚流如瀉 山林定去也卻自恐說著少年時話靜院焚香閒倚素屏今古總成虛假趁時婚嫁幸自有湖邊茅舍燕歸應笑客中又還過社

桃園憶故人 并序

三榮郡治之西因子城作樓觀曰高齋下臨山村蕭然如世外予留七十日被命參成都戎幕而去臨行徙倚竟日作桃園憶故人

斜陽寂歷柴門閉一點炊煙時起雞犬往來林外俱有蕭然意　衰翁老去踈榮利絶愛山城無事臨去畫樓頻倚何日重來此

又 應靈道中

闌干幾曲高齋路正在重雲深處丹碧未乾人去高棟空留句　離離芳草長亭暮無奈征車不住惟有斷鴻煙渚知我頻回顧

又

一彈指頃浮生過墮甑元知當破去去醉吟高臥獨唱何須和　殘年還我從來我萬里江湖煙舸脫盡利名韁鎖世界元來大

又

城南載酒行歌路冶葉倡條無數一朵鞓紅凝露最是關心處　鶯聲無賴催春去那更兼旬風雨試問歲華何許芳草連天暮

又

中原當日山川震關輔回頭煨燼淚盡兩河征鎮日

望中興運　秋風霜滿青青鬢老卻新豐英俊雲外華山千仞依舊無人問

極相思

江頭疎雨輕煙寒食落花天飜紅墜素殘霞暗錦一段淒然　惆悵東君堪恨處也不念冷落尊前那堪更看漫空相趁柳絮榆錢

一叢花

尊前凝佇漫魂迷猶恨負幽期從來不慣傷春淚為伊後滴滿羅衣那堪更是吹簫池館青子綠陰時　回廊簾影晝參差偏共睡相宜朝雲夢斷知何處倩雙燕說與相思從今判了十分憔悴圖要箇人知

又

僊姝天上自無雙玉面翠蛾長黃庭讀罷心如水閉朱戶愁近絲簧窗明几淨閒臨唐帖深炷寶奩香　人間無藥駐流光風雨又催涼相逢共話清都舊歎塵劫生死茫茫何如伴我綠蓑青篛秋晚釣瀟湘

隔浦蓮近拍

飛花如趁燕子直度簾櫳裏帳掩香雲暖金籠鸚鵡驚起凝恨慵梳洗妝臺畔蘸粉纖纖指寶釵墜　才醒又困厭厭中酒滋味牆頭柳暗過盡一年春事罷

畫高樓怕獨倚千里孤舟何處煙水

又

騎鯨雲路倒景醉面風吹醒笑把浮邱袂寥然非復塵境震澤秋萬頃煙霏散水面飛金鏡露華冷　湘妃睡起鬟傾釵墜慵整臨江舞處零亂塞鴻清影河漢横斜夜漏永人靜吹簫同過緱嶺

昭君怨

晝永蟬聲庭院人倦懶搖團扇小景寫瀟湘自生涼簾外蹴花雙燕簾下有人同見寶篆拆宮黃炷熏香

雙頭蓮　呈范至能待制

華鬢星星驚壯志成虛此身如寄蕭條病驥向暗裏消盡當年豪氣夢斷故國山川隔重重煙水身萬里舊社凋零青門俊遊誰記　盡道錦里繁華歎官閒晝永柴荊添睡清愁自醉念此際付與何人心事縱有楚柁吳檣知何時東逝空悵望鱠美菰香秋風又起

又

風捲征塵堪歎處青驄正搖金轡客襟貯淚漫萬點如血憑誰持寄佇想豔態幽情壓江南佳麗春正媚

怎忍長亭匆匆頓分連理　目斷淡日平蕪□煙濃
樹遠微茫如薺悲歡夢裏奈倦客又是關河千里最
苦唱徹驪歌重遲留無計何限事待與丁寧行時已
醉

南歌子 送周機宜之益昌

異縣相逢晚中年作別難暮秋風雨客衣寒又向朝
天門外話悲歡　瘦馬行霜棧輕舟下雪灘烏奴山
下一林丹為說三年常寄夢魂間

憶王孫

春風樓上柳腰肢初試花前金縷衣嫋嫋娉娉不自
持曉妝遲畫得蛾眉勝舊時

又

一春常是雨和風風雨晴時春已空誰惜泥沙萬點
紅恨難窮恰似衰翁一世中

醉落魄

江湖醉客投杯起舞遺烏幘三更冷翠霑衣溼嫋嫋
菱歌吹落半川月　空花昨夢休尋覓雲臺麟閣俱
陳迹元來只有閒難得青史功名天卻無心惜

鵲橋僊

華燈縱博雕鞍馳射誰記當年豪舉酒徒一半取封

侯獨去作江邊漁父　輕舟八尺低篷三扇占斷蘋
洲煙雨鏡湖元自屬閒人又何必官家賜與

又

一竿風月一蓑煙雨家在釣臺西住賣魚生怕近城
門況肯到紅塵深處　潮生理櫂潮平繫纜潮落浩
歌歸去時人錯把比嚴光我自是無名漁父

又　夜聞杜鵑

茅簷人靜蓬窗燈暗春晚連江風雨林鶯巢燕總無
聲但月夜常啼杜宇　催成清淚驚殘孤夢又揀深
枝飛去故山猶自不堪聽況半世飄然羈旅

長相思

雲千重水千重身在千重雲水中月明收釣筒　頭
未童耳未聾得酒猶能雙臉紅一尊誰與同

又

橋如虹水如空一葉飄然煙雨中天教稱放翁　側
船篷使江風蟹舍參差漁市東到時聞暮鐘

又

面蒼然鬢皤然滿腹詩書不值錢官閒常晝眠　畫
凌煙上甘泉自古功名屬少年知心惟杜鵑

又

暮山青暮霞明夢筆橋頭艇子橫蘋風吹酒醒　看潮生看潮平小住西陵莫較程蓴絲初可烹

又

悟浮生厭浮名回視千鍾一髮輕從今心太平　愛松聲愛泉聲寫向孤桐誰解聽空江秋月明

菩薩蠻

江天淡碧雲如掃蘋花零落蓴絲老細細晚波平月從波面生　漁家真箇好悔不歸來早經歲洛陽城鬢絲添幾莖

又

小院蠶眠春欲老新巢燕乳花如掃幽夢錦城西海棠如舊時　當年真草草一櫂還吳早題罷惜春詩鏡中添鬢絲

訴衷情

當年萬里覓封侯匹馬戍梁州關河夢斷何處塵暗舊貂裘　胡未滅鬢先秋淚空流此生誰料心在天山身老滄洲

又

青衫初入九重城結友盡豪英蠟封夜半傳檄馳騎諭幽并　時易失志難成鬢絲生平章風月彈壓江

山別是功名

生查子

還山荷主恩聊試扶犂手新結小茅茨恰占清江口
風塵不化衣鄰曲常持酒那似宦遊時折盡長亭
柳

又

梁空燕委巢院靜鳩催雨香潤上朝衣客少閒談塵
鬢邊千縷絲不是吳蠶吐孤夢泛瀟湘月落聞柔
艣

破陣子

仕至千鍾良易年過七十常稀眼底榮華元是夢身
後聲名不自知營營端爲誰　幸有旗亭沽酒何妨
繭紙題詩幽谷雲蘿朝採藥靜院軒窗夕對棋不歸
眞箇癡

又

看破空花塵世放輕昨夢浮名蠟屐登山眞率飲筇
杖穿林自在行身閒心太平　料峭餘寒猶力廉纖
細雨初晴苔紙閒題谿上句菱唱遙聞煙外聲與君
同醉醒

上西樓

江頭綠暗紅稀燕交飛忽到當年行處恨依依灑
清淚歎人事與心違滿酌玉壺花露送春歸

點絳脣

采藥歸來獨尋茆店沽新釀暮煙千嶂處處聞漁唱
醉弄扁舟不怕黏天浪江湖上這回疎放作箇閒
人樣

謝池春

壯歲從戎曾是氣吞殘虜陣雲高狼煙夜舉朱顏青
鬢擁雕戈西戍笑儒冠自來多誤　功名夢斷卻泛
扁舟吳楚漫悲歌傷懷弔古煙波無際望秦關何處
歎流年又成虛度

又

賀鑑湖邊初繫放翁歸櫂小園林時時醉倒春眠驚
起聽啼鶯催曉歎功名誤人堪笑　朱橋翠徑不許
京塵飛到掛朝衣東歸欠早連宵風雨捲殘紅如掃
恨尊前送春人老

又

七十衰翁不減少年豪氣似天山淒涼病驥銅駝荊
棘灑臨風清淚甚情懷伴人兒戲　如今何幸作箇
故谿歸計鶴飛來晴嵐暖翠玉壺春酒約羣僊同醉

洞天寒露桃開未

洛陽春

滿路遊絲飛絮韶光將暮此時誰與說新愁有百囀流鶯語　俯仰人間今古神僊何處花前須判醉扶歸酒不到劉伶墓

又

識破浮生虛妄從人譏謗此身恰似弄潮兒曾過了千重浪　且喜歸來無恙一壺春醸雨蓑煙笠傍漁磯應不是封侯相

杏花天

老來駒隙駸駸度算只合狂歌醉舞金杯到手君休訴看著春光又暮　誰爲倩柳條繫住且莫遣城笳催去殘紅轉眼無尋處盡屬蜂房燕戶

太平時

竹裏房櫳一徑深靜愔愔亂紅飛盡綠成陰有鳴禽臨罷蘭亭無一事自修琴銅爐梟梟海南沈洗塵襟

戀繡衾

不惜貂裘換釣篷嗟時人誰識放翁歸櫂借樵風穩數聲聞林外暮鐘　幽棲莫笑蝸廬小有雲山煙水

萬重半世向丹青看喜如今身在畫中

又

無方能駐臉上紅笑浮生擾擾夢中平地是沖霄路又何勞千日用功　飄然再過蓮峯下亂雲深吹下暮鐘訪舊隱依然在但鶴巢時有墮松

風入松

十年裘馬錦江濱酒隱紅塵萬金選勝鶯花海倚疎狂驅使青春吹笛魚龍盡出題詩風月俱新　自憐華髮滿紗巾猶是官身鳳樓常記當年語問浮名何似身親欲寄吳牋說與這回真箇閒人

風流子

佳人多命薄初心慕德耀嫁梁鴻記綠窗睡起靜吟閒詠句鬮離合格變玲瓏更乘興素紈留戲墨纖玉撫孤桐蟾滴夜寒水浮微凍鳳牋春麗花砑輕紅　人生誰能料堪悲處身落柳陌花叢空羨畫堂鸚鵡深閉金籠向寶鏡鸞釵臨妝常晚繡茵牙版催舞還慵腸斷市橋月笛燈院霜鐘

放翁詞

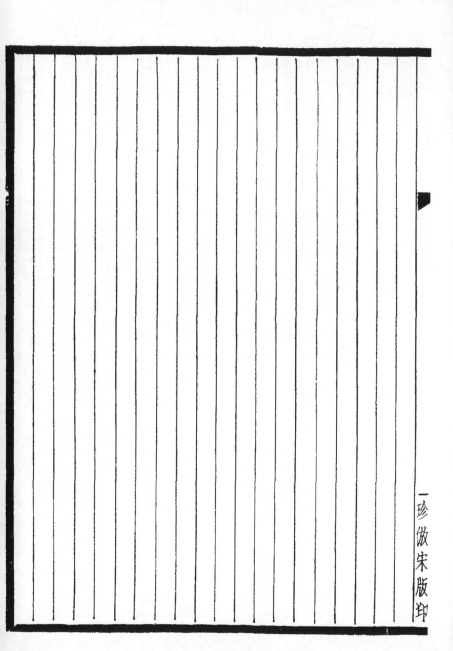

余家刻放翁全集已載長短句二卷尚逸一二調章次亦錯見因載訂入名家楊用修云纖麗處似淮海雄慨處似東坡予謂超爽處更似稼軒耳古虞毛晉記

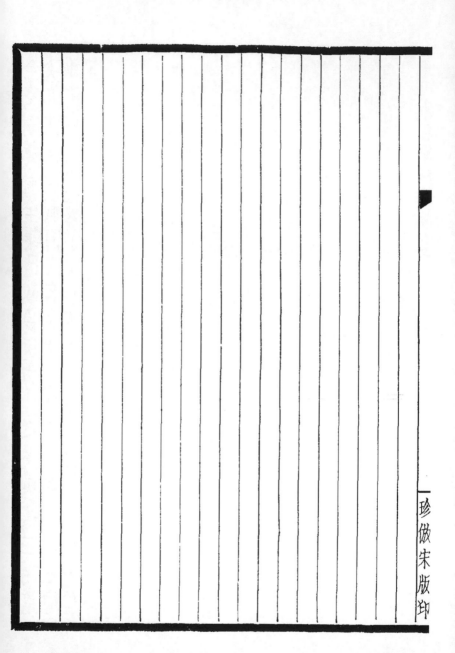

稼軒詞目錄

卷第一

卷第二

卷第三

卷第四

稼軒詞目錄

稼軒詞卷第一

宋 辛棄疾

哨徧 秋水觀

蝸角鬬爭左觸右蠻一戰連千里君試思方寸此心微總虛空幷包無際踰此理何言泰山毫末從來天地一稊米嗟小大相形鳩鵬自樂之二蟲又何知記跖行仁義孔丘非更殤樂長年老彭悲火鼠論寒氷鼃語熱定誰同異 噫貴賤隨時連城纔換一羊皮誰與齊萬物莊周吾夢見之正商略遺篇翩然顧笑空堂夢覺題秋水有客問洪河百川灌雨涇流不辨涯涘於是焉河伯欣然喜以天下之美盡在己渺滄溟望洋東視逡巡向若驚歎謂我非逢子大方達觀之家未免長見悠然笑耳此堂之水幾何其但清溪一曲而已

又 用前韻

一壑自專五柳笑人晚乃歸田里問誰知幾者動之微望飛鴻冥冥天際論妙理濁醪正堪長醉從今自釀躬耕米嗟美惡難齊盈虛如代天耶何必人知試回頭五十九年非似夢裏歡娛覺來悲夔乃憐蚿穀亦亡羊算來何異 嘻物諱窮時豐狐文豹罪因皮

富貴非吾願遑遑乎欲何之正萬籟都沈月明中夜
心彌萬里清如水却自覺神遊歸來坐對依稀淮岸
江涘看一時魚鳥忘情喜會我已忘機更忘己又何
曾物我相視非魚濠上遺意要是吾非子但教河伯
休慚海若大小均爲水耳世間喜愠更何其笑先生
三仕三已

又趙昌父之祖季思學士退居鄭圃有亭名魚
計字文叔通爲作古賦今昌父之弟成父於
所居鑿池築亭榜以舊名爲成父作詩屬余
賦哨徧莊周論於蟻棄知於魚得計於羊棄
意其義美矣然上文論蝨託於豕而得焚羊
肉爲蟻所慕而致殘下文將併結二義乃獨
置豕蝨不言而遽論魚其義無所從起又間
於羊蟻兩句之間使羊蟻之義離不相屬何
耶其必有深意存焉顧後人未之曉耳或言
蟻得水而死羊得水而病魚得水而活此最
穿鑿不成意趣余嘗反復尋繹終未能得意
世必有能讀此書而了其義者他日倘見之
而問焉姑先識余疑於此詞云爾

池上主人人適忘魚魚適還忘水洋洋乎翠藻青萍

裏相魚兮無便於此嘗試思莊周談兩事一明豕蝨一羊蟻說蟻慕於羶於蟻弃知又說於羊棄意甚蝨焚於豕獨忘之卻驟說於魚爲得計千古遺文我不知言以我非子 噫子固非魚魚之爲計子焉知河水深且廣風濤萬頃堪依有網罟如雲鵜鶘成陣過而留泣計應非其外海茫茫下有龍伯飢時一啖千里更任公五十犗爲餌使海上人人厭腥味似鶤鵬變化幾東遊入海此計直以命爲嬉古來謬算狂圖五鼎烹死柏爲平地嗟魚欲事遠遊時請三思而行可矣

六州歌頭 屬得疾暴甚醫者莫曉其狀小愈困臥無聊戲作以自釋

晨來問疾有鶴止庭隅吾語汝只三事大愁余病難扶手種青松樹礙梅塢妨花徑纔數尺如人立卻須鋤 秋水堂前曲沼明於鏡可燭眉鬚被山頭急雨耕壟灌泥塗誰使吾廬映汙渠歎青山好簷外竹遮欲盡有還無刪竹去吾乍可食無魚愛扶疏又欲爲山計千百慮累吾軀 凡病此吾過矣子奚知口不能言臆對雖盧扁藥石難除有要言妙道往問北山愚庶有瘳乎

蘭陵王 賦一邱一壑

一邱壑老子風流占卻茅簷上松月桂雲脈脈石泉逗山脚尋思前事錯惱殺晨猿夜鶴終須是鄧禹輩人錦繡麻霞坐黃閣 長歌自深酌看天闊鳶飛淵靜魚躍西風黃菊香噴薄悵日暮雲合佳人何處紉蘭結佩帶杜若入江海曾約 遇合事難託莫擊磬門前荷蕢人過仰天大笑冠簪落待說與窮達不須疑著古來賢者進亦樂退亦樂

又己未八月二十日夜夢有人以石研屏見餽者其色如玉光潤可愛中有一牛磨角作鬭狀云湘潭里中有張其姓者多力善鬭號張難敵一日與人搏偶敗忿赴河而死居三日其家人來視之浮水上則牛耳自後並水之山往往有此石或得之里中輒不利夢中異之爲作詩數百言大抵皆取古之怨憤變化異物等事覺而忘其言後三日賦詞以識其異

恨之極恨極銷磨不得萇弘事人道後來其血三年化爲碧鄭人緩也泣吾父攻儒助墨十年夢沈痛化余秋柏之間既爲實 相思重相憶被怨結中腸潛

動精魄望夫江上巖巖立嗟一念中變後期長絕君看啓母憤所激又俄頃爲石 難敵最多力甚一忿沈淵精氣爲物依然困鬭牛磨角用便影入山骨至今雕琢尋思人世只合化夢中蝶

賀新郎 賦水仙

雲臥衣裳冷看蕭然風前月下水邊幽影羅襪生塵淩波去湯沐煙波萬頃愛一點嬌黃成暈不記相逢曾解佩甚多情爲我香成陣待和淚收殘粉 靈均千古懷沙恨記當時匆匆忘把此仙題品煙雨淒迷僝僽損翠袂搖搖誰整謾寫入瑤琴幽憤絃斷招魂無人賦但金杯的皪銀臺潤愁殢酒又獨醒

又 賦海棠

著厭霓裳素染臙脂苧羅山下浣沙溪渡誰與流霞千古醞引得東風相誤從臾入吳宮深處鬢亂釵橫渾不醒轉越江剗地迷歸路煙艇小五湖去 當時倩得春留住就錦屏一曲種種斷腸風度纔是清明三月近須要詩人妙句笑援筆殷勤爲賦十樣蠻牋紋錯綺粲珠璣淵擲驚風雨重喚酒共花語

又 賦滕王閣

高閣臨江渚訪層城空餘舊迹黯然懷古畫棟朱簾

當日事不見朝雲暮雨但遺下西山南浦天宇修眉浮新綠映悠悠潭影恨如故空有恨奈何許　王郎健筆誇翹楚到如今落霞孤鶩競傳佳句物換星移知幾度夢想珠歌翠舞爲徙倚闌干凝佇目斷平蕪蒼波晚快江風一瞬澄襟暑誰共飲有詩侶

又賦琵琶

鳳尾龍香撥自開元霓裳曲罷幾番風月最苦潯陽江頭客畫舸亭亭待發記出塞黃雲堆雪馬上離愁三萬里望昭陽宮殿孤鴻沒絃解語恨難說　遼陽驛使音塵絕瑣窗寒輕攏慢撚珠淚盈睫推手含情還卻手一抹梁州哀徹千古事雲飛煙滅賀老定傷無消息想沈香亭北繁華歇彈到此爲嗚咽

又

柳暗淩波路送春歸猛風暴雨一番新綠千里瀟湘葡萄漲人解扁舟欲去又檣燕留人相語艇子飛來生塵步唾花寒唱我新番句波似箭催鳴櫓　黃陵祠下山無數聽湘娥泠泠曲罷爲誰情苦行到東吳春已暮正江闊潮平穩渡望金雀觚稜翔舞前度劉郎今重到問玄都千樹花存否愁爲倩么絃訴

又陳同父自東陽來過余留十日與之同游鵝

湖且會朱晦庵於紫溪不至飄然東歸既別之明日余意中殊戀戀復欲追路至鷺鷥林則雪深泥滑不得前矣獨飲方村悵然久之頗恨挽留之不遂也夜半投宿吳氏泉湖四望樓聞隣笛悲甚爲賦乳燕飛以見意又五日同父書來索詞心所同然者如此可發千里一笑

把酒長亭說看淵明風流酷似臥龍諸葛何處飛來林間鵲蹙踏松梢殘雪要破帽多添華髮剩水殘山無態度被疏梅料理成風月兩三雁也蕭瑟　佳人重約還輕別悵清江天寒不渡水深冰合路斷車輪生四角此地行人銷骨問誰使君來愁絕鑄就而今相思錯料當初費盡人間鐵長夜笛莫吹裂

又同父見和再用韻答之

老大那堪說似而今元龍臭味孟公瓜葛我病君來高歌飲驚散樓頭飛雪笑富貴千鈞如髮硬語盤空誰來聽記當時只有西窗月重進酒換鳴瑟　事無兩樣人心別問渠儂神州畢竟幾番離合汗血鹽車無人顧千里空收駿骨正目斷關河路絕我最憐君中宵舞道男兒到此心如鐵看試手補天裂

又用前韻贈金華杜仲高

細把君詩說恍餘音鈞天浩蕩洞庭膠葛千丈陰崖塵埊不到惟有層冰積雪乍一見寒生毛髮自昔佳人多薄命對古來一片傷心月金屋冷夜調瑟　去天尺五君家別看乘空魚龍慘淡風雲開合起望衣冠神州路白日銷殘戰骨歎夷甫諸人清絕夜半狂歌悲風起聽錚錚陣馬簷間鐵南共北正分裂

又三山雨中游西湖有懷趙丞相

翠浪吞平野挽天河誰來照影臥龍山下煙雨偏宜晴更好約略西施未嫁待細把江山圖畫千頃光中堆灩瀩似扁舟欲下瞿塘馬中有句浩難寫　詩人例入西湖社記風流重來手種綠成陰也陌上游人誇故國十里水晶臺榭更複道橫空清夜粉黛中洲歌妙曲問當年魚鳥無存者堂上燕又長夏

又和前韻

覓句如東野想錢塘風流處士水仙祠下更憶小孤煙浪裏望斷彭郎欲嫁是一色空濛難畫誰解胸中吞雲夢試呼來草賦看司馬須更把上林寫　雞豚舊日漁樵社問先生帶湖春漲幾時歸也爲愛琉璃三萬頃正臥水亭煙榭對玉塔微瀾深夜鴈鶩如雲

休報事被詩逢敵手皆勍者春草夢也宜夏

又 又和前韻

碧海成桑野笑人間江翻平陸水雲高下自是三山顏色好更看雨婚煙嫁料未必龍眠能畫擬向詩人求幼婦倩諸君妙手皆談馬須進酒爲陶寫 回頭鷗鷺瓢泉社莫吟詩莫拋酒尊是吾盟也千騎而今遮白髮忘卻滄浪亭榭但記得灞陵呵夜我輩從來文字飲怕壯懷激烈須歌者蟬噪也綠陰夏

又 別茂嘉十二弟鵜鴂杜鵑實兩種見離騷補註

綠樹聽鵜鴂更那堪鷓鴣聲住杜鵑聲切啼到春歸無尋處苦恨芳菲都歇算未抵人間離別馬上琵琶關塞黑更長門翠輦辭金闕看燕燕送歸妾 將軍百戰身名裂向河梁回頭萬里故人長絕易水蕭蕭西風冷滿座衣冠似雪正壯士悲歌未徹啼鳥還知如許恨料不啼清淚長啼血誰共我醉明月

又 題趙兼善龍圖東山小魯亭

下馬東山路恍臨風周情孔思悠然千古寂寞東家丘何在縹緲危亭小魯試重上巖巖高處更憶公歸西悲日正濛濛陌上多零雨嗟費卻幾章句 謝公

雅志還成趣記風流中年懷抱長攜歌舞政爾良難
君臣事晚聽秦箏聲苦快滿眼松篁千畝把似渠垂
功名淚算何如且使溪山主雙白鳥又飛去

又題傅君用山園

曾與東山約爲儵魚從容分得清泉一勺堪笑高人
讀書處多少松窗竹閣甚長被遊人占卻萬卷何言
達時用士方窮早與人同樂新種得幾花藥　山頭
怪石蹲秋鶚俯人間塵埃野馬孤撑高攫拄杖危亭
扶未到已覺雲生兩脚更換卻朝來毛髮此地千年
曾物化莫呼猿且自多招鶴吾亦有一邱壑

又用韻題趙晉臣敷文積翠巖余謂當築陂於
其前

拄杖重來約到東風洞庭張樂滿空簫勺巨海拔犀
頭角出東向北山高閣尚依舊爭前又卻老我傷懷
登臨際問何方可以平哀樂唯是酒萬金藥　勸君
且作橫空鶚更休論人間腥腐紛紛烏攫九萬里風
斯在下翻覆雲頭雨脚快直上崑崙濯髮好臥長虹
陂千里是誰言聽取雙黃鶴攜翠影浸雲壑

又韓仲止判院山中見訪席上用前韻

聽我三章約有談功談名者舞談經深酌作賦相如

親滌器識字子雲投閣算枉把精神費卻此會不如公榮者莫呼來政爾妨人樂醫俗士苦無藥 當年衆鳥看孤鶩意飄然橫空直把曹吞劉攫老我山中誰是伴須信窮愁有脚似翦盡還生僧髮自斷此生天休問倩何人說與乘軒鶴吾有志在邱壑

又邑中園亭僕皆爲賦此詞一日獨坐停雲水聲山色競來相娛意溪山欲援例者遂作數語庶幾彷彿淵明思親友之意云

甚矣吾衰矣悵平生交游零落只今餘幾白髮空垂三千丈一笑人間萬事問何物能令公喜我見青山多嫵媚料青山見我應如是情與貌略相似 一尊搔首東窗裏想淵明停雲詩就此時風味江左沈酣求名者豈識濁醪妙理回首叫雲飛風起不恨古人吾不見恨古人不見吾狂耳知我者二三子

又再用前韻

鳥倦飛還矣笑淵明缾中儲粟有無能幾蓮社高人留翁語我醉寧論許事試沽酒重斟翁喜一見蕭然音韻古想東籬醉臥參差是千載下竟誰似 元龍百尺高樓裏把新詩殷勤問我停雲情味北夏門高從拉攞何事須人料理翁會道繁華朝起塵土人言

寧可用顧青山與我何如耳歌且和楚狂子

又題傳巖叟悠然閣

路入門前柳到君家悠然細說淵明重九晚歲凄其無諸葛惟有黃花入手更風雨東籬依舊頻顧南山高如許是先生拄杖歸來後山不記何年有　是中不減康廬秀倩西風爲吾喚起翁能來否鳥倦飛還平林去雲自無心出岫賸準備新詩幾首欲辨忘言當年意慨遙遙我去羲農久天下事可無酒

又用前韻再賦

肘後俄生柳歎人生不如意事十常八九右手淋浪才有用閒卻持螯左手漫贏得傷今感舊投閣先生惟寂寞笑是非不了身前後持此語問烏有　青山幸自重重秀問新來蕭蕭木落頗堪秋否總被西風都瘦損依舊千巖萬岫把萬事無言搔首翁比渠儂人誰好是我常與我周旋久寧作我一杯酒

又嚴和之好古博雅以嚴本莊姓取蒙莊子陵四事曰濮上曰濮梁曰齊澤曰嚴瀨爲四圖屬余賦詞余爲蜀君平之高楊子雲所謂雖隋和何以加諸者班孟堅獨取子雲所稱述爲王貢諸傳序引不敢以其姓名列諸傳尊

之也故余謂和之當併圖君平像置之四圖
之間庶幾嚴氏之高節備焉作乳燕飛詞使
歌之

濮上看垂釣更風流羊裘澤畔精神孤矯楚漢黄金公卿印比看漁竿誰小但過眼纔堪一笑惠子焉知濠梁樂望桐江千丈高臺好煙雨外幾魚鳥　古來如許高人少細平章兩翁似與巢由同調已被堯知方洗耳畢竟塵汙人了要名字人間如掃我愛蜀莊沈冥者解門前不使徵車到君爲我盡三老

又　和徐斯遠下第謝諸公載酒韻

逸氣軒眉宇似王良輕車熟路驊騮欲舞我覺君非池中物咫尺蛟龍雲雨時與命猶須天賦蘭佩芳菲無人問歎靈均欲向重華訴空鬱鬱共誰語　兒曹不料楊雄賦怪當年甘泉誤說青葱玉樹風引船回滄溟闊目斷三山伊阻但笑指吾廬何許門外蒼官三百輩盡堂堂八尺鬚髯古誰載我帶湖去

念奴嬌　書東流村壁

野塘花落又匆匆過了清明時節剗地東風欺客夢一枕雲屏寒怯曲岸持觴垂楊繫馬此地曾輕別樓空人去舊遊飛燕能說　聞道綺陌東頭行人曾見

簾底纖纖月舊恨春江流不斷新恨雲山千疊料得明朝尊前重見鏡裏花難折也應驚問近來多少華髮

又登建康賞心亭呈史留守致道

我來弔古上危樓贏得閒愁千斛虎踞龍盤何處是只有興亡滿目柳外斜陽水邊歸鳥隴上吹喬木片帆西去一聲誰噴霜竹　卻憶安石風流東山歲晚淚落哀箏曲兒輩功名都付與長日惟消棋局寶鏡難尋碧雲將暮誰勸杯中綠江頭風怒朝來波浪翻屋

又西湖和人韻

晚風吹雨戰新荷聲亂明珠蒼璧誰把香奩收寶鏡雲錦周遭紅碧飛鳥翻空遊魚吹浪慣趁笙歌席坐中豪氣看君一飲千石　遙想處士風流鶴隨人去已作飛僊客茆舍疎籬今在否松竹已非疇昔欲說當年望湖樓下水與雲寬窄醉中休問斷腸桃葉消息

又和韓南澗載酒見過雲樓觀雪

兔園舊賞悵遺蹤飛鳥千山都絕縞帶銀杯江上路惟有南枝香別萬事新奇青山一夜對我頭先白倚

巖千樹玉龍飛上瓊闕　莫惜霧鬢雲鬟試教騎鶴去約尊前月自與詩翁磨凍硯看掃幽蘭新闋便擬明年人間揮汗留斫層冰潔此君何事晚來曾爲腰折

又賦雨巖效朱希真體

近來何處有吾愁何處還知吾樂一點淒涼千古意獨倚西風寥闊翦竹尋泉和雲種樹喚做真閒箇此心閒處未應長籍邱壑　休說往事皆非而今覺是且把酒尊酌醉裏不知誰是我非月非雲非鶴露冷松梢風高桂子醉了還醒卻北窗高臥莫教啼鳥驚著

又雙陸和陳仁和韻

少年橫槊氣憑陵酒聖詩豪餘事袖手旁觀初未識兩兩三三而已變化須臾鷗翻石鏡鵲抵星橋外擣殘秋練玉砧猶想纖指．堪笑千古爭心等閒一勝拚了光陰費老子忘機渾漫與鴻鵠飛來天際武媚宮中韋娘局上休把興亡記布衣百萬看君一笑沈醉

又賦白牡丹和范先之韻

對花何似似吳宮初教翠圍紅陣欲笑還愁羞不語

惟有傾城嬌韻翠蓋風流牙籤名字舊賞那堪省天
香染露曉來衣潤誰整　最愛弄玉團酥就中一朵
曾入揚州詠華屋金盤人未醒燕子飛來春盡最憶
當年沈香亭北無限春風恨醉中休問夜深花睡香
冷

又和信守王道夫席上韻

風狂雨橫是邀勒園林幾多桃李待上層樓無氣力
塵滿闌干誰倚傍火添衣移香就枕莫捲珠簾起元
宵過也春寒猶自如此　爲問幾日新晴鳩鳴屋上
鵲報簷前喜揩拭老來詩句眼要看拍堤春水月下
憑肩花邊繫馬此興今休矣溪南酒賤光陰只在彈
指

又戲贈善作墨梅者

江南盡處墮玉京僊子絕塵英秀彩筆風流偏解寫
姑射冰姿清瘦笑殺春工細窺天巧妙絕應難有丹
青圖畫一時都愧凡陋　還似籬落孤山嫩寒清曉
祇欠香沾袖淡竚輕盈誰付與弄粉調朱纖手疑是
花神謫來人世占得佳名久松篁佳韻倩君添做三
友

又題梅

疎疎淡淡問阿誰堪比太真顏色笑殺東君虛占斷多少朱朱白白雪裏溫柔水邊明秀不借春工力骨清香嫩迥然天與奇絕　嘗記寶籞寒輕瑣窗睡起玉纖輕摘漂泊天涯空瘦損猶有當年標格萬里風煙一溪霜月未怕欺他得不如歸去閬風有箇人惜

又瓢泉酒酣和東坡韻

倘來軒冕問還是今古人間何物舊日重城愁萬里風月而今堅壁藥籠功名酒壚身世可惜蒙頭雪浩歌一曲坐中人物三傑　休歎黃菊凋零孤標應也有梅花爭發醉裏重揩西望眼惟有孤鴻明滅萬事從教浮雲來去枉了衝冠髮故人何在長庚應伴殘月

又再用韻和洪莘之通判丹桂詞

道人元是道家風來作煙霞中物幰裁犀遮不定紅透玲瓏油壁借得春工惹將秋露薰做江梅雪我評花譜便應推此爲傑　憔悴何處芳枝十郎手種看明年花發生斷虛空香色界不怕西風起滅別駕風流多情更要簪滿嫦娥髮等閒折盡玉斧重倩修月

又

洞庭春晚舊傳恐是人間尤物收拾瑤池傾國豔來

向朱闌一壁透戶龍香隔簾鶯語料得肌如雪月妖真態是誰教避人傑　酒罷歸對寒窗相留昨夜應是梅花發賦了高唐猶想像不管孤燈明滅半面難期多情易感愁幾點星星髮繞梁聲在爲伊忘味三月

又趙晉臣敷文十月望生日自賦詞屬余和韻

看公風骨似長松磊落多生奇節世上兒曹都蓄縮凍芋旁堆秋瓞結屋溪頭境隨人勝不是江山別紫雲如陣妙歌爭唱新闋　尊酒一笑相逢與公臭味菊花蘭須悅天上四時調玉燭萬事宜詢黃髮看取東歸周家叔父手把元龜說視公長似十分今夜明月

又和趙國興知錄韻

爲沽美酒過溪來誰道幽人難致更覺元龍樓百尺湖海平生豪氣自歎年來看花索句老不如人意東風歸路一川松竹如醉　怎得身似莊周夢中蝴蝶花底人間世記取江頭三月暮風雨不爲春計萬斛愁來金貂頭上不抵銀瓶貴無多笑我此篇聊當賓戲

又重九席上

龍山何處記當年高會重陽佳節誰與老兵共一笑落帽參軍華髮莫倚忘懷西風也解點檢尊前客淒涼今古眼中三兩飛蝶　須信采菊東籬千載之上只有陶彭澤愛說琴中如得趣絃上何勞聲切試把空林翁還肯道何必杯中物臨風一笑請翁同醉今夕

又用韻答傅先之提舉

君詩好處似鄒魯儒家還有奇節下筆如神彊押韻遺恨都無毫髮炙手炎來掉頭冷去無限長安客丁寧黃菊未消勾引蜂蝶　天上絳闕清都聽君歸去我自癯山澤人道君才剛百鍊美玉都成泥切我愛風流醉中傾倒邱壑胸中物一杯相屬莫孤風月今夕

又賦傅巖叟香月堂兩梅

未須草草賦梅花多少騷人詞客總被西湖林處士不肯分留風月疎影橫斜暗香浮動把斷春消息試將花品細參今古人物　看取香月堂前歲寒相對楚襲之潔自與詩家成一種不係南昌仙籍怕是當年香山老子姓白名來江國謫人仙字太白還又名白

又余既爲傳巖叟兩梅賦詞傳君用席上有請云家有四古梅今百年矣未有一品題乞援香月堂例欣然許之且用前篇體製戲賦

是誰調護歲寒枝都把蒼苔封了茆舍疎籬江上路清夜月高山小摸索應知曹劉沈謝何況霜天曉芬芳一世料君長被花惱 惆悵立馬行人一枝最愛竹外橫斜好我向東鄰曾醉裏喚起詩家二老拄杖而今婆娑雪裏又識商山皓請君置酒看渠與我傾倒

沁園春帶湖新居將成

三徑初成鶴怨猿驚稼軒未來甚雲山自許平生意氣衣冠人笑抵死塵埃意倦須還身閒貴早豈爲蓴羹鱸鱠哉秋江上看驚絃雁避駭浪船回 東岡更葺茅齋好都把軒窗臨水開要小舟行釣先應種柳疎籬護竹莫礙觀梅秋菊堪餐春蘭可佩留待先生手自栽沈吟久怕君恩未許此意徘徊

又送趙景明知縣東歸再用前韻

佇立瀟湘黃鵠高飛望君未來快東風吹斷西江對語急呼斗酒旋拂塵埃卻怪英姿有如君者猶欠封侯萬里哉空贏得道江南佳句只有方回 錦帆畫

舫行齋悵雲浪粘天江景開記我行南浦送君折柳君逢驛使爲我攀梅落帽山前呼鷹臺下人道花須滿縣栽都休問看雲霄高處鵬翼徘徊

又戊申歲奏邸忽騰報謂余以病挂冠因賦此

老子平生笑盡人間兒女怨恨況白頭能幾定應獨往青雲得意見說長存抖擻衣冠憐渠無恙合挂當年神武門都如夢算能爭幾許雞曉鐘昏 此心無有新冤況抱甕年來自灌園但凄涼顧影頻悲往事殷勤對佛欲問前因卻怕青山也妨賢路休鬬尊前見在身山中友試高吟楚些重與招魂

又期思舊呼奇獅或云碁獅皆非也余考之荀卿書云孫叔敖期思之鄙人也期思屬弋陽郡此地舊屬弋陽縣雖古之弋陽期思見之圖記者不同然有弋陽則有期思也橋壞復成父老請余賦作沁園春以證之

有美人兮玉佩瓊琚吾夢見之問斜陽猶照漁樵故里長橋誰記今古期思物化蒼茫神遊彷彿春與猿吟秋鶴飛還驚嘯向晴波忽見千丈虹霓 覺來西望崔嵬更上有青楓下有溪待空山自薦寒泉秋菊中流卻送桂棹蘭旗萬事長嗟百年雙鬢吾非斯人

誰與歸憑闌久正清愁未了醉墨休題

又答余叔艮

我試評君君定何如玉川似之記李花初發乘雲共語梅花開後對月相思白髮重來畫橋一望秋水長天孤鶩飛同吟處看珮搖明月衣捲青霓　相君高節崔嵬是此處耕巖與釣溪被西風吹盡村簫社鼓青山留得松蓋雲旗弔古愁濃懷人日暮一片心從天外歸新詞好似淒涼楚些字字堪題

又答楊世長

我醉狂吟君作新聲倚歌和之算芬芳定向梅間得意輕清多是雪裏尋思朱雀橋邊何人會道野草斜陽春燕飛都休問甚元無霽雨卻有晴霓　詩壇千丈崔嵬更有筆如山雲作溪著君才未數曹劉敵手風騷合受屈宋降旗誰識相如平生自許慷慨須乘駟馬歸長安路問垂虹千柱何處曾題

又靈山齊庵賦時築偃湖未成

疊嶂西馳萬馬回旋衆山欲東正驚湍直下跳珠倒濺小橋橫截缺月初弓老合投閒天教多事檢校長身十萬松吾廬小在龍蛇影外風雨聲中　爭先見面重重看爽氣朝來三四峯似謝家子弟衣冠磊落

相如庭戶車騎雍容我覺其間雄深雅健如對文章太史公新隄路問偃湖何日煙水濛濛

又 弄溪賦

有酒忘杯有筆忘詩弄溪奈何看從橫斗轉龍蛇起陸崩騰決去雪練傾河嫋嫋東風悠悠倒影搖動雲山水又波還知否欠菖蒲攢港綠竹緣坡 長松誰翦嵯峨笑野老來耘山上禾算只因魚鳥天然自樂非關風月閒處偏多芳草春深佳人日暮濯髮滄浪獨浩歌徘徊久人間有誰似老子婆娑

又 期思卜築

一水西來千丈晴虹十里翠屏喜草堂經歲重來杜老斜川好景不負淵明老鶴高飛一枝移宿長笑蝸牛戴屋行平章了待十分佳處著箇茅亭 青山意氣崢嶸似爲我歸來嫵媚生解頻教花鳥前歌後舞更催雲水暮送朝迎酒聖詩豪可能無勢我乃而今駕馭卿清溪上被山靈卻笑白髮歸耕

又 將止酒戒酒杯使勿近

杯汝前來老子今朝點檢形骸甚長年抱渴咽如焦釜于今喜溢氣似犇雷漫說劉伶古今達者醉後何妨死便埋渾如許歎汝於知己真少恩哉 更憑歌

舞爲媒算合作人間鴆毒猜況疾無小大生於所愛物無美惡過則爲災與汝成言勿留亟退吾力猶能肆汝杯杯再拜道麾之即去有召須來

又城中諸公載酒入山余不得以止酒爲解遂破戒一醉再用韻

杯汝知乎酒泉罷侯鴟夷乞骸更高陽入謁都稱虀臼杜康初筮正得雲雷細數從前不堪餘恨歲月都將麴蘖埋君詩好似提壺卻勸沽酒何哉　君言病豈無媒似壁上雕弓蛇暗猜記醉眠陶令終全至樂獨醒屈子未免沈菑欲聽公言慚非勇者司馬家兒解覆杯還堪笑借今宵一醉爲故人來

又用邴原事壽趙茂嘉郎中時以置兼濟倉賑濟里中除直祕閣

甲子相高亥首曾疑絳縣老人看長身玉立鶴般風度方頤□□虎樣精神文爛卿雲詩凌鮑謝筆勢駸駸更右軍渾餘事羨僊都夢覺金閣名存　門前父老忻忻煥奎閣新褒詔語溫記他年帷幄須依日月只今劍履快上星辰人道陰功天教多壽看到貂蟬七葉孫君家裏是幾枝丹桂幾樹靈椿

又和吳子似縣尉

我見君來，頓覺吾廬溪山美哉。悵平生肝膽，都成楚越，只今膠漆，誰是陳雷。搔首踟躕，愛而不見，要得詩來渴望梅。還知否，怯清風入手，日看千回。　直須抖擻塵埃。人怪我、柴門今始開。向松間乍可，從他喝道，庭中切莫，踏破蒼苔。豈有文章，漫勞車馬，待喚青芻白飯來。君非我，任功名意氣，莫恁徘徊。

水調歌頭　舟次揚州和楊濟翁周顯先韻

落日塞塵起，胡馬獵清秋。漢家組練十萬，列艦聳層樓。誰道投鞭飛渡，憶昔鳴鏑血汙，風雨佛貍愁。季子正年少，匹馬黑貂裘。　今老矣，搔白首，過揚州。倦遊欲去江上，手種橘千頭。二客東南名勝，萬卷詩書事業，嘗試與君謀。莫射南山虎，直覓富民侯。

又

落日古城角，把酒勸君留。長安路遠，何事風雪弊貂裘。散盡黃金身世，不管秦樓人怨，歸計狎沙鷗。明夜艑舟去，和月載離愁。　功名事，身未老，幾時休。詩書萬卷，致身須到古伊周。莫學班超投筆，縱得封侯萬里，憔悴老邊州。何處依劉客，寂寞賦登樓。

又　淳熙丁酉，自江陵移帥隆興，到官之二月，被召，司馬監、趙卿、王漕餞別，司馬賦水調歌頭

席間次韻時王公明樞密甕坐客終夕爲興

門戶之歎故前章及之

我飲不須勸正怕酒尊空別離亦復何恨此別恨匆匆頭上貂蟬貴客花外麒麟高塚人世竟誰雄出門一笑去千里落花風　孫劉輩能使我不爲公余髮種種如是此事付渠儂但得平生湖海除了醉吟風月此外百無功毫髮皆帝力更乞鑑湖東

又淳熙己亥自湖北漕移湖南周總領王漕趙

守置酒南樓席上留別

折盡武昌柳挂席上瀟湘二年魚鳥江上笑我往來忙富貴何時休問離別中年堪恨憔悴鬢成霜絲竹陶寫耳急羽且飛觴　序蘭亭歌赤壁繡衣香使君千騎鼓吹風采漢侯王莫把離歌頻唱可惜南樓佳處風月已淒涼在家貧亦好此語試平章

又盟鷗

帶湖吾甚愛千丈翠奩開先生杖屨無事一日走千回凡我同盟鷗鷺今日既盟之後來往莫相猜白鶴在何處嘗試與偕來　破青萍排翠藻立蒼苔窺魚笑汝癡計不解舉吾杯廢沼荒邱疇昔明月清風此夜人世幾歡哀東岸綠陰少楊柳更須栽

又 湯朝美司諫見和用韻爲謝

白日射金闕虎豹九關開見君諫疏頻上談笑挽天回千古忠肝義膽萬里蠻煙瘴雨往事莫驚猜政恐不免耳消息日邊來 笑吾廬門掩草徑封苔未應兩手無用要把蟹螯杯說劍論詩余事醉舞狂歌欲倒老子頗堪哀白髮寧有種一一醒時栽

又 嚴子文同傅安道和前韻因再和謝之

寄我五雲字恰向酒邊開東風過盡歸雁不見客星回均道瑣窗風月更著詩翁杖屨合作雪堂猜 子文作雪齋 寄書云近以旱無以延客 歲旱莫留客霖雨要渠來 短燈檠長劍鋏欲生苔雕弓挂壁無用照影落清杯多病關心藥裹小摘親鉏菜甲老子政須哀夜雨北窗竹更倩野人栽

又 和趙景明知縣韻

官事未易了且向酒邊來君如無我問君懷抱向誰開但放平生邱壑莫管旁人嘲罵深蟄要驚雷白髮還自嚙何地置衰顏 五車書千石飲百篇才新詞未到瓊瑰先夢滿吾懷已過西風重九且要黃花入手詩興未關梅君要花滿縣桃李趁時栽

又 壽趙漕介庵

千里渥注種名動帝王家金鑾當日奏草落筆萬龍蛇帶得無邊春下等待江山都老教看鬢方鴉莫管錢流地且擬醉黃花　喚雙成歌弄玉舞綠華一觴爲飲千歲江海吸流霞聞道清都帝所要挽銀河仙浪西北洗胡沙回首日邊去雲裏認飛車

又和王政之右司吳江觀雪見寄

造化故豪縱千里玉鸞飛等閑更把萬斛瓊粉蓋玻瓈好卷垂虹千丈只放冰壺一色雲海路應迷老子舊游處回首夢耶非　謫仙人鷗鳥伴兩忘機掀髯把酒一笑詩在片帆西寄語煙波舊侶聞道蓴鱸正美休裂芰荷衣上界足官府汗漫與君期

又九日遊雲洞和韓南澗尚書韻

今日復何日黃菊爲誰開淵明漫愛重九胸次正崔嵬酒亦關人何事政自不能不爾誰遣白衣來醉把西風扇隨處障塵埃　爲公飲須一日三百杯此心高處東望雲氣見蓬萊翳鳳驂鸞公去落佩倒冠吾事抱病且登臺歸路踏明月人影共徘徊

又再用韻呈南澗

千古老蟾口雲洞插天開漲痕當日何事洶湧到崔嵬攫土摶沙兒戲翠谷蒼崖幾變風雨化人來萬里

須臾耳野馬騾空埃　笑年來蕉鹿夢畫蛇杯黃花
憔悴風露野碧漲荒萊此會明年誰健後日猶今視
昔歌舞只空臺愛酒陶元亮無酒正徘徊

又再用韻李子永提幹

君莫賦幽憤一語試相開長安車馬道上平地起崔
嵬我愧淵明久矣猶借此翁湔洗素壁寫歸來斜日
透虛隙一線萬飛埃　斷吾生左持蟹右持杯買山
自種雲樹山下劚煙萊百鍊都成繞指萬事直須稱
好人世幾輿臺劉郎更堪笑剛賦看花回

又慶韓南澗尚書七十

上古八千歲纔是一春秋不應此日剛把七十壽君
侯看取垂天雲翼九萬里風在下與造物同游君欲
討歲月嘗試問莊周　醉淋浪歌窈窕舞溫柔從今
杖屨南澗白日爲君留聞道鈞天帝所頻上玉巵春
酒冠蓋擁龍樓快上星辰去名姓動金甌

又席上用黃德和推官韻壽南澗

上界足官府公是地行仙青氈劍履舊物玉立近天
顏莫怪新來白髮恐是當年柱下道德五千言南澗
舊活計猿鶴且相安　歌秦缶寶康瓠世皆然不知
清廟鐘磬零落有誰編莫問行藏用舍畢竟山林鐘

鼎底事有虧全再拜荷公賜雙鶴一千年公以雙鶴見壽

又和信守鄭舜舉蕉庵韻

萬事到白髮日月幾西東羊腸九折岐路老我慣經從竹樹前溪風月雞酒東家父老一笑偶相逢此樂竟誰覺天外有冥鴻　味平生公與我定無同玉堂金馬自有佳處著詩翁好鎖雲煙窗戶怕入丹青圖畫飛去了無蹤此語更癡絕真有虎頭風

又送守信王桂發

酒罷且勿起重挽使君鬚一身都是和氣別去意何如我輩情鍾休問父老田頭說尹淚落獨憐渠秋水見毛髮千尺定無魚　望青闕左黃閣右紫樞東風桃李陌上下馬拜除書屈指吾生餘幾多病妨人痛飲此事正愁余江湖有歸雁能寄草堂無

又送鄭厚卿赴衡州

寒食不少住千騎擁春衫衡陽石鼓城下記我舊停驂襟以瀟湘桂嶺帶以洞庭青草紫蓋屹西南文字起騷雅刀劍化新蠶　看使君於此事定不凡奮髯抵几堂上尊俎自高談莫信君門萬里但使民歌五袴歸詔鳳凰啣君去我誰飲明月影成三

又提朝李君索余賦野秀綠繞二詩余詩尋醫久矣姑合二榜之意賦水調歌頭以遺之然君才氣不減流輩豈求田問舍而獨樂身耶

文字覷天巧亭榭定風流平生邱壑歲晚也作稻粱謀五畝園中秀野一水田將綠繞穮稏不勝秋飽飯對花竹可是便忘憂 吾老矣探禹穴欠東遊君家風月幾許白馬去悠悠插架牙籤萬軸射虎南山一騎容我攬鬚不更欲勸君酒百尺臥高樓

又元日投宿博山寺見者驚歎其老

頭白牙齒缺君勿笑衰翁無窮天地今古人在四之中臭腐神奇俱盡貴賤賢愚等耳造物也兒童老佛更堪笑談妙說虛空 坐堆歷行答颯立龍鍾有時三盞兩盞淡酒醉濛鴻四十九年前事一百八盤狹路拄杖倚牆東老景竟何似只與少年同

又送楊民瞻

日月如磨蟻萬事且浮休君看簷外江水滾滾自東流風雨瓢泉夜半花草雪樓春到老子已菟裘歲晚問無恙歸計橘千頭 夢連環歌彈鋏賦登樓黃鶴白酒君去村社一番秋長劍倚天誰問夷甫諸人堪笑西北有神州此事君自了千古一扁舟

又送施樞密聖與帥江西信之識云

相公倦台鼎要伴赤松遊高牙千里東夏笳鼓萬貔貅試問東山風月更著中年絲竹留得謝公不孺子宅邊水雲影自悠悠　占古語方人也正黑頭穹龜突兀千丈石打玉溪流金印沙堤時節畫棟珠簾雲雨一醉早歸休賤子祝再拜西北有神州

又壬子三山被召陳端仁給事飲餞席上作

長恨復長恨裁作短歌行何人為我楚舞聽我楚狂聲余既滋蘭九畹又樹蕙之百畮秋菊更餐英門外滄浪水可以濯吾纓　一杯酒問何似身後名人間萬事毫髮常重泰山輕悲莫悲生離別樂莫樂新相識兒女古今情富貴非吾事歸與白鷗盟

又題張晉英提舉玉峯樓

木末翠樓出詩眼巧安排天公一夜削出四面玉崔嵬嶹昔此山安在應為先生見晚萬馬一時來白鳥飛不盡卻帶夕陽回　勸君飲左手蟹右手杯人間萬事變滅今古幾池臺君看莊生達者猶對山林皋壤哀樂未忘懷我老尚能賦風月試追陪

又三山用趙丞相韻答帥幕王君且有感於中

秋近事併見之末章

說與西湖客觀水更觀山淡妝濃抹西子喚起一時觀種柳人今天上對酒歌翻水調醉墨捲秋瀾老子興不淺歌舞莫教閑　看尊前輕聚散少悲歡城頭無限今古落日曉霜寒誰唱黃雞白酒猶記紅旗清夜千騎月臨關莫說西州路且盡一杯看

又卽席和金華杜仲高韻并壽諸友惟醻乃佳耳

萬事一杯酒長歎復長歌杜陵有客剛賦雲外築婆娑須信功名兒輩誰識年來心事古井不生波種種看余髮積雪就中多　二三子問丹桂倩素娥平生螢雪男兒無奈五車何看取長安得意莫恨春風看盡花柳自蹉跎今夕且歡笑明月鏡新磨

又醉吟

四坐且勿語聽我醉中吟池塘春草未歇高樹變鳴禽鴻雁初飛江上蟋蟀還來牀下時序百年心誰要鄉料理山水有清音　歡多少歌長短酒淺深而今已不如昔後定不如今閑處直須行樂良夜更教秉燭高會惜分陰白髮短如許黃菊倩誰簪

又題趙晉臣敷文真得歸方是閑

十里深窈窕萬瓦碧參差青山屋上流水屋下綠橫

溪真得歸來嘯語方是閑中風月剩費酒邊詩點檢笙歌了琴罷更圍碁 王家竹陶家柳謝家池知君勳業未了不是枕流時莫向癡兒說夢且作山人索價頗怪鶴書遲一事定嗔我已辦北山移

又賦傅巖叟悠然閣

歲歲有黃菊千載一東籬悠然政須兩字長笑退之詩自古此山元有何事當時纔見此意有誰知君起更斟酒我醉不須辭 回首處雲正出鳥倦飛重來樓上一句端的與君期都把軒窗寫徧更使兒童誦得歸去來兮辭萬卷有時用植杖且耘耔

又題吳子似瑱山堂經德堂陸象山取名也

喚起子陸子經德問何如萬鍾於我何有不負古人書聞道千章松桂剩有四時柯葉霜雪歲寒餘此是瑱山境還似象山無 耕也餒學也祿孔之徒青山畢竟升斗此意頗關渠天地清寧高下日月東西寒暑何用著工夫兩字君勿惜借我榜吾廬

又賦松菊堂

淵明最愛菊三徑也栽松何人收拾千載風味此山中手把離騷讀徧自掃落英餐罷杖屨曉霜濃皎皎大獨立更插萬芙蓉 水潺湲雲瀕洞石巃嵸素琴

濁酒喚客端有古人風卻怪青山能巧政爾橫看成嶺轉面已成峯詩句得活法日月有新工

又 將遷新居不成戲作時以病止酒且遣去歌者末章及之

我亦卜居者歲晚望三閭昂昂千里泛泛不作水中鳧好在書攜一束莫問家徒四壁□□□□□□□□□□□□□□舞鳥有歌亡是飲子虛二三子者愛我此外故人疎幽事欲論誰共白鶴飛來似可忽去復何如衆鳥欣有託吾亦愛吾廬

又 趙昌父用東坡韻敘太白東坡事見寄過相褒借因用韻爲謝兼寄吳子似

我志在寥闊疇昔夢登天摩娑素月人世俛仰已千年有客驂鸞駢鳳雲遇青山赤壁相約上高寒酌酒援北斗我亦蝨其間 少歌曰神甚放形則眠鴻鵠一再高舉天地睹方圓欲重歌兮夢覺推枕惘然獨念人事底虧全有美人可語秋水隔嬋娟

又 題永豐楊少游提點一枝堂

萬事幾時足日月自西東無窮宇宙人是一粟太倉中一葛一裘經歲一鉢一瓶終日老子舊家風更著一杯酒夢覺大槐宮 記當年嚇腐鼠歎冥鴻衣冠

神武門外驚倒幾兒童休說須彌芥子看取鷃鵬斥鷃小大若爲同君欲論齊物須訪一枝翁

又 席上爲葉仲洽賦

高馬勿捶面千里事難量長魚變化雲雨無使寸鱗傷一壑一邱吾事一斗一石皆醉風月幾千場鬚作蝟毛磔筆作劍鋒長 我憐君癡絕似顧長康綸巾羽扇顛倒又似竹林狂解道長江如練准備停雲堂上千首買秋光怨調爲誰賦一斛貯檳榔

玉蝴蝶 追別杜仲高

古道行人來去香滿紅樹風雨殘花望斷青山高處都被雲遮客重來風流觴詠春已去光景桑麻苦無多一條垂柳兩箇啼鴉 人家疎疎翠竹陰陰綠樹淺淺寒沙醉兀藍輿夜來豪飲太狂些到如今都齊醒卻只依舊無奈愁何試聽呵寒食近也且住爲佳

又 杜仲高書來戒酒用韻

貴賤偶然渾似隨風簾幙籬落飛花空使兒曹馬上羞面頻遮向空江誰捐玉珮寄離恨應折疎麻暮雲多佳人何處數盡歸鴉 儂家生涯蠟屐功名破甑交友摶沙往日曾論淵明似勝臥龍些算來從人生行樂休便說日飲亡何快斟呵裁詩未穩得酒良佳

稼軒詞卷第一

稼軒詞卷第二

滿江紅 建康史帥致道席上賦

鵬翼垂空笑人世蒼然無物又還去九重深處玉階山立袖裏珍奇光五色他年要補天西北且歸來談笑護長江波澄碧 佳麗地文章伯金縷唱紅牙拍看尊前飛下日邊消息料想寶香熏閣夢依然畫舫清溪笛待如今端的約鍾山長相識

又 中秋寄遠

快上西樓怕天教浮雲遮月但喚取玉纖橫管一聲吹裂誰做冰壺涼世界最憐玉斧修時節問嫦娥孤處有愁無應華髮 雲液滿瓊杯滑長袖舞清歌咽歎十常八九欲磨還缺但願長圓如此夜人情未必看承別把從前離恨總包藏歸時說

又 中秋

美景良辰算只是可人風月況素節揚輝長是十分清徹著意登樓瞻玉兔何人張幙遮銀闕倩飛廉特得爲吹開憑誰說 弦與望從圓缺今與昨何區別羡夜來把手桂花堪折安得便登天柱上從容陪伴酬佳節更如今不聽麈談清愁如髮

又 暮春

點火櫻桃照一架荼蘼如雪春正好見龍孫穿破紫
苔蒼壁乳燕引雛飛力弱流鶯喚友嬌聲怯問春歸
不肯帶愁歸腸千結　層樓望春山疊家何在煙波
隔把古今遺恨向他誰說蝴蝶不傳千里夢子規叫
斷三更月聽聲聲枕上勸人歸歸難得

又

可恨東君把春去春來無迹便過眼等閑輸了三分
之一晝永暖翻紅杏雨風清扶起垂楊力更天涯芳
草最關情烘殘日　湘浦岸南塘驛恨不盡愁如織
算年年辜負對他寒食便恁歸來能幾許風流早已
非疇昔凭畫闌一線數飛鴻沈空碧

又

家住江南又過了清明寒食花徑裏一番風雨一番
狼藉紅粉暗隨流水去園林漸覺清陰密算年年落
盡刺桐花寒無力　庭院靜空相憶無說處閑愁極
怕流鶯乳燕得知消息尺素如今何處也綵雲依舊
無蹤跡漫教人羞去上層樓平蕪碧

又贛州席上呈太守陳李陵侍郎

落日蒼茫風纔定片帆無力還記得眉來眼去水光
山色倦客不知身遠近佳人已卜歸消息便歸來只

是賦行雲襄王客　此一箇事如何得知有恨休重憶
但楚天特地暮雲凝碧過眼不如人意事十常八九
今頭白笑江州司馬太多情青衫溼

又　賀王帥宣平湖南寇

笳鼓歸來舉鞭問何如諸葛人道是怱怱五月渡瀘
深入白羽生風貔虎譟青溪路斷鼪鼯泣早紅塵一
騎落平岡捷書急　三萬卷龍頭客渾未得文章力
把詩書馬上笑驅鋒鏑金印明年如斗大貂蟬卻自
兜鍪出待刻公勳業到雲霄浯溪石

又

漢水東流都洗盡髭胡膏血人盡說君家飛將舊時
英烈破敵金城雷過耳談兵玉帳冰生頰想王郎結
髮賦從戎傳遺業　腰間劍聊彈鋏尊中酒堪爲別
況故人新擁漢壇旌節馬革裹屍當自誓蛾眉伐性
休重說但從今記取楚臺風庾樓月

又　江行簡楊濟翁周顯先

過眼溪山怪都是舊時曾識還記得夢中行徧江南
江北佳處徑須攜杖去能消幾兩平生屐笑塵勞三
十九年非長爲客　吳楚地東南坼英雄事曹劉敵
被西風吹盡了無塵跡樓觀甫成人已去旌旗未卷

頭先白歎人生哀樂轉相尋今猶昔

又

敲碎離愁紗窗外風搖翠竹人去後吹簫聲斷倚樓人獨滿眼不堪三月暮舉頭已覺千山綠但試把一紙寄來書從頭讀　相思字空盈幅相思意何時足滴羅襟點點淚珠盈掬芳草不迷行路客垂楊只礙離人目最苦是立盡月黃昏闌干曲

又

倦客新豐貂裘敝征塵滿目彈短鋏青蛇三尺浩歌誰續不念英雄江左老用之可以尊中國歎詩書萬卷致君人翻沈陸　休感慨澆醽醁人易老歡難足有玉人憐我爲簪黃菊且置請纓封萬戶竟須賣劒酬黃犢甚當年寂寞賈長沙傷時哭

又

風捲庭梧黃葉墜新涼如洗一笑折秋英同賞弄香挼蘂天遠難窮休久望樓高欲下還重倚拚一襟寂寞淚彈秋無人會　今古恨沈荒壘悲歡事隨流水想登樓青鬢未堪憔悴極目煙橫山數點孤舟月淡人千里對嬋娟從此話離愁金尊裏

又　冷泉亭

直節堂堂看夾道冠纓拱立漸翠谷羣仙來下珮環聲急誰信天鋒飛墮地傍湖千丈開青壁是當年玉斧削方壺無人識　山水潤瑕玕溼秋露下瓊珠滴向危亭橫跨玉淵澄碧醉舞且搖鸞鳳影浩歌莫遣魚龍泣恨此中風物本吾家今爲客

又再用前韻

照影溪梅悵絕代佳人獨立便小駐雍容千騎羽觴飛急琴裏新聲風響珮筆端醉墨鴉棲壁是使君文雅舊知名今方識　高欲臥雲還溼清可漱泉長滴快晚風吹帽滿懷空碧寶馬嘶歸紅旆動龍團試水銅瓶泣怕他年重到路應迷桃源客

又席閒和洪景盧舍人兼司馬漢章大監

天與文章看萬斛龍文筆力聞道是一詩曾換千金顏色欲說又休新意思彊啼偷笑真消息算人人合與共乘鑾鸞坡客　傾國豔難再得還可恨還堪憶看書尋舊錦衫裁新碧鶯蝶一春花裏活可堪風雨飄紅白問誰家卻有燕歸梁香泥溼

又送湯朝美司諫自汴歸金壇

瘴雨蠻煙十年夢尊前休說春正好故園桃李待君花發兒女燈前和淚拜雞豚社裏歸時節看依然舌

在齒牙牢心如鐵　活國手封侯骨騰汗漫排閶闔
待十分做了詩書勳業當日念君歸去好而今卻恨
中年別笑江頭明月更多情今宵缺

又送李正之提刑入蜀

蜀道登天一杯送繡衣行客還自歎中年多病不堪
離別東北看騰諸葛表西南更草相如檄把功名收
拾付君侯如椽筆　兒女淚君休滴荊楚路吾能識
要新詩準備廬山山色赤壁磯頭千古浪銅鞮陌上
三更月正梅花萬里雪深時須相憶

又送信守鄭舜舉被召

湖海平生算不負蒼髯如戟聞道是使君著意太平
長策此老自當兵十萬長安正在天西北便鳳凰飛
詔下天來催歸急　車馬路兒童泣風雨暗旌旗溼
看野梅官柳東風消息莫向蔗庵追笑語只今松竹
無顏色問人間誰管別離愁杯中物

又和楊民瞻送祐之弟還侍浮梁

塵土西風便無限淒涼行色還記取明朝應恨今宵
輕別珠淚爭垂華燭暗雁行欲斷哀箏切看扁舟幸
自澀清溪休催發　白石路長亭側千樹柳千絲結
怕行人西去棹歌聲闋黃卷莫教詩酒汙玉階不信

仙凡隔但從今伴我又隨君佳哉月

又遊南巖和范先之韻

笑拍洪崖問千丈翠巖誰削依舊是西風白鳥北村南郭似整復斜僧屋亂欲吞還吐林煙薄覺人閒萬事到秋來都搖落　呼斗酒同君酌更小隱尋幽約且丁寧休負北山猿鶴有鹿從渠求鹿夢非魚定未得魚樂正仰看飛鳥卻應人回頭錯

又和范先之雪

天上飛瓊畢竟向人間情薄還又跨玉龍歸去萬花搖落雲破林梢添遠岫月明屋角分層閣記少年駿馬走韓盧掀東郭　吟凍雁嘲飢鵲人已老歡猶昨對瑤華滿地與君酬酢最愛霏霏迷遠近都收擾擾還空闊待羔兒飲罷又烹茶揚州鶴

又病中俞山甫教授訪別病起寄之

曲几團蒲記方丈君來問疾更夜雨悤悤別去一杯南北萬事莫侵閑鬢髮百年正要佳眠食最難忘此語重殷勤千金值　西崦路東巖石攜手處今塵迹望東來猶有舊盟如日莫信蓬萊風浪隔垂天自有扶搖力對梅花一夜苦相思無消息

又餞鄭衡州厚卿席上再賦

莫折荼蘼且留取一分春色還待得青梅如豆共伊同摘少日對花渾醉夢而今醒眼看風月恨牡丹笑我倚東風頭如雪　榆莢錢菖蒲葉時節換繁華歇算怎禁風雨怎禁鶗鴂老冉冉兮花共柳是棲棲者蜂和蝶也不因春去有閑愁因離別

又送徐衍仲撫幹

絕代佳人曾一笑傾城傾國休更歎舊時青鏡而今華髮明日伏波堂上客老當益壯翁應說恨苦遭鄧禹笑人來長寂寂　詩酒社江山筆松菊徑雲煙屐怕一觴一詠風流絃絕我夢橫山孤鶴去覺來卻與君相別記功名萬里要吾身佳眠食

又

紫陌飛塵望十里雕鞍繡轂春未老已驚臺榭瘦紅肥綠睡雨海棠猶倚醉舞風楊柳難成曲問流鶯能說故園無曾相熟　巖泉上飛鳧浴巢林下棲禽宿恨荼蘼開晚漫翻紅玉蓮社豈堪談昨夢蘭亭何處尋遺墨但羇懷空自倚鞦韆無心蹴

又盧國華由閩憲移漕建安陳端仁給事同諸公餞別余為酒困臥清涂堂上三鼓方醒國華賦詞留別席上和韻

宿酒醒時算只有清愁而已人正在清涂堂上月華如洗紙帳梅花歸夢覺蓴羹鱸鱠秋風起問人生得意幾何時吾歸矣　君若問相思事料長在歌聲裏這情懷只是中年如此明月何妨千里隔顧君與我如何耳向尊前重約幾時來江山美

又　和盧國華

漢節東南看駟馬光華周道須信是七閩還有福星來到庭草自生心意足榕陰不動秋光好問不知何處著君侯蓬萊島　還自笑人今老空有恨縈懷抱記江湖十載厭持旌纛濩落我材無所用易除殆類無根潦但欲搜好語謝新詞羞瓊報

又　山居即事

幾箇輕鷗來點破一泓澄綠更何處一雙鸂鶒故來爭浴細讀離騷還痛飲飽看脩竹何妨肉有飛泉日日共明珠五千斛　春雨滿秧新穀閑日永眠黃犢看雲連麥隴雪堆蠶簇若要足時今足矣以爲未足何時足被野老相扶入東園枇杷熟

又　和傅巖叟香月韻

半山佳句最好是吹香隔屋又還怪冰霜側畔蜂兒成簇更把香來薰了月卻教影去斜侵竹似神清骨

冷住西湖何由俗　根老大穿坤軸枝夭蝌蟠龍斛
快酒兵長俊詩壇高築一再人來風味惡兩三杯後
花緣熟記五更聯句失彌明龍啣燭

又壽趙茂嘉郎中前章記兼濟倉事

我對君侯怪長見兩眉陰德還夢見玉皇金闕姓名
仙籍舊歲炊煙渾欲斷被公扶起千人活算胸中除
卻五車書都無物　山左右溪南北花遠近雲朝夕
看風流杖屨蒼髯如戟種柳已成陶令宅散花更滿
維摩室勸人閒且住五千年如金石

又呈趙晉臣敷文

老子平生原自有金盤華屋還又要萬閒寒士眼前
突兀一舸歸來輕似葉兩翁相對清如鵠到如今吾
亦愛吾盧多松菊　人道是荒年穀還又似豐年玉
甚等閑卻爲鱸魚歸速野鶴溪邊留杖屨行人牆外
聽絲竹問近來風月幾篇詩三千軸

又游清風峽和趙晉臣敷文韻

兩峽嶄巖問誰占清風舊築滿眼裏雲來鳥去澗紅
山綠世上無人供笑傲門前有客休迎肅怕凄涼無
物伴君時多栽竹　風采妙凝冰玉詩句好餘膏馥
嘆只今人物一夔應足人似秋鴻無定住事如飛彈

須圓熟笑君侯陪酒又陪歌陽春曲

木蘭花慢 席上送張仲固帥興元

漢中開漢業問此地是耶非想劍指三秦君王得意一戰東歸興亡事今不見但山川滿目淚沾衣落日胡塵未斷西風塞馬空肥 一篇書是帝王師小試去征西更草草離筵忽忽去路愁滿旌旗君思我回首處正江涵秋影雁初飛安得車輪四角不堪帶減腰圍

又 滁州送范倅

老來情味減對別酒怯流年況屈指中秋十分好月不照人圓無情水都不管共西風只管送歸船秋晚蓴鱸江上夜深兒女燈前 征衫便好去朝天玉殿正思賢想夜半承明留教視草卻遣籌邊長安故人問我道愁腸殢酒只依然目斷秋霄落雁醉來時響空弦

又 題上饒州圃翠微樓

舊時樓上客愛把酒對南山笑白髮如今天教放浪來往其間登樓更誰念我卻回頭西北望層欄雲雨珠簾畫棟笙歌霧鬢風鬟 近來堪入畫圖看父老願公歡甚拄笏悠然朝來爽氣正爾相關難忘使君

後日便一花一草報平安與客攜壺且醉雁飛秋影江寒

又寄題吳克明廣文菊隱

路旁人怪問此隱者姓陶不甚黃菊如雲朝吟暮醉喚不回頭縱無酒成悵望只東籬搔首亦風流與客朝飧一笑落英飽便歸休　古來堯舜有巢由江海去悠悠待說與佳人種成香草莫怨靈脩我無可無不可意先生出處有如丘聞道問津人過殺雞爲黍相留

水龍吟旅次登樓作

楚天千里清秋水隨天去秋無際遙岑遠目獻愁供恨玉簪螺髻落日樓頭斷鴻聲裏江南遊子把吳鉤看了闌干拍徧無人會登臨意　休說鱸魚堪膾儘西風季鷹歸未求田問舍怕應羞見劉郎才氣可惜流年憂愁風雨樹猶如此倩何人喚取紅巾翠袖揾英雄淚

又甲辰歲壽韓南澗尚書

渡江天馬南來幾人真是經綸手長安父老新亭風景可憐依舊夷甫諸人神州沈陸幾曾回首算平戎萬里功名本是真儒事公知否　況有文章山斗對

桐陰滿庭清晝當年墮地而今試看風雲奔走綠野風煙平泉草木東山歌酒待他年整頓乾坤事了爲先生壽

又 次年南澗用韻爲僕壽僕與公生日相去一日再和以壽南澗

玉皇殿閣微涼看公重試薰風手高門畫戟桐陰閬道青青如舊蘭佩空芳蛾眉誰妒無言搔首甚年年卻有呼韓塞上人爭問公安否　金印明年如斗向中州錦衣行晝依然盛事貂蟬前後鳳麟飛走富貴浮雲我評軒冕不如杯酒待從公痛飲八千餘歲伴莊椿壽

又 盤園任子嚴安撫挂冠得請客以高風名其堂書來索詞爲賦

斷崖千丈孤松挂冠更在松高處平生袖手故應休矣功名良苦笑指兒曹人閑醉夢莫嗔驚汝問黃金餘幾旁人欲說田園記君推去　嘆息鄉舊隱對先生竹窗松戶一花一草一觴一詠風流杖屨野馬塵埃扶搖下視蒼然如許恨當年九老圖中忘卻花盤園林路

又 寄題京口范南伯知縣家文官花花白次緋

次紫唐會要載學士院有之
倚闌看碧成珠等閒褪了香袍粉上林高選悤悤又換紫雲衣溼幾許春風朝薰暮染爲花忙損笑舊家桃李東塗西抹有多少淒涼恨　擬倩流鶯說與記榮華易消難整人閒得意千紅萬紫轉頭春盡白髮憐君儒冠曾誤平生官冷算風流未減年年醉裏把花枝問

又題雨巖巖類今所畫觀音普陁巖中有泉飛出如風雨聲

普陁大士虛空翠巖記取飛來處蜂房萬點似穿如礙玲瓏窗戶石髓千年已垂未落嶙峋冰柱有怒濤聲遠落花香在人疑是桃源路　又說春雷鼻息是臥龍彎環如許不然應是洞庭張樂湘靈來去我意長松倒生陰壑細吟風雨竟茫茫未曉只應白髮是開山祖

又瓢泉

稼軒何必長貧放泉簷外瓊珠瀉樂天知命古來誰會行藏用舍人不堪憂一瓢自樂賢哉回也料當年嘗問飯蔬食飲水何爲是栖栖者　且對浮雲山上莫悤悤去流山下蒼顏照影故應零落輕裘肥馬繞

齒冰霜滿懷芳乳先生飲罷能笑挂瓢風樹一鳴渠碎問何如啞

又用瓢泉韻戲仁和兼諸葛元亮且督和詞

被公驚倒瓢泉倒流三峽詞源瀉長安紙貴流傳一字千金爭舍割肉懷歸先生自笑又何廉也但啣杯莫問人間豈有如孺子長貧者　誰識稼軒心事似風乎舞雩之下回頭落日蒼茫萬里塵埃野馬更想隆中臥龍千尺高吟纔罷倩何人與問雷鳴瓦釜甚黃鍾啞

又用些語再韻瓢泉歌以飲客聲語甚諧客皆爲之釂

聽兮清珮瓊瑤些明兮鏡秋毫些君無去此流昏漲賦生蓬蒿些虎豹甘人渴而汝寧猿猱些大而流江海覆舟如芥君無助狂濤些　路險兮山高些愧余獨處無聊些冬槽春盎歸來爲我製松醪些其外芬芳團龍片鳳煮雲膏些古人兮既往嗟余之樂樂簞瓢些

又過南澗雙溪樓

舉頭西北浮雲倚天萬里須長劍人言此地夜深長見斗牛光焰我覺山高潭空水冷月明星淡待燃犀

下看凭闌卻怕風雷怒魚龍慘　峽東蒼江對起過危樓欲飛還斂元龍老矣不妨高卧氷壺涼簟千古興亡百年悲笑一時登覽問何人又卸片帆沙岸繫斜陽纜

又愛李延年歌淳于髡語今為詞庶幾高唐神女洛神賦之意云

昔時曾有佳人翩然絕世而獨立未論一顧傾城再顧又傾人國寧不知其傾城傾國佳人難再得看行雲行雨朝朝暮暮陽臺下襄王側　堂上更闌燭滅記主人留髡送客合尊促坐羅襦襟解微聞薌澤當此之時止乎禮義不淫其色但啜其泣矣啜其泣矣又何嗟及

又別傳先之提舉時先之有召命

只愁風雨重陽思君不見令人老行期定否征車幾輛去程多少有客書來長安卻早傳聞追詔問歸來何日君家舊事直須待為霖了　從此蘭生蕙長吾誰與玩玆芳草自憐拙者功名相避去如飛鳥只有良朋東阡西陌安排似巧到如今巧處依然又拙把平生笑

又

老來曾識淵明夢中一見參差是覺來幽恨停觴不御欲歌還止白髮西風折腰五斗不應堪此問北窗高臥東籬自醉應別有歸來意 須信此翁未死到如今凜然生氣吾儕心事古今長在高山流水富貴他年直饒來晚也應無味甚東山何事當時也道爲蒼生起

摸魚兒淳熙己亥自湖北漕移湖南同官王正之置酒小山亭賦

更能消幾番風雨匆匆春又歸去惜春長怕花開早何況落紅無數春且住見說道天涯芳草無歸路怨春不語算只有殷勤畫簷蛛網盡日惹飛絮 長門事準擬佳期又誤蛾眉曾有人妒千金曾買相如賦脈脈此情誰訴君莫舞君不見玉環飛燕皆塵土閑愁最苦休去倚危闌斜陽正在煙柳斷腸處

又觀潮上葉丞相

望飛來半空鷗鷺須臾動地鼙鼓截江組練驅山去鏖戰未收貔虎朝又暮悄慣得吾兒不怕蛟龍怒風波平步看紅旆驚飛跳魚直上蹙踏浪花舞 憑誰問萬里長鯨吞吐人間兒戲千弩滔天力倦知何事白馬素車東去堪恨處人道是屬鏤怨憤足千古功

名自誤漫教得陶朱五湖西子一舸弄煙雨
又雨巖有石狀甚怪取離騷九歌名曰山鬼因
賦摸魚兒改名山鬼謠
問何年此山來此西風落日無語看君似是羲皇上直作太虛名汝溪上算只有紅塵不到今猶古一杯誰舉笑我醉呼君崔嵬未起山烏覆杯去　須記取昨夜龍湫風雨門前石浪掀舞四更山鬼吹燈嘯驚倒世間兒女依然處還問我清遊杖屨公良苦神交心許待萬里攜君鞭笞鸞鳳送我遠遊賦石浪庵外巨石也長三十餘丈
西河送錢仲耕自江西漕移守婺州
西江水道是西江人淚無情卻解送行人月明千里從今日日倚高樓傷心煙樹如薺會君難別君易草草不如人意十年著破繡衣茸種成桃李問君可是厭承明東方鼓吹千騎　對梅花更消一醉看明年調鼎風味老病自憐憔悴過吾廬定有幽人相問歲晚淵明歸來未
永遇樂送陳仁和自汴東歸陳至上饒之一年得子甚喜
紫陌長安看花年少無限歌舞白髮憐君尋芳較晚

捲地驚風雨問君知否鴟夷載酒不似井瓶身誤細思量悲歡夢裏覺來總無尋處　芒鞋竹杖天教還了千古玉樓佳句落魄東歸風流贏得掌上明珠去起看青鏡南冠好在拂了舊時塵土向君道雲霄萬里這回穩步

又　梅雪

怪底寒梅一枝雪裏只恁愁絶問訊無言依稀似妒天上飛英白江上一夜瓊瑤萬頃此段如何妒得細看來風流添得自家越樣標格　晚來樓上對花臨鏡學作半妝額著意爭妍那知卻有人妒花顔色無情休問許多般事且自訪梅踏雪待行過溪橋夜半更邀素月

又　戲賦辛字送茂嘉十二弟赴調

烈日秋霜忠肝義膽千載家譜得姓何年細參辛字一笑君聽取艱辛做就悲辛滋味總是辛酸辛苦更十分向人辛辣椒桂擣殘堪吐　世間應有芳甘濃美不到吾家門戶比著兒曹纍纍卻有金印光垂組付君此事從今直上休憶對牀風雨但贏得鞾紋縐面記余戲語

又　檢校停雲新種杉松戲作時欲作親舊報書

紙筆偶爲大風吹去未章因及之

投老空山萬松手種政爾堪嘆何日成陰吾年有幾似見兒孫晚古來池館雲煙草棘長使後人淒斷想當年良辰已恨夜闌酒空人散　停雲高處誰知者子萬事不關心眼夢覺東窗聊復爾爾起欲題書簡霎時風怒倒翻筆硯天也只教吾懶又何事催急急雨片雲斗暗

又京口北固亭懷古

千古江山英雄無覓孫仲謀處舞榭歌臺風流總被雨打風吹去斜陽草樹尋常巷陌人道寄奴曾住想當年金戈鐵馬氣吞萬里如虎　元嘉草草封狼居胥贏得倉皇北顧四十三年望中猶記烽火揚州路可堪回首佛狸祠下一片神鴉社鼓憑誰問廉頗老矣尚能飯否

歸朝歡靈山齊庵菖蒲港皆長松茂林獨野櫻花一株山上盛開照映可愛不數日風雨催敗殆盡意有感因效介庵體爲賦且以菖蒲綠名之丙辰歲三月三日也

山下千林花太俗山上一枝看不足春風正在此花邊菖蒲自蘸清溪綠與花同草木問誰風雨飄零速

莫悲歌夜深巖下驚動白雲宿　病怯殘年頻自卜老愛遺篇難細讀苦無妙手畫於菟人間雕刻真成鵠夢中人似玉覺來更憶腰如束許多愁問君有酒何不日絲竹

又寄題三山鄭元英巢經樓樓之側有尚友齋欲借書者就齋中取讀書不借出

萬里康成西走蜀藥市船歸書滿屋有時光彩射星躔何人汗簡讎天祿好之寧有足請看良賈藏金玉記斯文千年未喪四壁聞絲竹　試問辛勤攜一束何似牙籤三萬軸古來不作借人癡有朋只就芸窗讀憶君清夢熟覺來笑我便便腹倚危樓人間誰舞掃地八風曲

又題趙晉臣敷文積翠巖

我笑共工緣底怒觸斷峨峨天一柱補天又笑女媧忙卻將此石投閑處野煙荒草路先生拄杖來看汝倚蒼苔摩挲試問千古幾風雨　長被兒童敲火苦時有牛羊磨角去霍然千丈翠巖屏鏘然一滴甘泉乳結亭三四五會相暖熱攜歌舞細思量古來寒士不遇有時遇

又丁卯歲寄題眉山李參政石林

見說岷峨千古雪都作岷峨山上石君家右史老泉公千金未盡勤收拾一堂真石石閑庭更與天突兀記當時長編筆硯日日雲煙溼　野老時逢山鬼泣誰夜持山去難覓有人依樣入明光玉堦之下巖巖立琅玕無數碧風流不數平泉物欲重吟青蔥玉樹須倩子雲筆

一枝花 醉中戲作

千丈擎天手萬卷懸河口黃金腰下印大如斗更千騎弓刀揮霍遮前後百計千方久似鬬草兒童贏箇他家偏有　算枉了雙眉長歛白髮空回首那時閒說向山中友看邱隴牛羊更辨賢愚否且自栽花柳怕有人來但只道今朝中酒

喜遷鶯 謝趙晉臣敷文賦芙蓉詞見壽用韻爲謝

暑風涼月愛亭亭無數綠衣持節掩冉如羞參差似妒擁出芙渠花發步襯潘娘堪恨貌比六郎誰潔添白鷺晚晴時公子佳人並列　休說搴木末當日靈均恨與君王別心阻媒勞交疏怨極恩不甚兮輕絕千古離騷文字至今猶未歇都休問但千杯快飲露荷翻葉

瑞鶴仙壽上饒倅洪莘之時攝郡事且將赴漕舉

黃金堆到斗怎得似長年畫堂勸酒蛾眉最明秀向水沈煙裏兩行紅袖笙歌擁就爭說道明年時候被姮娥做了殷勤仙桂一枝入手　知否風流別駕近日人呼文章太守天長地久歲上迺翁壽記從來人道相門出相金印纍纍儘有但直須周公拜前魯公拜後

又賦梅

雁霜寒透幙正護月雲輕嫩冰猶薄溪奩照梳掠想含香弄粉艷妝難學玉肌瘦弱更重重龍銷襯著倚東風一笑嫣然轉盼萬花羞落　寂寞家山何在雪後園林水邊樓閣瑤池舊約鄰翁更仗誰託粉蝶兒只是尋桃覓柳開偏南枝未覺但傷心冷落黃昏數聲畫角

又南澗雙溪樓

片帆何太急望一點須臾去天咫尺舟人好看客似三峽風濤嵯峨劍戟溪南溪北正遐想幽人泉石看漁樵指點危樓卻羨舞筵歌席　嘆息山林鐘鼎意倦情遷本無欣戚轉頭陳迹飛鳥外晚煙碧問誰憐

舊日南樓老子最愛月明吹笛到而今樸面黃塵欲
歸未得

聲聲慢 旅次登樓作

征埃成陣行客相逢都道幻出層樓指點簷牙高處
浪湧雲浮今年太平萬里罷長淮千騎臨秋凭欄望
有東南佳氣西北神州 千古懷嵩人去還笑我身
在楚尾吳頭看取弓刀陌上車馬如流從今賞心樂
事剩安排酒令詩籌華胥夢願年年人似舊游

又 嘲紅木犀余兒時嘗入京師禁中凝碧池因
書當時所見

開元盛日天上栽花月殿桂影重重十里芬芳一枝
金粟玲瓏管絃凝碧池上記當時風月愁儂翠華遠
但江南草木煙鎖深宮 只為天姿冷澹被西風醞
釀徹骨香濃枉學丹蕉葉底偷染妖紅道人取次裝
束是自家香底家風又怕是為凄涼長在醉中

又 送上饒黃倅職滿赴調

東南形勝人物風流白頭見君恨晚便覺君家叔度
去人未遠長憐士元驥足道直須別駕方展問箇裏
待怎生銷殺胸中萬卷 況有星辰劍履是傳家合
在玉皇香案零落新詩我欠可人消遣留君再三不

住便直饒萬家淚眼怎抵得這眉間黃色一點

又 檃括淵明停雲詩

停雲靄靄八表同昏盡日時雨濛濛搔首良朋門前平陸成江春醪湛湛獨撫恨彌襟閑飲東窗空延佇恨舟車南北欲往何從 嘆息東園佳樹列初榮枝葉再競春風日月于征安得促席從容翩翩何處飛鳥息庭柯好語和同當年事問幾人親友似翁

八聲甘州 壽建康帥胡長文給事時方閱拆紅梅之舞且有錫帶之寵

把江山好處付公來金陵帝王州想今年燕子依然認得王謝風流只用平時尊俎彈壓萬貔貅依舊鈞天夢玉殿東頭 看取黃金橫帶是明年準擬丞相封侯有紅梅新唱香陣卷溫柔且畫堂通宵一醉待從今更數八千秋公知否邦人香火夜半纔收

又 夜讀李廣傳不能寐因念晁楚老楊民瞻約同居山間戲用李廣事賦以寄之

故將軍飲罷夜歸來長亭解雕鞍恨灞陵醉尉匆匆未識桃李無言射虎山橫一騎裂石響驚弦落魄封侯事歲晚田園 誰向桑麻杜曲要短衣匹馬移住南山看風流慷慨談笑過殘年漢開邊功名萬里甚

當時健者也曾閑紗窗外斜風細雨一陣輕寒

雨中花慢登新樓有懷趙昌甫徐斯遠韓仲正吳子似楊民瞻

舊雨常來今雨不來佳人偃蹇誰留幸山中芋栗今歲全收貧賤交情落落古今吾道悠悠怪新來卻見文友離騷詩發秦州　功名只道無之不樂那知有更堪憂怎奈向兒曹抵死喚不回頭石臥山前認虎蟻喧牀下聞牛爲誰西望憑欄一餉卻下層樓

又吳子似見和再用韻爲別

馬上三年醉帽吟鞭錦囊詩卷長留悵溪山舊管風月新收明便關河杳杳去應日月悠悠笑千篇索價未抵蒲桃五斗涼州　停雲老子有酒盈尊琴書端可消憂渾未解傾身一飽淅米矛頭心似傷弓塞雁身如喘月吳牛曉天涼夜月明誰伴吹笛南樓

漢宮春立春

春已歸來看美人頭上裊裊春旛無端風雨未肯收盡餘寒年時燕子料今宵夢到西園渾未辦黃柑薦酒更傳青韭堆盤　卻笑東風從此便薰梅染柳更沒些閑閑時又來鏡裏轉變朱顏清愁不斷問何人會解連環生怕見花開花落朝來塞雁先還

又　即事

行李溪頭有釣車茶具曲几團蒲兒童認得前度過者籃輿時時照影甚此身偏滿江湖悵野老行歌不住定堪與語難呼　一自東籬搖落問淵明歲晚心賞何如梅花政自不惡曾有詩無知翁止酒待重教蓮社人沽空悵望風流已矣江山特地愁余

又　會稽蓬萊閣懷古

秦望山頭看亂雲急雨倒立江湖不知雲者為雨雨者雲乎長空萬里被西風變滅須臾回首聽月明天籟人間萬竅號呼　誰向若耶溪上倩美人西去麋鹿姑蘇至今故國人望一舸歸歟歲云暮矣問何不鼓瑟吹竽君不見王亭謝館冷煙寒樹啼烏

又　會稽秋風亭觀雨

亭上秋風記去年嫋嫋曾到吾廬山河舉目雖異風景非殊功成者去覺團扇便與人疏吹不斷斜陽依舊茫茫禹跡都無　千古茂林猶在甚風流章句解擬相如只今木落江冷眇眇愁余故人書報莫因循忘卻蓴鱸誰念我新涼燈火一編太史公書

又　答李兼善提舉和章

心似孤僧更茂林脩竹山上精廬維摩定自非病誰

遺文殊白頭自惜歎相逢語密情疏傾蓋處論心一語只今還有公無　最喜陽春妙句被西風吹墮金玉鏗如夜來歸夢江上父老歡余荻花深處喚兒童吹火烹鱸歸去也絕交何必更脩山巨源書

又答吳子似總幹和章

達則青雲便玉堂金馬窮則茅廬逍遙小大自適鵬鷃何殊君如星斗燦中天密密疏疏荒草外自憐螢火清光暫有還無　千古季鷹猶在向松江道我問訊何如白頭愛山下去翁定嗔余人生漫爾豈食魚必膾之鱸還自笑君詩頻覺胸中萬卷藏書

滿庭芳和丞相景伯韻

傾國無媒入宮見妒古來顰損蛾眉看公如月光彩衆星稀袖手高山流水聽羣蛙鼓吹荒池文章手直須補袞藻火燦宗彝　癡兒公事了吳蠶纏繞自吐餘絲幸一枝麤穩三徑新治且約湖邊風月功名事欲使誰知都休問英雄千古荒草沒殘碑

又和洪丞相景伯韻呈景盧內翰

急管哀絃長歌慢舞連娟十樣宮眉不堪紅紫風雨曉稀稀惟有楊花飛絮依舊是萍滿芳池酴醾在青虬快剪插徧古銅彝　誰將春色去鸞膠難覓絃斷

蛛絲恨牡丹多病也費醫治夢裏尋春不見空斷腸
怎得春知休惆悵一觴一詠須刻右軍碑

又游豫章東湖再用韻

柳外尋春花邊得句怪公喜氣軒眉陽春白雪清唱
古今稀曾是金鑾舊客記鳳凰獨繞天池揮毫罷天
顏有喜催賜尚方彝公在詞掖嘗拜尚方寶彝之賜只今江山遠釣天夢覺清淚如絲算除非痛把酒
療花治明日五湖佳興扁舟去一笑誰知溪堂好且
拚一醉倚杖讀韓碑堂記公所製也

又和章泉趙昌父

西崦斜陽東江流水物華不爲人流崢然一葉天下
已知秋屈指人間得意問誰是騎鶴揚州君知我從
來雅興未老已滄洲　無窮身外事百年能幾一醉
都休恨兒曹抵死謂我心憂況有溪山杖屨阮籍輩
須我來游還堪笑機心早覺海上有驚鷗

六么令用陸氏事送玉山令陸德隆侍親東歸吳中

酒羣花隊攀得短轅折誰憐故山歸夢千里蓴羹滑
便整松江一棹檢點能言鴨故人欲接醉懷霜橘墮
地金圓醒時覺　長喜劉郎馬上肯聽詩書說誰對

叔子風流直把曹劉壓更看君侯事業不負平生學
離腸愁怯送君歸後細寫茶經煑香雪

又再用前韻

倒冠一笑華髮玉簪折陽關自來淒斷卻怪歌聲滑
放浪兒童歸舍莫惱比鄰鴨水連山接看君歸興如
醉中醒夢中覺　江上吳儂問我一一煩君說忍使
尊酒頻空賸欠珍珠壓手把漁竿未穩長向滄浪學
問愁誰怯可堪楊柳先作東風滿城雪

醉翁操 頃余從范先之求觀家譜見其冠冕蟬聯世載勳德先之甚文而好修意其昌未艾也時覃慶勳臣子孫無見任者命官之先是屢試甄錄元祐黨籍家合是二者先之應仕矣將告諸朝行有日請余作詩以贈屬余避謗持此戒甚力不得如先之之請又念先之與余遊八年日從事詩酒間意相得歡甚於其別也何獨能恝然顧先之長於楚詞而妙於琴輒擬醉翁操爲之詞以敘別異時先之綰組東歸僕當年買羊沽酒先之爲鼓一再行以爲山中盛事云

長松之風如公肯余從山中人心與吾兮誰同湛湛

千里之江上有楓噫送子于東望君之門兮九重女無悅己誰適爲容　不龜手藥或一朝取封昔與遊兮皆童我獨窮兮今翁一魚兮一龍勞心兮忡忡噫命與時逢子之所食兮萬鍾

醜奴兒近博山道中效李易安體

千峯雲起驟雨一霎兒價更遠樹斜陽風景怎生圖畫青旗賣酒山那畔別有人家只消山水光中無事過者一霎　午睡醒時松窗竹戶萬千瀟灑野鳥飛來又是一飛流萬壑共千巖爭秀孤負平生弄泉手數輕衫帽幾許紅塵還自喜濯髮滄浪依舊　人生行樂耳身後虛名何似生前一杯酒便此地結吾廬待學淵明更手種門前五柳且歸去父老約重來問如此青山定重來否

洞仙歌浮石山莊余友月湖道人何同叔之別墅也山類羅浮故以名同叔嘗作遊山次序榜示余且索詞爲賦洞仙歌以遺之同叔頃遊羅浮遇一老人龐眉幅巾語同叔云當有晚年之契蓋仙云

松關桂嶺望青蔥無路費盡銀鉤榜佳處悵空山歲晚窈窕誰來須著我醉臥石樓風雨　仙人瓊海上

握手當年笑許君攜半山去劖疊嶂卷飛泉洞府淒涼又卻怕先生多取怕夜半羅浮有時還好長把雲煙再三遮住

又閱南樓初成賦

婆娑欲舞怪青山歡喜分得清溪半篙水記平沙鷗鷺落日漁樵湘江上風景依然如此　東籬多種菊待學淵明飲酒詩情不相似十里漲春波一棹歸來只做箇五湖范蠡是則是一般弄扁舟爭知道他家有箇西子

又趙晉臣和李能伯韻屬余同和趙以兄弟有職名爲龍詞中頗敘其盛故末章有裂土分茅之句

舊交貧賤太半成新貴冠蓋門前幾行李看悤悤西笑爭出山來憑誰問小草何如遠志　悠悠今古事得喪乘除暮四朝三又何異任掀天事業冠古文章有幾箇笙歌晚歲況滿屋貂蟬未爲榮記裂土分茅是公家世

又丁卯八月病中作

賢愚相去算其間能幾差以毫釐繆千里細思量義利舜跖之分孳孳者等是雞鳴而起　味甘終易壞

歲晚還知君子之交淡如水一餉聚飛蚊其響如雷深自覺昨非今是羨安樂窩中泰和湯更劇飲無過半醺而已

驀山溪 停雲竹徑初成

小橋流水欲下前溪去喚起故人來伴先生風煙杖屨行穿窈窕時歷小崎嶇斜帶水半遮山翠竹栽成路 一尊遐想剩有淵明趣山上有停雲看山下濛濛細雨野花啼鳥不肯入詩來還一似笑翁詩自沒安排處

又 趙昌父賦一邱一壑格律高古因效其體

飯蔬飲水客莫嘲吾拙高處看浮雲一邱壑中間甚樂功名妙手壯也不如人今老矣尚何堪堪釣前溪月 病來止酒辜負鸕鷀杓歲晚念平生待都與鄰翁細說人間萬事先覺者賢乎深雪裏一枝開春事梅先覺

最高樓 醉中有索四時歌爲賦

長安道投老倦遊歸七十古來稀藕花雨溼前湖夜桂枝風澹小山時怎消除須殢酒更吟詩 也莫向竹邊辜負雪也莫向柳邊辜負月閑過了總成癡種花事業無人問惜花情緒只天知笑山中雲出早鳥

歸遲

又和楊民瞻席上用韻賦牡丹

西園買誰載萬金歸多病勝遊稀風斜畫燭天香夜涼生翠蓋酒酣時待重尋居士譜謫仙詩　看黃底御袍元自貴看紅底狀元新得意如斗大笑花凝漢妃翠被嬌無奈吳姬粉陣恨誰知但紛紛蜂蝶亂笑春遲

又送丁懷忠教授入廣渠赴調都下久不得書

或謂從人辟置或謂復歸閩中矣

相思苦君與我同心魚沒雁沈沈是夢松後追軒冕是化鶴後去山林對西風且悵望到如今　待不飲奈何君有恨待痛飲奈何吾又病君起舞試重斟蒼梧雲外湘妃淚鼻亭山下鷓鴣吟早歸來流水外有知音

又慶洪景盧內翰七十

金閨彥眉壽正如川七十且華筵樂天詩句香山裏杜陵酒債曲江邊問何如歌窈窕舞嬋娟　更十歲太公方出將又十歲武公方入相留盛事看明年直須腰下添金印莫教頭上欠貂蟬向人間長富貴地行仙

又聞前岡周氏旌表有期

君聽取尺布尚堪縫斗粟也堪舂人間朋友猶能合古來兄弟不相容棣華詩悲二叔弔周公　長歎息脊令原上急重歎息豆萁煎正泣形則異氣應同周家五世將軍後前岡千載義居風看明朝丹鳳詔紫泥封

又客有敗碁者代賦梅

花知否花一似何郎又似沈東陽瘦稜稜地天然白冷清清地許多香笑東君還又向北枝忙　著一陣霎時間底雪更一箇缺些兒底月山下路水邊牆風流怕有人知處影兒守定竹旁廂且饒他桃李趁少年場

又用答韻趙晉臣敷文

花好處不趁綠衣郎縞袂立斜陽面皮兒上因誰白骨頭兒裏幾多香盡饒他心似鐵也須忙　甚喚得雪來白倒雪便喚得月來香殺月誰立馬更窺牆將軍止渴山南畔相公調鼎殿東廂忒高才經濟地戰爭場

又吾擬乞歸犬子以田產未置止我賦此罵之

吾衰矣須富貴何時富貴是危機暫忘設醴抽身去

未曾得米棄官歸穆先生陶縣令是吾師　待葺箇園兒名佚老更作箇亭兒名亦好閑飲酒醉吟詩千年田換八百主一人口插幾張匙㖞豚奴愁產業豈佳兒

上西平　會稽秋風亭觀雪

九衢中杯逐馬帶隨車問誰解愛惜瓊華何如竹外靜聽窣窣蟹行沙自憐是海山頭種玉人家　紛如鬬嬌如舞纔整整又斜斜要圖畫還我漁蓑凍吟應笑羔兒無分漫煎茶起來極目向彌茫數盡歸鴉

又　送杜叔高

恨如新新恨了又重新看天上多少浮雲江南好景落花時節又逢君夜來風雨春歸似欲留人　尊如海人如玉詩如錦筆如神更能幾字盡殷勤江天日暮何時重與細論文綠楊陰裏聽陽關門掩黃昏

稼軒詞卷第二

西元二〇二二年一月一日重製一版

宋六十名家詞　冊一（明毛晉輯）

平裝四冊基本定價參仟元正
（郵運匯費另加）

發行人：張敏君
發行處：中華書局
臺北市內湖區舊宗路二段一八一巷八號五樓（5FL., No. 8, Lane 181, JIOU-TZUNG Rd., Sec 2, NEI HU, TAIPEI, 11494, TAIWAN）
客服電話：886-8797-8396
公司傳真：886-8797-8909
匯款帳戶：華南商業銀行西湖分行
179100026931
印　刷：維中科技有限公司
海瑞印刷品有限公司

No. N3054-1

國家圖書館出版品預行編目(CIP)資料

宋六十名家詞/(明)毛晉輯. -- 重製一版. -- 臺北市 : 中華書局, 2022.01

冊 ; 公分

ISBN 978-986-5512-75-0(全套 : 平裝)

833.5 110021469